⑦ 倪匡珍藏限量紀念版

衛斯理傳奇之

地圖

（含：地圖・叢林之神・風水）

倪匡 著

無窮的宇宙，
無盡的時空，
無限的可能，
與無常的人生之間的永恆矛盾，
從倪匡這顆腦袋中編織出來。

——金庸

目錄

地圖

目錄

叢林之神

風水

地圖

地圖
地圖

序言

「地圖」這個故事，在衛斯理故事中，有一個特點：把故事的懸疑性，放在一件中國古老的傳說之上——這種形式，在以後的衛斯理故事中，又反覆運用了若干次，只怕有機會，還會一直使用下去，使科幻故事十分中國化，這是衛斯理故事的特色。

這個故事仍然繼續著衛斯理故事對外星人處理的獨特性風格——外星人雖然不時遠征來到地球，但是並不威風八面，反倒是倒楣、可憐的多，從「藍血人」開始，一直就是那樣，遭遇幾乎沒有十分順利的，那是想表達一種觀念：人，或是一個星球上的高級生物，始終是屬於這個星球的。人可以在一個星體上徙遷，但是星際遷移，那只怕是大悲劇的開始了。

倪匡

第一部：「燒掉屋中一切」的怪遺囑

地圖上的各種顏色，都有它的代表性。藍色表示河流、湖泊和海洋。藍色淺表示水淺，藍色深，表示水深。綠色表示平原，棕色表示高原或山脈，棕色越深，海拔越高。地圖上的白色，則表示這一地區的情況未明，還有待地理學家、探險家的探索。

然而，地圖上的金色，代表甚麼呢？

地圖上不會有金色的——有人會那樣說。

自然，普通的地圖上，是不會有金色的，但是，那一幅地圖上有。

我所稱的「那一幅地圖」，就是探險家羅洛的那一幅。

探險家羅洛的喪禮，顯得很冷清。

也難怪，羅洛是一個性格孤癖得幾乎不近人情的怪人，他又是個獨身主義者，根本沒有親人，只有幾個朋友——那幾個朋友都是長期能忍受他那種古怪脾氣的人，他的喪禮，也只有那幾個朋友參加。

那天的天氣相當冷，又下著霏霏細雨，所以整個喪禮的過程，更顯得淒清。

羅洛在心臟病猝發之際，恰好和一位朋友在一起，那位朋友，也是一位偉大的探險家，曾經深入剛果腹地，也和與新幾內亞的吃人部落打過交道，曾根據傳說，去探索過宏都拉斯叢林中的「象墳」。

羅洛病發的時候，幸虧和他在一起——我是指樂生博士，所以才有人將他送進醫院。

而當羅洛進了醫院之後，他好像知道自己沒有生望了，在昏迷之後，略爲清醒之際，他說了第一句話：「將我所有朋友找來。」對普通人而言，這是一種很難辦得到的事情，但是對羅洛而言，卻輕而易舉，因爲他的朋友，總共只有那麼幾個人。樂生博士於是分別電告那幾個人，最遲到達的是我，但也不過是在羅洛吩咐了那句話之後的二十五分鐘。一共是四個人，在羅洛的病榻之前，望著羅洛那蒼白的臉，每一個人都感到，生命已漸漸在遠離羅洛，他快要死了。

羅洛一聲不響地望著我們，看他的樣子，他像是根本已不能說話了，他足足望了我們有好幾分鐘，才又開了口，而他最後的那幾句話，和他一貫的不近人情作風，倒是很脗合的。

他作出了一個可以說是全世界最古怪的遺囑。他講話的時候，相當鎭定，他道：「四位，我的喪事，要你們來負責料理了。」

羅洛僅有的四位朋友，和羅洛也不知曾吵過多少次，其中有兩個（包括我在內）甚至還和他打過架，但無論如何，我們都尊敬他在探險上的成就，尊敬他對待工作的態度，他也是我們的老朋友。

聽到老朋友講出這種話來，任何人的心中，都不免會有難過感覺的。我先開口：「羅洛，先別說這種話，你會慢慢好起來的！」

這自然是言不由衷的安慰話，因爲我早已看出羅洛快要死了。

而羅洛也老實不客氣地道：「衛斯理，我真後悔和你這種虛僞小人做朋友，我要死了，我自己知道，你也知道，而你還說這種話！」

我苦笑著，在那樣的情形下，我自然不能和他爭論，可是我的心中，也不免有氣，我只好道：「好了，你快死了，有甚麼話，你說吧！」

羅洛喘著氣，又道：「我要火葬。」

我們都點著頭，火葬並不是一件稀奇的事，由死者自己提出來，也不值得大驚小怪。

羅洛繼續喘著氣，然後又道：「我的所有東西，全部要燒成灰燼，我說所有的東西，是一切，我所住屋子中的一切，全部替我燒掉！」

我們四個人互望著，一時之間，不知該如何才好。

因爲這個「遺囑」，實在太古怪了！

燒掉他屋子中一切的東西，只有我們這幾個老朋友，才知道羅洛的屋子中的東西，是多麼地有價值。

羅洛在近兩年來，一直在他那間屋子中，整理著他過去三十年來探險所獲得的資料，一本劃時代的巨著，已經完成了五分之四！

如果我們遵照他的吩咐，將他屋子中的一切全都燒掉的話，那自然也包括這部未完成的巨著的原稿在內！

而我們又都知道，他那本巨著，雖然還未全都完成，可是卻一定會對人類歷史文明，有極大的影響，那簡直是一本人文學、地理學、甚至是文學上的大傑作！

當我們四個人面面相覷，不知如何是好之際，羅洛的聲音，已變得十分淒厲。

他似乎是在運用他生命之中最後的一分氣力，在作淒厲無比的呼叫，他叫道：「你們在猶豫甚麼？照我的話去做，答應我！」

他不斷喘著氣：「這是我最後一個要求，將我屋子中的一切全燒掉，在我死後，立即進行，答應我！」

當他在說那幾句話的時候，他臉上的神情，可怕到了極點！

那種可怕的獰厲的神色，實在很難用文字形容，我只能說出我當時的感覺。我當時的感覺是，如果我們四個人不照他吩咐去做的話，那麼，他死了之後，化為厲鬼，也一定會來找我們算賬的。

顯然不是我一個人有這樣的感覺，其餘三個人也是一樣的。是以，我們四個人，幾乎是同時出聲的，我們齊聲道：「好，將你屋子中的一切，所有的東西全燒掉！」

羅洛長長地吁了一口氣。

這一口氣，是他一生之中，呼出的最後一口氣，他就在那刹間，死了。

羅洛雖然已經死了，可是他仍然瞪大著眼，仍然像是在望著我們，要看我們是不是真的會照他的遺言去做。

被一個已經死了的人，那樣瞪眼望著，自然不是一件愉快的事情，是以我輕撫著他的眼皮，使他的雙眼合攏，然後，我嘆了一聲：「我們失去了一位老朋友！」

其他三位都難過地搖著頭，默不作聲。

羅洛的死，只不過是這件事的開始，這件事以後的發展，是當時在場的幾個人，誰也料不到的，而又和在場的四個人，有極大的關係。

所以，我應該將羅洛臨死之際，在他病床前的四個人，作一個簡單的介紹。

那四個人是：

（一）樂生博士，大探險家，世界上幾家大學的高級顧問。別的探險家最感頭痛的是探險的經費，但他不必爲此擔心，有好幾個大規模的科學基金機構，隨便樂生博士提出甚麼條件來，都可以接受。樂生博士五十歲，身體粗壯如牛，學識淵博如海。

（二）唐月海先生，人類學家，他的專題研究是亞洲人在地球上的遷移過程。他的一篇美洲人由北向南移的論文，被視作權威著作，四十九歲，瀟灑、隨和、愛好裝飾，看來像個花花公子。

（三）阮耀先生，收藏家。這位先生是一個怪人，收藏一切東西，從玻璃瓶到珠寶，從礦石標本到郵票，凡是一樣東西，有許多不同種類的，全在他收藏的範圍之內。他享受了一筆豐盛到他這一生無論怎樣化也化不完的遺產之後，就成了這樣的一個收藏家。他住的地方我們稱之爲「方舟」，因爲就像是諾亞方舟一樣，幾乎甚麼都有，而他自己，則爲他的住所定名爲「芥子居」。那是取「須彌納於芥子」之意，意思就是他的屋子中，須彌世界中所有的一切，他全有，阮耀，四十二歲。

（四）我，衛斯理，似乎最不值得介紹了，表面上是一間入口分公司的經理，實際上無所是事，對一切古怪的事情全有興趣，並且有寫作興趣，如此而已。

我們四個人，在眼看著羅洛的靈灰，裝在一隻瓷瓶之中，瓷瓶又被放進一隻精緻的盒子，盒子再被埋進土中之後，各自又在石碑前站了好一會。

四個人之中，樂生博士最先開口，他道：「好了，我們該遵照羅洛的吩咐，去處理他的遺物了！」

樂生博士在那樣說的時候，我們都可以看得出，他的真正意思，實在是在向我們探詢，是不是要真的照羅洛的吩咐去做。

事實上，羅洛已經死了，就算我們完全違反他的意思，他也無從反對的，他不能像生前那樣，用最刻毒的話來對我們咆哮，也不能像生前那樣，用他的拳頭，在我們的臉前晃著。

可是，羅洛畢竟才死不久，在他未死之前，我們都曾親口答應了他的，而最主要的是，他臨死之前的那種獰厲的神情，在我們每個人的腦海之中，印象猶新，沒有人敢在想起他那種神情之後，再敢不照他的話去做的。

是以，我們一起嘆了一聲：「好吧！」

我們一起離開了墳場，登上了阮耀的車子。

汽車也是同一類東西而有許多不同種類的物件，是以也是阮耀的收集目標之一，這一天，他開來的是一輛羅洛出生那年出廠的老爺車。

當我們四個人穿著喪服，乘坐著那樣的一輛老爺車，到羅洛家中的時候，沿途看到我們的人，都以為我們是在拍一部古裝片。

羅洛住在郊外，是一幢很不錯的平房，羅洛將原來的格式改變了一下，成為一間很大的工作室，和一間很小的臥室。

原來的花園，羅洛全鋪上了水泥，變成了一大片光禿禿的平地，看來實在不順眼，但這時，對我們的焚毀工作，倒多少有點幫助。

我們四個人到了羅洛的家中，先用磚頭，在水泥地上，圍成了一個圓圈，然後，將椅子、桌子等易燃的東西，先取出來，堆在那個圓圈的中心，然後由我生起了火，火舌一下子就冒得老高。

我們四個人，在事先並沒有經過任何商量，但這時，我們卻不約而同地，先將無關緊要的東西往火堆中拋，例如衣櫥、床、椅子、廚房中的東西，等等。

烈火一直在磚圈內燒著，我們不斷將東西從屋中搬出來，拋進火堆之中。

一小時之後，我們開始焚燒羅洛的藏書，整個書櫃搬出來，推進火圈之中，燒著了的書，發出「拍拍」的聲響，紙灰隨著火燄，升向半空，在半空中打著轉，隨風飛舞著。

羅洛的藏書十分多，足足燒了兩小時，磚圈之中，已經積下了厚厚的灰燼，屋子中的一切，幾乎全燒完了，剩下來的，只是羅洛工作室中一張巨大的書桌，和另一個文件櫥。

我們都知道，在桌子和文件櫥中，全是羅洛三十年探險工作獲得的原始資料，和他那部巨著的原稿，我們四個人一起聚集在已顯得很空洞的工作室中，又是樂生博士最先開口。

或許因為樂生博士也是探險家的緣故，是以他也最知道羅洛那一批遺物的價值。

他一隻手按住了桌子的一角：「怎麼辦？」

我們三個人，沈默了好一會，阮耀嘆了一口氣：「我贊成根本不要打開抽屜，整張桌子抬出去燒掉，那麼，大家的心裏都不會難過。」

阮耀的提議，唐月海立時表示同意，我也點了點頭，樂生博士長嘆了一聲。

我們四個人合力，將那張大桌子抬了出去，推近火堆，那張桌子實在太大了，大得比我們先前堆好的磚圈還要大得多。

而且，以我們四人的力量，也是無法將桌子抬起來，拋推火堆去的。

是以，我們只是將桌子推近轉圈，將轉圈碰倒了一小半，燒紅的炭、灰，一起傾瀉下來，火舌立時舐著了桌子，不一會，整張桌子都燒了起來。

我們看了一會，又合力推出了那隻文件櫥，採取的仍然是同樣的方法，根本不打開櫥門來。

我們將那隻文件櫥推到了外面，用力一推，文件櫥向正熾烈燃燒著的桌子，「轟」然倒了下去。

世界上的事情，真是微妙不過，一點點的差異，可以使以後的事，發生完全不同的變化。

這時候，我們將那隻文件櫥，推向燃燒著的桌子，在推倒文件櫥的時候，我們完全未曾想到，應該櫥面向下，還是櫥背向下，而櫥只有兩面，在倒下去的時候，不是面向下，就是背向下，那是五十五十的機會。

如果那時，是櫥面向下，壓向燃燒著的桌子的話，那麼，就甚麼事也不會發生了。

可是，櫥在倒下去的時候，卻是櫥面向上！

在「轟」地一下，櫥倒下去的時候，烈火幾乎立時燒著了櫥角，但是也就在這時候，由於震動，櫥門卻被震得打了開來。

四周圍全是火，熱空氣是上升的，櫥門一被震開，就有一大批紙張，一起飛了出來。

我們四個人，一起搶拾著自櫥門中飛出來的紙張，而且，不約而同，手中抓著的，不論是甚麼紙，都看也不看，揉成一團，就向火中拋。

也就在這時候，阮耀忽然道：「地圖上的金色，代表甚麼？」

樂生博士順口答道：「地圖上不會有金色的！」

阮耀的手中，抓著一疊紙，他揚了一揚：「你看，這地圖上，有一塊是金色的！」

我已經眼明手快，將文件櫥的門關上，兩火舌也已經捲上了門，我相信這時候，櫥中一切珍貴的東西，都開始變成灰燼了。

而我們拾起的那些紙，我們全連看也沒有看，就拋進了火堆之中，只有阮耀，他手中拿著那份地圖。那份地圖，自然也是文件櫥的門打開的時候，被熱空氣捲出來的。

前面我說過，世事真是奇妙了，如果文件櫥倒下去的時候，是櫥面向下的話，甚麼事都不會有。而就算櫥面打開，櫥中的紙張飛出來，我們四個人一起去拾，那份地圖，如果不是阮耀拾到的話，也早已投入火中，成爲幾片灰燼了。

我在介紹阮耀的時候，說得很清楚，他是一個異乎尋常的收藏家，一般而言，收藏家在許多時候，都要鑒定他的收藏品，有些收藏品之間的差別是極微的，所以收藏家的觀察力，也特別敏銳。

我之所以不厭其煩地這樣解釋，目的是想說明，這份地圖，如果是旁人拾到了，根本不會加以特別的注意，但是阮耀卻不同，他立即注意到，那幅地圖上，有一小塊地方，是用金色來表示的。

而地圖上通常是沒有金色的，所以他便問了一句。他可能是隨便問問的，但是他既然問了，那就不能不引起了我們的注意。

更巧的是，這時，羅洛屋子中，所有能燒毀的東西，已全部都在火堆中燃燒著，我們都空下來了，所以，在阮耀和樂生博士的一問一答之後，我和唐月海，也一起向阮耀手中的地圖看去。

地圖摺成好幾疊，在最上面，可以看到那一小塊金色，那一小塊金色的形狀，像是一條蜷在一起的毛蟲。如果不是金色的旁邊，有細而工整的黑邊圍著，可能叫人以爲那是不小心沾上去的一點金色，但現在那樣的情形，金色顯然是故意塗上去的。

唐月海道：「真古怪，羅洛的怪事也太多了，誰在地圖上塗上金色？」

樂生博士道：「這是一張探險地圖，你看，上面有著好幾個危險的記號。」

樂生博士一面說，一面指著那地圖。

危險記號是一個骷髏和交叉的兩根人骨，和毒藥的記號一樣。

這樣的記號，在普通的地圖上，也是看不到的，但在探險地圖中，卻很普通。

在探險地圖上的危險記號，有很多意義，可能是表示這地方，有一個泥沼，也可能是這地方，聚居著一群獵頭族人，也有可能，是表示這地方的積雪，隨時有著雪崩的可能。

而在那地圖上，在那一小塊金色之旁，竟有著七八個危險記號之多！

唐月海已然道：「那是甚麼地方的地圖，怎麼有那麼多的危險記號。」

我道：「打開來看看！」

阮耀已經將整張地圖，打了開來，蹲下身，將地圖攤在地上。

我拾了幾塊碎磚，將地圖的四角，壓了起來。

這是我們四個人，第一次看那幅地圖。

那時，天色已經漸漸黑下來了，但是火光仍然很高，所以我們都可以看得很清楚。

毫無疑問，樂生博士的說法是對的，那是一幅探險家用的地圖。地圖上有藍色，有棕色，有綠色，還有那一小塊金色。有藍的線，表示是河流，也有圓圈，自然那表示是城鎮，可是卻一個文字也沒有。

那也就是說，看了這幅地圖之後，不能知道那是甚麼地方的地圖。

一看到這種情形，我不禁道：「這是甚麼地方，羅洛為甚麼不在地圖上，註上地名？」

阮耀道：「或許是為了保守秘密。」

樂生博士搖頭道：「地圖有甚麼值得保守秘密的，算了，甚麼都燒掉了，將它也燒了吧！」

阮耀又將地圖摺了起來，當他將地圖摺起來的時候，我看到了地圖的比例尺，是四萬分之一。

四萬分之一的地圖，是極其詳細的地圖了，作爲軍事用途的地圖，其比例也通常是五萬分之一，自然有更詳細的，但是四萬分之一的地圖，總是很不平常的了，在這樣的地圖上，一條小路也可以找得到。

這一次，是我開了口：「等一等，這份地圖，我想保留來作紀念，這是羅洛的唯一遺物了！」

唐月海立時道：「讓羅洛永遠活在我們的心中吧，我不想違反他的遺言。」

阮耀卻支援我：「有甚麼關係，他已經死了，何況那只是一幅沒有文字，根本不知道是有甚麼用途的地圖，怕甚麼？」兩個贊成，一個反對，所以我們三個人，一起都向樂生博士看去。

這時，天色已經更黑了，是以在火光的照耀下，樂生博士的臉色，看來也顯得很古怪。我道：「怎麼，博士，你在想甚麼？」這句話，我連說了兩遍，樂生博士才陡地震了一震：「我是在想，羅洛的事情，我是全知道的，何以他有這樣一張探險地圖，我從來也不知道？」

唐月海用手抹了抹面，打了一個呵欠：「那是很普通的事，不見得羅洛這樣的怪人，會每一件事，都講給你聽的！」

樂生博士搖著頭：「不，這是一張探險地圖，剛才我看到上面至少有一百個危險記號，如果不是親身到過這個地方，那是不會有這些記號加上去的，而且，我看得出，這是羅洛親筆畫的，羅洛應該向我說起那是甚麼地方，不該瞞著我的。」

我忙問道：「這是甚麼地方？」

樂生博士道：「不知道，一個地名提示也沒有，我怎知道這是甚麼地方？」

阮耀還是念念不忘那一塊金色，道：「地圖上有一塊地方，是用金色來表示的，那真太古怪了！」

我直跳了起來：「如果羅洛到過那地方，那麼，在他的記載中，一定可以找出那是甚麼地方，和那一小塊金色地區，究竟是甚麼意思來的！」

唐月海叫道：「對！」

第二部：一幅探險地圖

我們四個人一起轉過身去。

可是，我的話已經說得太遲了，當我們一起轉過身去看火堆時，文件櫥已經只剩下一小半，櫥中的紙張，也早已變成了灰！

我苦笑著，搔了搔頭，道：「博士，你可知道，探險地圖上的金色，表示甚麼？」

樂生博士搖頭道：「不知道，地圖上，根本就不應該出現金色的。」

阮耀道：「或許是一個金礦！」

唐月海道：「或者，那地方遍地都是純金！」

我聳了聳肩：「你們都不是沒飯吃的人，怎麼那樣財迷心竅？」

樂生博士皺著眉：「是啊，探險地圖上的金色，代表甚麼呢？」

這時，火頭已漸漸弱了下來。那天的天氣，本來就很冷，長期站在火堆邊，自然不覺得冷，但這時天黑了，火弱了，我們都感到了寒冷。

那幅地圖在我的手上，我望著越來越弱的火頭，和那一大堆灰燼，道：「羅洛臨死的時候，要我們將他屋子中的一切全燒掉，是不是？」

樂生博士點頭道：「是，所以這幅地圖——」

我在他說那半句話之際，以最快的手法，將地圖摺了起來，放進了口袋之中。

樂生博士睜大了眼，望著我，充滿了驚訝的神色，我則盡量裝出一副泰然自若神情，道：

「我們都答應了他的要求，可是他並沒有要求我們在一天之內，將他所有的東西，全部燒掉，我保證這幅地圖，一定會變爲灰燼，在若干時日之後！」

阮耀對一切事情，都看得並不認真，所以，在三個人之中，他最先接受我的狡辯，他「哈」地一聲：「你是一個滑頭，和你做朋友，以後要千萬小心才好！」

我向其餘兩個人望去，樂生博士皺著眉，唐月海道：「你要那幅地圖作甚麼？」

我搖著頭：「不作甚麼。我只不過想弄清楚，那是甚麼地方的地圖。」

樂生博士道：「你無法弄清楚那是甚麼地方的地圖，這上面一個字也沒有，而世界是那麼大。」

我道：「我有辦法的。」

唐月海和樂生博士兩人，也沒有再說甚麼，這幅地圖，暫時，就算我的了。

老實說，在事後，我回想起來，也有點不明白自己何以要將這幅地圖留了下來。

我曾仔細地想過，但是想來想去，唯一的原因，就是一股衝動，我喜歡解難題，越是難以弄明白的事，我就越喜歡研究。在那幅地圖上，一個字也沒有，要弄清楚那是甚麼地方的詳細地圖，並不是一件容易的事，這就引起了我的興趣。

而如果在那幅地圖上，像普通的地圖一樣，每一個山頭，每一條河流，都註有詳細的地名，使人一看就知道那是甚麼地方的話，那麼，就算地圖上有著一塊奇異的金色，也不致於引起我的興趣。

如果情形是那樣的話，那麼，這幅地圖，可能早已被我抛進了火中，那麼，以後，也不會生出那麼多事來了。

當天，我們在將灰燼徹底淋熄之後，將羅洛的屋子上了鎖，然後離開，在阮耀的家中，又敘了一會。他們三人，因爲同意了我收起那幅地圖，好像都有一種犯罪的感覺，是以他們竭力避免提及那幅地圖。

而我本來是最多話的，這時因爲在想，用甚麼方法，才能找出那地方是在地球的哪一個角落，所以也很少講話，不久，我們就散了。

在歸家途中，我已經想到了辦法。

第二天，我先將那幅地圖拍了照，然後，翻印在透明的膠片上，大大小小，印成了十幾張，每張的比例都不同。這化了我一整天的時間，我所得到的，是許多張透明的地圖縮影。

然後，我又找來了許多冊詳盡的各國地圖，有了這些地圖，再有了那些印在透明膠片上的地圖縮影，我要找出那地圖究竟繪的是甚麼地方，就不過是一件麻煩的事，而不是一件困難的事了。

因為那地圖上，雖然沒有字，但是山川河流，卻是十分詳盡的，我只要揀到和地圖同樣大小比例的膠片，將膠片放在地圖上移動著，一找到曲線吻合的一幅地圖，就可以知道羅洛繪的是甚麼地方了。

我於是開始工作，雖然，我對有幾個國家的地形，極其熟悉，明知不會是那地方，但是為了萬一起見，我還是一律將比例尺相同的膠片，在那些地方的地圖上，移動著、比對著。

這些工作，化了我五天時間。

如果說化了五天時間，而有了結果的話，那我也決不會在五天之後，叫苦連天了！足足五天，伏在桌子，將膠片在地圖上移動著，想找出相同的曲線來，這實在是一件很乏味的事情，更何況五天之後，我對完了全世界的地圖，竟然仍找不到那個地方！

我弄來的各國詳細地圖，足有七八十本，這些地圖，堆在地上，疊起來比我還高，全世界所有的地方全在了，連南太平洋諸小島，我也有許多的地圖可以對照，可是我找不到羅洛所繪的那幅地圖是甚麼地方！

在我對完了所有的地圖之後半小時，那已是我得到羅洛那幅地圖之後，第六天的晚上了，我打電話給樂生博士：「博士，我找不到那地方，你還記得羅洛的那幅地圖？我找不出他繪的是何處。」

樂生博士道：「我早已說過了，你沒有法子知道那是甚麼地方的。」

我有點不服氣：「或許你想不到我用的是甚麼方法，等我告訴你！」

我將我用的方法，在電話中，詳細地告訴了樂生博士，他呆了好一會，才道：「你的辦法很聰明，照說，用你的法子，應該可以找得出那是甚麼地方的，除非，你用來作對照的地圖，漏了甚麼地方。」

我肯定地道：「不，全世界每一個角落的地圖，我全弄來了！」

樂生博士提高了聲音：「那是不可能的，除非那地方，不在地球上！」

我苦笑了起來：「別對我說這地圖不是地球上的地方，對於地球之外的另外星球，我也厭煩了，我想，可能是我找來的地圖不夠詳盡。」

樂生博士道：「這是很容易補救的，我可以替你和地理博物院接頭，他們藏有全世界最詳盡的地圖，你可以借他們的地方工作。」

我嘆了一口氣：「好的，我再去試試。」

第二天，我先和樂生博士會了面，然後，拿了他的介紹信，去見地理博物院的負責人。等到我走進了博物院收藏世界各地詳盡地圖的專室，我才知道，我借來的那七八十本地圖，實在算不了甚麼。

博物院中的地圖是如此之多，如此之詳細，舉一個例來說，中國地圖，就詳細到「縣圖」，就是每一個縣，都有單獨的、普通掛圖大小的地圖！試想想，中國有三千多縣，單是中國地圖部分，已經有近四千幅地圖之多了。如果我不是一個一開始就一定要有結果，否則決不肯住手的人，就一定會縮手了。

我在地理博物館的地圖收藏室中，工作了足足一個月，爲了適應各種地圖不同的比例尺，我又添印了許多透明的膠片。

在這一個月之中，博物院方面，還派了兩個職員，來協助我工作。

我昏天黑地地工作了足足一個月，如果有結果的話，那也算了。

一個月之後，博物院中所有的地圖，都對照完了，可是一樣沒有結果。

我長嘆著，在昏暗、寒冷的天色中，走出博物院的門口，走下石階之際，我更發出了一下使我身旁十步遠近的人，都轉過頭來望我的長嘆聲。

那一天晚上，在阮耀的家裏，我們四個人又作了一次敘會。

阮耀的家，佔地足有二十英畝，他家的大客廳，自然也大得出奇。我們都不喜歡那個大客廳，通常都在較小的起居室中坐。

天很冷，起居室中生著壁爐，我們喝著香醇的酒，儘管外面寒風呼號，室內卻是溫暖如春。

我們先談了一些別的，然後，我將羅洛的那幅地圖，取了出來，將之完全攤開，我道：「各位，我承認失敗，我想，世界上，只有羅洛一個人知道他繪的是甚麼地方，而他已經死了！」

阮耀瞪著眼望定了我，我是很少承認失敗的，是以他感到奇怪。

可是他一開口，我才知道我會錯意了！

他望了我好一會，才道：「衛斯理，是不是你已經找到了那是甚麼地方，也知道那一塊金色是甚麼意思，卻不肯說給我們聽？」

當阮耀那樣說的時候，唐月海和樂生博士兩個人，居然也同樣用疑惑的眼光望著我！

我感到生氣，想要大聲分辯，但是在一轉念間，我卻想到，這實在是一件滑稽的事，我只是聳著肩：「不，我說的是實話。」

他們三個人都沒有搭腔，我又自嘲似地道：「那或許是我用狡辯違背了對羅洛的允諾，所以報應到了，連幾個最好的朋友都不相信我了！」

阮耀倒最先笑了起來：「算了！」

我道：「當然只好算了，不管羅洛畫的是甚麼地方，也不管他畫這地圖的目的是甚麼，我都不會再理這件事了，將它燒了吧！」

我一面說，一面將那幅地圖，揚向壁爐。

那幅地圖，落在燃燒著的爐火之上，幾乎是立即著火燃燒了起來。

而也在那一剎間，我們四個人，不約而同，一起叫了起來！

我們全都看到，在整幅地圖，被火烘到焦黃，起火之前，不到十分之一秒鐘的時間內，在地圖的中間，出現了一行字。那一行字是：「比例尺：一比四〇〇」。

「一比四百」那行字，是用隱形墨水寫的，就是那種最普通的，一經火烘就會現出字跡來的隱形墨水！

而羅洛在那幅地圖上明寫著的比例，則是一比四萬，差了一百倍之多！

那相差得實在太遠了，一比四百的地圖，和一比四萬的地圖，相差實在太遠了，後者的一片藍色，就算不是海，也一定是個大湖泊。但是在前者，那可能只是一個小小的池塘！

我的反應最快，我立時撲向前，伸手去抓那幅地圖，但是，還是慢了一步，就在那一行用隱形墨水寫的字現出來之後的一剎間，整張地圖，已經化為灰燼，我甚麼也沒有抓到。

阮耀立時叫了起來，道：「原來羅洛玩了花樣！」

唐月海驚叫道：「地圖已經燒掉了！」

樂生博士站了起來：「衛斯理，你已經拍了照，而且那些膠片也全在，是不是？」

我在壁爐前，轉過身來，樂生博士說得對，那幅地圖是不是燒掉了，完全無關緊要的，我有著許多副本。

而從他們三個人的神情看來，他們三人對於這張地圖，興趣也十分之濃厚。

我吸了一口氣：「我們已經知道以前為甚麼找不到那地方了，現在我們應該怎麼辦？」

樂生博士道：「那太簡單了，你將比例弄錯了一百倍，現在，只要將你那些透明膠片，縮小一百倍，再在全世界所有的地圖上，詳細對照，就一定可以將地圖上的地方找出來了。」

我苦笑了一下：「那得化多少時間？」

阮耀忽然道：「我看，這件事，由我們四個人輪流主持，同時，請上十個助手，這是一件很簡單的工作，只要稍對地圖有點知識的人就可以做，那麼，就可以將時間縮短了！」

阮耀一面說，唐月海和樂生博士兩人，就不住點頭。

我望著他們：「奇怪得很，何以你們忽然對這幅地圖，感到興趣了？」

唐月海笑道：「地圖已經燒掉了，我們算是已照著羅洛的遺言去做，不必再在心中感到欠他甚麼了！」

樂生博士想了一想：「羅洛從來也不是弄甚麼狡獪的人，可是在這幅地圖上，他不但不寫一個字，而且，還用了隱形墨水，那和他一向的行事作風，大不相同，所以我看在這幅地圖上，一定有著重大的隱秘。」

阮耀搔著頭，想了一會：「那一塊金色，地圖上是不應該有金色的，我想一定有極大的意義。」

他們三個人，每人都說了一個忽然對這幅地圖感到興趣的理由，聽來卻是言之成理的。

我望著阮耀：「你以為那一塊金色，代表甚麼？」

阮耀道：「我怎麼知道？」

我笑了笑：「我不知道你心中在想些甚麼，但是你或許對比例尺沒有甚麼概念，你要注意，這是一比四百的地圖！」

阮耀瞪著眼，道：「那有甚麼分別？總之這幅地圖上有一塊是金色的，那有特殊的意義。」

我一面搖著頭，一面笑道：「那可大不相同了，這塊金色，不過兩個指甲大。如果是一比四萬的地圖，那樣的一塊，代表了一大片土地，但是在一比四百的地圖上，那不過是一口井那樣大小！還有，這裏有幾個圓點，以前我們以爲是市鎮，但是現在，那可能只是一棵樹，或者只是一間小茅屋！」

我又轉向樂生博士：「現在，輪到我來說，我們是找不到那地方的了，你建議我將現在的透明膠片縮小一百倍，除非我們可以找到全世界的詳細地圖，其詳細程度是連一口井、一棵樹也畫上去的，不然，就根本無法對照出羅洛畫的是甚麼地方來，所以，你們有興趣的話，你們去找吧，我退出了！」

我說著，拉著椅子，坐近壁爐，烘著手。

他們三人，望了我片刻之後，就開始熱烈地討論起來。我明知他們不論用甚麼方法，都是不可能達到目的的，所以一直沒有參加。

這一晚，我是早告辭的，而且，我在告辭之際，對於他們三個人的那種執迷不悟，還很生氣，我在門口大聲道：「三位，不論你們的討論，有甚麼結果，請不必通知我，再見！」

我一個人穿過了大得離奇的大廳，又穿過了大得像一整塊牧場的花園，上了車，回去了。

我不知道他們三個人討論，得到了甚麼結論，第二天，阮耀上門來，將我拍的照，和印製的膠片，全部要了去。我沒有問他，他也沒有告訴我。只是充滿神秘地對我不斷地笑著。

我也料他們想不出甚麼更好的辦法來的，他們無非是在走我的老路。

而當我一知道羅洛的地圖比例，是一比四百的時候，我就知道我的辦法，是行不通的了，因爲羅洛整幅地圖，不過兩呎長，一呎多寬。

那也就是說，整幅地圖，所顯示的土地，不過八百呎長，六百呎寬，只是五萬平方呎左右的地方。阮耀家裏的花園，就超過五萬平方呎許多許多。試問，在那一份地圖上，可以找到阮耀的住宅？

但是他們三個人，顯然都對地圖上的那一小塊金色，表示了異乎尋常的興趣，或許他們懷著某一種他們並沒有說出來的特殊希望。但不管他們如何想，他們一定會失望！

我那樣不理他們，在事後想來，實在是一件很殘酷的事，因爲他們三個人，輪流每人擔任一天主持，真的僱了十個助手，每天不停地工作著，足足又工作了兩個月。

那時候，天氣早就暖了，我已經開始游泳，那一天，我盡興回來，正是傍晚時分，一進門，就看到唐月海、樂生博士、阮耀三人，坐在我的家中。

我已經有兩個月未和他們見面了，這時，一見他們，用「面無人色」來形容他們三個人，那是最恰當不過的了！

他們三個人的面色，都蒼白得出奇，一看到我，又一起搖頭嘆息。

我忙道：「除了你們的努力沒有結果外，還有甚麼更壞的消息？」

阮耀忙道：「難道還能有甚麼更壞的消息麼？」

我笑著，輪流拍著他們的肩頭，我們畢竟是老朋友了，看到他們這種樣子，我心中也不禁很難過：「算了，這是意料中的事，因爲羅洛地圖上所繪的全部地方，根本還不如阮耀家裏的花園大，怎麼可能在地圖上找得到它的所在？」

我這樣講，只不過是爲了安慰他們，可是阮耀卻突然像是發了瘋一樣，高叫了一聲，瞪大了眼，半晌不出聲，我忙道：「你作甚麼？」

阮耀道：「花園，我的花園！」

樂生博士皺著眉：「你的花園怎麼了？」

阮耀又怪叫了一聲：「我的花園，羅洛所繪的地圖，正是我的花園，是我的花園！」

唐月海笑道：「別胡說八道了，我看你，爲了那幅地圖，有點發神經了！」

阮耀自口袋中，摸出了那幅地圖的照片來，指著地圖道：「你看，這是荷花池，這是一條引水道，這是一個魚池。這個圓點是那株大影樹，那個圓點，是一株九里香，這個六角形，是一張石桌。」

阮耀說得活龍活現，可是我、唐月海和樂生博士三人，卻仍然不相信他。

樂生博士道：「那麼，那塊金色呢，是甚麼？」

唐月海道：「還有那麼多危險記號，代表甚麼？難道在你的花園中，有著危險的陷阱？」

阮耀對這兩個問題，答不出，他漲紅了臉，看來像是十分氣惱。

我笑道：「這根本不必爭，阮耀的家又不是遠，他如果堅持說是，我們可以一起去看一看。」

阮耀說得如此肯定，我們三個人，倒也有點心動了，雖然，那簡直是說不過去的事——著名的探險家，為甚麼要用那麼隱秘的態度，去繪阮耀花園呢？

而且，最難解釋的是，在阮耀的花園中，是不會有著危險的陷阱的，但是在地圖上，卻有著十幾個危險的記號。阮耀的花園，絕無探險價值，為甚麼要用探險地圖將之繪出來呢？

阮耀開始催促我們啓程，快到他的家中去看個明白，老實說，我們三個人在互望了一眼之後，心中都知道其餘的人在想些甚麼，我們其實都不願意去。

可是，阮耀卻是信心十足，他是將我們三個人，連推帶捉，硬弄出門去的。

我們出了門，上車，一路上，阮耀還不住指著那照片在說那是他花園。

我駕著車，唐月海和樂生博士兩人，卻全不出聲，阮耀越說越大聲，最後，他幾乎是在叫嚷，道：「你們不相信，根本不信，不是？是？」

我笑了一笑：「你完全不必生氣，現在，離你的家，不過十分鐘路程，你大可閉上嘴十分鐘，然後再開口，是不是？」

阮耀瞪了我好一會，果然聽從了我的話，不再說甚麼了。車在向前疾馳著，十分鐘後，就駛近了一扇大鐵門。那大鐵門上，有一個用紫銅鑄成的巨大的「阮」字。

別以爲進了那扇門，就是阮耀的家了，一個看門人一見有車來，立時推開了門，在門內，仍有一條長長的路，那條路，自然也是阮耀私人的產業。

第三部：大玩笑

阮耀究竟有多少財產，別說旁人難以估計，根本連他自己也不十分清楚。旁的不說，單說在這個現代化城市的近郊，那麼大的一片土地，地產的價值，就已經是一個天文數字了。

我之所以特別說明阮耀財產數字之龐大，是為了阮耀所承受的那一大筆遺產，對於這個故事，有著相當密切的關係之故。

車子一直駛到了主要建築物之前，才停了下來，我問阮耀：「要不要直接駛到那花園去？」

阮耀道：「不必，我帶你們上樓，那本來是我要來養魚的，由於面積太大，所以我當時是在樓上看魚的，一到了樓上，你們對那花園的情形，就可以一目瞭然，不必我再多費唇舌！」

我們三個人又互望了一眼，已經來到了阮耀的家中，而阮耀的語氣，仍然如此肯定，照這樣的情形看來，好像是他對而我們錯了！

我們經過了大廳，又經過了一條走廊，然後，升降機將我們帶到四樓。

我們走進了一間極大的「魚室」，那是阮耀有一個時期，對熱帶魚有興趣的時候，專弄來養熱帶魚的。

那間「魚室」，簡直是一個大型的水族館，現在仍然有不少稀奇古怪的魚養著，阮耀已經不再那麼狂熱，但是他那些魚，仍僱有專人照料。

他將我們直帶到一列落地長窗前站定，大聲道：「你們自己看吧！」

從那一列落地長窗看下去，可以看到花園，大約有四五萬平方呎大小，最左端，是一個很大的荷花池，池中心有一個大噴泉。然後，是從大池中引水出來的許多人工小溪，每一個小溪的盡頭，都有另一個較小的，白瓷磚砌底的魚池。

這些魚池的周圍，都有著小噴泉，而且，人工小溪中的水，在不斷流動，這當然都是一個巨型水泵的功用。

那些池，是阮耀要來養金魚的，現在還有不少金魚，也在池中游來游去。

我不知道唐月海和樂生博士兩人的感覺怎樣，因爲我根本沒辦法注意他們兩人的反應，我自己只是向下一看間，就呆住了！

我對於羅洛的那幅地圖，實在是再熟悉也沒有，如果這時，我是站在水池的旁邊，或者我還不能肯定，但這時我卻是在四樓，居高臨下地向下望，那實在是不容爭辯的事：羅洛的那幅地圖，繪的正是這花園。

那些大小水池，那些假山，假山前的石桌、石椅，幾棵主要的大樹，幾列整齊的灌木，全都和那幅地圖上所繪的各種記號，一模一樣。

自然，我立時注意地圖上的那塊金色，一切問題，全是因爲地圖上的那塊金色而起的，我也記得地圖上那塊金色的位置。

我向花園相應的位置望去，只見在地圖上，被塗上金色的地方，是一個六角形的石基，上面鋪著五色的大瓷磚。

看那情形，像是這石基之上，原來是有著甚麼建築物，後來又被拆去的。

直到這時候，我才聽到了另外兩人的聲音，樂生博士的手向前指著，道：「看，地圖上的金色就在那裏，那是甚麼建築？」

唐月海道：「好像是一座亭子，被拆掉了！」

阮耀的神情十分興奮，他道：「現在你們已經承認，羅洛所繪的那幅地圖就是我這裏了？」

這實在已是不容再有任何懷疑的事，是以我們三個人一起點頭。

阮耀的手向下指著：「不錯，這地方，本來是一座亭子，後來我嫌它從上面看下去的時候，阻礙我的視線，所以將它拆掉了。」

我仍然定定地望著那花園，在那一剎間，有千百個問題，襲上我的心頭，我相信他們也是一樣，是以好久，我們誰也不出聲，阮耀的手中，還拿著那幅地圖的照片，在指點著。

我向他走近了一步：「在那花園中，有甚麼危險的埋伏？」

阮耀道：「笑話，有甚麼埋伏？你看，我僱的人開始餵魚了！」

果然，有一個人，提著一隻竹籃，走了過來，在他經過魚池的時候，就將竹籃中特製的麵包，拋到池中去，池中的魚也立時湧上水面。

我們都看到，那個人走上亭基，又走了下來，他至少經過六七處，在羅洛的地圖上，畫有危險記號的地方，可是他卻甚麼事也沒有。

樂生博士忽然吁了一口氣，後退了一步，就在那列長窗前的一排椅子上，坐了下來：「我看，這是羅洛的一個玩笑！」

唐月海也坐了下來，點頭道：「是的，我們全上他的當了，他在和我們開玩笑！」

認爲羅洛繪了這樣的一張地圖，其目的是在和我們開玩笑，這自然是最直截了當的說法，承認了這個說法，就甚麼問題也不存在了，但如果不承認這個說法的話，就有一百個、一千個難以解釋的問題。

我轉過身來，望著樂生博士：「博士，你認識羅洛，比我更深，你想一想，他的一生之中，和誰開過玩笑？他一生之中，甚麼時候做過這一類的事情？」

樂生博士張大了口，在他的口中，先是發出了一陣毫無意義的「嗯」「啊」之聲，然後樂生博士才道：「當然是未曾有過，那麼，他爲甚麼要繪這幅地圖呢？」

我道：「這就是我們要研究的問題，我們要找出原因來，而不是不去找原因！」

樂生博士攤了攤手，沒有再說甚麼。

阮耀搔著頭：「真奇怪，這幅地圖，相當精細，他是甚麼時候畫成的呢？」

我道：「他也上你這裏來過，是不是？」

阮耀道：「是，來過，可是他對魚從來也沒有興趣，他到我這裏來，大多數的時間，是逗留在西邊的那幾幢老屋之中，我收藏的古董，和各原始部落的藝術品，全在那幾幢屋子之中。」

他講到這裏，略頓了一頓，又補充了一句：「在那幾幢屋子裏，是看不到這花園的。」

我搖頭道：「錯了，你一定曾帶他到這裏來看過魚，如果他帶著小型攝影機，只要將這花園拍攝下來，就可以製成一幅地圖！」

我一本正經地說著，阮耀倒不怎樣，只是抓著頭，現出一片迷惑的神色。而樂生博士和唐月海兩人，卻也忍不住「呵呵」大笑了起來。

唐月海一面笑，一面道：「他爲甚麼要那樣做？」

我有點不高興，沈聲道：「教授，羅洛為甚麼要那樣做？你不知道，我也不知道。但是他已經那樣做了。這卻是你我都知道的事實，他既然那樣做了，就一定是有他的道理的。」

樂生博士搖著手：「別爭了，我們在這裏爭也沒有用，何不到下面去看看。」

阮耀首先高舉著手：「對，下去看看，各位，我們下去到那花園中，是到一位偉大探險家所繪製的神秘探險地圖的地方，希望不要太輕視了這件事！」

這一次，連我也不禁笑了出來。

如果光聽阮耀的那兩句話，好像我們要去的地方，是亞馬遜河的發源地，或者是利馬高原上從來也沒有人到過的原始森林一樣。

但是事實上，我們要去的地方，卻只不過是他家花園！

阮耀帶頭，他顯得很興奮，我們一起穿過了魚室，下了樓，不到兩分鐘，我們已經踏在羅洛那幅地圖所繪的土地上了。

我們向前走著，一直來到了那座被拆除了的亭子的石基之上。

如果說，這時候，我們的行動有任何「探險」的意味的話，那麼我們幾個人，一定會被認為瘋子。

阮耀搔著頭，嘆了一聲，道：「看來，真是羅洛在開大玩笑！」

我從阮耀的上衣口袋，抽出了那張地圖的照片來，地圖上繪得很明白，在亭基的附近，有著七八個表示危險的記號。

我走下亭基，走前了兩三步，在一片草地上停了下來。正確地說，我是停在草地上用石板鋪出的路的其中一塊石板之上。

我站定之後，抬起頭來，道：「根據地圖上的指示，我站立的地方，應該是很危險的！」

樂生博士有點無可奈何地點著頭：「照一般情形來說，你現在站的地方，應該是一個浮沙潭，或者是一群吃人蟻的聚居地，再不然，就是一個獵頭部落的村落，是一個活火山口！」

我仍然站著，道：「但是現在我卻甚麼事也沒有。博士，這記號是不是還有別的意義？」

樂生博士道：「或者有，但是對不起，我不知道。」

阮耀突然大聲道：「噯，或者，羅洛自己心中有數，那些符號，是表示另一些事，並不是表示危險！」

我大聲道：「可能是，但是我站在這裏，卻覺得甚麼也不表示。」

阮耀道：「你不是站在一塊石板上面麼?或許，那石板下有著甚麼特別的東西！」

唐月海笑著道：「小心，他可能在石板下埋著一枚炸彈，一掀開石板，就會爆炸！」

他說著，又笑了起來，可是阮耀卻認真了，他並不欣賞唐月海的幽默，瞪著他。

阮耀本來是甚麼都不在乎的人，但這時候卻是忽然認真起來，倒也是可以瞭解的。因爲，羅洛那幅地圖所繪的，的確是他花園的地方，不論羅洛是爲了甚麼目的而繪製這幅地圖，在我們的各人中，他自然是最感到關心。

當阮耀瞪眼的時候，唐月海也停止了笑：「別生氣，由我來揭開這次探險的序幕好了，我來揭這塊石板，看看會有甚麼危險！」

他一面說，一面從亭基上走了下來，來到我的身前，將我推了開去。

我在被唐月海推開的時候，只覺得那實在很無聊，我們四個人，全是成年人了，不是小孩子，何必再玩這種莫名其妙的遊戲？

可是，我還未曾來得及出聲阻止，唐月海已然俯下身，雙手扳住了那石板的邊緣，在出力抬著那塊石板，阮耀和樂生博士，也從亭基上走了下來。

唐月海的臉漲得很紅，看來那塊石板很重，他一時間抬不起來。

他如果真抬不起來，那就該算了，可是他卻非常認真，仍然在用力抬著。

阮耀看到了這種情形，忙道：「來，我來幫你！」

可是，唐月海卻粗暴地喝道：「走開！」

阮耀本來已在向前走過來了，可是唐月海突如其來的那一喝，卻令得他怔住了。

事實上，當時不但阮耀怔住了，連我和樂生博士，也一起怔住了。

唐月海是一個典型的中國式知識分子，恂恂儒雅，對人從來也不疾言厲色，可是這時，他卻發出了那樣粗暴的一喝。

這對我們所瞭解的唐月海來說，是一件十分失常的事。而我尤其覺得他的失常，因為他剛才，曾將我用力推了開去，這實在也不是唐教授的所為。

一時之間，他仍然在出力，而我們三個人，全望著他。唐月海也像是知道自己失常了，他繼續漲紅著臉，微微喘息著：「羅洛不是在這裏留下了危險的記號麼？要是真有甚麼危險，就讓我一個人來承擔好了，何必多一個人有危險？」

他在那樣說的時候，顯得十分認真。阮耀是一副不知如何是好的神情，我和樂生博士兩人，也都有著啼笑皆非之感。

而就在這時候，唐月海的身子，陡地向上一振，那塊石板，已被他揭了起來，翻倒在草地上。

唐月海站了起來，雙手拍著，拍掉手上的泥土，我們一起向石板下看去。

其實，那真是多餘的事，石板下會有甚麼？除了泥土、草根，和一條突然失了庇護之所，正在急促扭動著的蚯蚓之外，甚麼也沒有！

唐月海「啊」地一聲：「甚麼也沒有！」

我們四個人，都一起笑了起來，阮耀道：「算了，羅洛一定是在開玩笑！」

我本來是極不同意「開玩笑」這個說法的。可是羅洛已經死了，要明自他爲甚麼繪製一幅這樣的地圖，已經是不可能的事。

而且，我們已經揭開了一塊石板，證明羅洛地圖上的記號，毫無意義！

地圖上的危險記號，既然毫無意義，那麼，地圖上的金色，自然也不會有甚麼意思。

這件事，應該到此爲止了！

我用腳翻起了那塊石板，使之鋪在原來的地方，道：「不管他是不是在開玩笑，這件事，實在沒有再研究下去的必要了！」

樂生博士拍著阮耀的肩頭：「你還記得麼？你第一次看到那幅地圖的時候，曾說那一片金色地區，可能是一個金礦，現在，或許有大量的黃金，埋在那個石亭的亭基之下！」

阮耀聳了聳肩：「那還是讓它繼續埋在地下吧，黃金對我來說，沒有甚麼別的用處！」

我們幾個人都笑著，離開了這花園，看來，大家都不願再提這件事了。

那時候，天色也黑了，唐月海除了在揭開那塊石板時，表示了異樣的粗暴之外，也沒有甚麼特別。我們在一起用了晚飯後就分手離去。

我回到了家中，白素早在一個月前，出門旅行，至今未歸，所以家中顯得很冷清，我聽了一會兒音樂，就坐著看電視。

電視節目很乏味，使我有昏然欲睡之感，我雖然對著電視機坐著，可是心中仍然在想：爲甚麼羅洛要繪這幅地圖？那花園，一點也沒有特異之處，像羅洛這樣的人，最好一天有四十八小時，他是絕沒有空閒，來做一件毫無意義的事情的。

如果肯定了這一點，那麼，羅洛爲甚麼要繪這幅地圖，就是一個謎了。

我在想，我是應該解開這個謎的。如果我找到羅洛的地圖所繪的地方，是在剛果腹地，那麼我毫不猶豫，就會動身到剛果去。

可是，那地方，卻只不過是花園，汽車行程，不過二十分鐘，雖然這件事的本身，仍然充滿了神秘的意味，但是一想到這一點，就一點勁也提不起來了！

在不斷的想像中，時間過得特別快，電視畫面上打出時間，已經將近十二點了！

我打了一個呵欠，站了起來，正準備關上電視機時，新聞報告員現出來，在報告最後的新聞，本來，我也根本沒有用心去聽，可是，出自新聞報告員口中的一個名字突然吸引了我。

那名字是：唐月海教授。

當我開始注意去聽新聞時，前半截報告員講的話，我並沒有聽到，我只是聽到了下半截，那報告員在說：「唐教授是國際著名的人類學家，他突然逝世，是教育界的一項巨大損失。」

聽到了「他突然逝世」這句話時，我不禁笑了起來，實在太荒謬了，兩小時之前，我才和他分手，他怎麼會「突然逝世」？電視台的記者，一定弄錯了。

我順手要去關電視，但這時，螢光幕上，又打出了一張照片來，正是唐月海的照片。

望著那張照片，我不禁大聲道：「喂，開甚麼玩笑！」

照片消失，報告員繼續報告另一宗新聞，是越南戰爭甚麼的，我也聽不下去，我在電視機前，呆立了半晌，才關掉了電視機。

就在這時候，電話鈴突然響了起來，我抓起了電話，就聽到了阮耀的聲音，阮耀大聲道：「喂，怎麼一回事，我才聽到收音機報告，說唐教授死了？」

我忙道：「我也是才聽到電視的報告，我只聽到一半，電台怎麼說？」

阮耀道：「電台說，才接到的消息，著名的人類學家，唐月海教授逝世！」

我不由自主地搖著頭：「不會的，我想一定是弄錯了，喂，你等一等再和我通電話，我去和博士聯絡一下，問問他情形怎樣。」

阮耀道：「好的，希望是弄錯了！」

我放下電話，呆了半晌，正準備撥樂生博士的電話號碼之際，電話鈴又響了起來，我拿起電話時，心中還在想，阮耀未免太心急了。

但是，自電話中傳來的，卻並不是阮耀的聲音，而是一個青年的聲音。

那青年問：「請問衛斯理先生？」

我忙道：「我是，你是——」

那青年抽噎了幾下，才道：「衛叔叔，我姓唐，唐明，我爸爸死了！」

唐月海中年喪偶，有一個孩子，已經唸大學一年級，我是見過幾次的，這時，聽到他那麼說，我呆住了，我立時道：「怎麼一回事？我和令尊在九點半才分手，他是怎麼死的？」

唐明的聲音很悲哀：「衛叔叔，現在我不知如何是好，我還在醫院，你能不能來幫助我？」

我雖然聽到了電視的報告，也接到了阮耀的電話，知道電台有了同樣的報導，但是，我仍然以為，一定是弄錯了。自然，我也知道弄錯的可能性是微乎其微的，但是那怎麼可能呢？唐月海怎可能突然死了呢？

這時，在接到了唐月海兒子的電話之後，那是絕不可能有錯的了！

第四部：危險記號全是真的

我呆了好一會，說不出聲來，直到唐明又叫了我幾聲，我才道：「是，我一定來，哪間醫院？」

唐明將醫院的名稱告訴我，又說了一句：「我還要通知幾位叔叔伯伯。」

我也沒有向他再問通知甚麼人，我放下電話，立時出了門。當我走出門的時候，我像是走進了冰窖一樣，遍體生寒。

人的生命真的如此之兒戲？兩小時之前，唐月海還是好端端的，忽然之間，他就死了？

我感到自己精神恍惚，是以我並沒有自己駕車，只是召了一輛街車，直赴醫院。在醫院的門口下車，看到另一輛街車駛來，車還未停，車門就打開，一個人匆匆走了出來，那是樂生博士。

我忙叫道：「博士！」

樂生博士抬起頭來看我，神色慘白，我們一言不發，就向醫院內走，醫院的大堂中，有不少記者在，其中有認得樂生博士的，忙迎了上去，但是樂生博士一言不發，只是向前走。

我和樂生博士來到了太平間的門口，走廊中傳來一陣急促的腳步聲，我轉過頭去看，只見阮耀也氣急敗壞地奔了過來。

一個身形很高、很瘦的年輕人，在太平間外的椅子上，站了起來自我介紹：「我是唐明。」

他的雙眼很紅，但是可以看得出，他是經得起突如其來的打擊的那種人。我道：「令尊的遺體呢？」

唐明向太平間的門指了一指，我先深深地吸了一口氣，然後才和樂生博士、阮耀一起走了進去，唐明就跟在我們的後面。

從樂生博士和阮耀兩人臉上的神情，我可以看得出，他們的心情，和我是一樣的，那便是：我們的驚訝和恐懼，勝於悲哀。

自然，唐月海是我們的好朋友，他的死亡，使我們感到深切的悲哀。但是，由於他的死亡，來得實在太過突兀了，是以我們都覺得這件事，一定還有極其離奇的內幕，這種想法，我們都還不能說出具體的事實來，只是在心中感到出奇的迷惘，也正因爲如此，所以沖淡了我們對他死亡的悲哀。

太平間中的氣氛是極其陰森的，一個人，不論他的生前，有著多麼的崇高的地位，有著多麼大的榮耀，但是當他躺在醫院太平間的水泥臺上之際，他就變得甚麼也沒有了，所有已死去的人，都是一樣的。

我們在進了太平間之後，略停了一停，唐明原來是跟在我們身後的，這時，越過了我們，來到了水泥台，他父親的屍體之前。

我們慢慢地走向前去，那幾步距離，對我們來說，就像是好幾哩路遙遠，我們的腳步，異常沈重，這是生和死之間的距離，實在太遙遠、太不可測了。

唐明等我們全都站在水泥台前時，才緩緩揭開了覆在唐月海身上的白布，使我們可以看到唐月海的臉部。

當他在那樣做的時候，他是隔過頭去的，而當我們看到了唐月海的臉時，也都嚇了一大跳。

死人的臉，當然是不會好看到甚麼地方去的，而唐月海這時的臉，尤其難看，他的口張得很大，眼睛也瞪著，已經沒有了光采的眼珠，彷彿還在凝視著甚麼，這是一個充滿了驚恐的神情，這個神情凝止在他的臉上，他分明是在極度驚恐中死去的。

我們都一起深深地吸了一口氣，太平間中那種異樣的藥水氣味，使我有作嘔的感覺。我想說幾句話，可是卻一點聲音也發不出來。

唐明看來，比我們鎮定得多，他緩緩轉過頭，向我們望了一眼，然後，放下了白布。

我們又不約而同地嘆了一口氣，樂生博士掙扎著講出了一句話來，他是在對唐明說話。他道：「別難過，年輕人，別難過！」

唐明現出一個很古怪的神情來：「我自然難過，但是我更奇怪，我父親怎麼會突然死的？」

我們三人互望著，自然我們無法回答唐明的這個問題，而事實上，我們正準備以這個問題去問唐明！

阮耀只是不斷地搔著頭，我道：「不論怎樣，這裏總不是講話的所在。」

我這句話，倒搏得了大家的同意，各人一起點著頭，向外走去。

我們出了太平間，唐明就被醫院的職員叫了去，去辦很多手續，我、阮耀和樂生博士三個人，就像傻瓜一樣地在走廊中踱來踱去。

過了足足四十分鐘，唐明才回來，他道：「手續已辦完了，殯儀館的車子快來了，三位是——」

阮耀首先道：「我們自然一起去，我們和他是老朋友了！」

唐明又望了我半晌，才點了點頭。

我和唐明在一起的時間並不多，但是我已覺得，唐明是一個很有主意、很有頭腦的年輕人。

接下來的一小時，是在忙亂和混雜之間渡過的，一直到我們一起來到殯儀館，化裝師開始爲唐月海的遺體進行化裝，我們才有機會靜下來。

在這裏，我所指的「我們」，是四個人，那是：我、阮耀、樂生博士、唐明。

我們一起在殯儀館的休息室中坐著，這時候，訃聞還未曾發出去，當然不會有弔客來的，是以很冷清，我們坐著，誰也不開口。

好一會，我才道：「唐明，你父親回家之後，做過了一些甚麼事？」

唐明先抬頭向我望了一眼，然後，立即低下頭去：「我不知道，他回來的時候，我在房間裏看書，我聽到他開門走進來的聲音，我叫了他一聲，他答應了我一下，就走進了他自己的房間中。」

我問：「那時，他可有甚麼異樣？」

唐明搖著頭：「沒有，或者看不出來。他在我房門前經過，我看到他的側面，好像甚麼事也沒有，就像平常一樣，然後——」

唐明講到這裏，略頓了一頓。我、阮耀和樂生博士三人，都不由自主，緊張了起來，各自挺了挺身子。唐明在略停了一停之後，立時繼續講下去：「然後，大約是在半小時之後，我忽然聽到他在房中，發出了一下尖叫聲——」

唐明講到這裏，皺著眉，又停了片刻，才又道：「我應該用一些形容詞來形容他的這下叫聲，他的那下叫聲，好像……十分恐怖，像是遇到了意外。我一聽到他的叫聲，便立時來到他的房子，問他發生了甚麼事，他卻說沒有甚麼，叫我別理他。」我也皺著眉：「你沒有推開房門去看一看？」

唐明道：「我做了，雖然他說沒有事，但是他那下叫聲，實在太驚人了，是以我還是打開門，看看究竟有甚麼事發生。」

阮耀和樂生博士兩人異口同聲地問道：「那麼，究竟發生了甚麼事？」

唐明搖著頭：「沒有，沒有甚麼事發生，房間中只有他一個人，只不過，他的神情，看來很有點異樣，臉很紅，像是喝了很多的酒。」

我道：「是恐懼形成的臉紅？」

唐明搖著頭，道：「就當時的情形看來，他的神情並不像是恐懼，倒像是極度的興奮！」我、阮耀和樂生博士，三人望了一眼，都沒有出聲，因爲就算要我們提問題，我們也不知道該問甚麼才好。

唐明繼續道：「我當時問道：『爸爸，你真的沒有甚麼事？』他顯得很不耐煩，揮著手：

『沒有事，我說沒有事，就是沒有事，出去，別管我！』我退到了自己的房間中，心中這一直在疑惑著，就在這時，我聽到了他發出的第二下呼叫聲。」

唐明講到這裏，呼吸漸漸急促了起來。顯然，他再往下說，說出來的事，一定是驚心動魄的。

我們屏住了氣息，望著他，唐明又道：「這一次，我聽到了他的呼叫聲，立時衝了出去，也沒有敲門，就去推門，可是門卻拴著，我大聲叫著他，房間裏一點反應也沒有，我就大力撞門，當我將門撞開時，我發現他已經倒在地上了！」

我失聲道：「已經死了？」

唐明道：「還沒有，我連忙到他的身邊，將他扶了起來，那時他還沒有死，只是急促地喘著氣，講了幾句話之後才死去的。」

我們三個人都不出聲，唐明抬起頭來，望著我們，神情很嚴肅，他緩緩地道：「他臨死之前所講的幾句話，是和三位有關的！」

我們三個人又互望了一眼，阮耀心急，道：「他究竟說了些甚麼？」

唐明再度皺起眉來，道：「他說的話，我不是很明白，但是三位一定明白的。他叫著我的名字說：『你千萬要記得，告訴樂生博士、衛斯理和阮耀三個人，那些危險記號，全是真的，千萬別再去冒險』！」

當唐明講出了那句話之際，其他兩人有甚麼樣的感覺，我不知道，而我自己，只覺得有一股涼意，自頂至踵，直瀉而下，剎那之間，背脊上冷汗直冒，雙手也緊緊握住了拳。

唐明在話出口之後，一直在注視著我們的反應，但我們三個人，彷彿僵硬了一樣。

唐明道：「他才講了那幾句話，就死了。三位，他臨死前的那幾句話，究竟是甚麼意思？」

我們仍沒有回答他。

對於一個不知道事情的來龍去脈的人而言，要明白唐月海臨死之前的那幾句話，究竟是甚麼意思，自然不是一件容易的事。

然而，對我而言，唐月海臨死之前的那幾句話，意思卻再明白也沒有了。

他提及的「那些危險記號」，自然是指羅洛那張地圖上，在那一小塊塗上金色的地區附近所畫的危險記號。

在探險地圖上，這種危險記號，是表示極度的危險，可以使探險者喪生的陷阱！

唐月海說的，就是那些記號！

可是，在明白了唐月海那幾句話的意思之後，我的思緒卻更加迷惘、紊亂了。

因爲，我們已然確知，羅洛的那幅神秘的地圖，繪的是阮耀的花園，那一小塊被塗上金色的，是一座被拆去了的亭子的台基，那些危險記號，就分佈在那亭子台基的四周圍。

當時，我們幾個人，都絕沒有將這些危險記號放在心上，因爲我們看不出有絲毫的危險來。

也正因爲如此，所以唐月海才會在其中一個危險記號的所在地，揭起一塊石板。而當唐月海揭起那塊石板來的時候，也甚麼事都沒有發生。可以說，當時，我們完全不曾將地圖上的危險記號，放在心上！

但是，現在卻發生了唐月海突然死亡這件事！

揭起那塊有危險記號的石板的是唐月海，他突然死亡，而且在臨死之前，說了那樣的話，要我們千萬不可以再去涉險。

那麼，唐月海的死，是因爲他涉了險？

可是，他所做的，只不過是揭起了草地上的一塊石板，當時甚麼事也沒有發生，真的甚麼事也未曾發生過！如果說，因爲在羅洛的地圖上，在那地方，註上了一個危險的記號，那麼人便會因之死亡，這實在是匪夷所思的事情。

然而，現在發生在我們眼前的，就是這樣匪夷所思的一件事！

唐明仍然望著我們，而我們仍然沒有出聲。

我相信，樂生博士和阮耀一定也明白唐月海臨死之前所講的那幾句話，究竟是甚麼意思，而他們的心中，一定比我更亂，更說不出所以然來！

還是唐明先開口，他道：「我父親做了些甚麼事？他曾到一個很危險的地方去探險？」

我苦笑了起來：「唐明，你這個問題，我需要用很長的敘述來回答你。」

唐明立即道：「那麼，請立即說。」

他在說了這句話之後，停了一停，或許覺得這樣對我說話，不是很禮貌，所以他又道：「因爲我急切地想知道，他是爲甚麼會突然死亡的！」

整件事情，實在是一種講出來也不容易有人相信的事，但是，在這件事情中，唐明既然已經失去了他的父親，他就有權知道這整件事情的經過。

我向阮耀和樂生博士望了一眼，覺得整件事，如果由樂生博士來說，他可能詞不達意，由阮耀來說的話，那更會沒有條理，還是由我來說的好。

於是，我就從羅洛的死說起，一直說到我們發現羅洛的地圖，繪的就是阮耀花園爲止。

當然，我也說了，唐月海在地圖上有危險記號的地方，揭了一塊石板的那件事。

唐明一直用心聽著，當我講完之後，他的神情有點激動，雙手緊握著拳：「三位，你們明知這是一件有危險的事，爲甚麼不制止他？」

我們三個人互望著，我道：「唐明，地圖上雖然有著危險記號，但是事實上，我們都看不出有甚麼危險來。唐教授一定也覺得毫無危險，是以他才會那麼做的！」

唐明的臉漲得很紅：「如果沒有危險，何以羅洛要鄭重其事地在地圖上，加上危險的記號，我父親的死，是你們的疏忽。」

唐明這樣指責我們，使我和樂生博士，都皺起了眉頭，覺得很難堪，但是我們卻沒有說甚麼，然而，阮耀卻沈不住氣了。

阮耀道：「我不知道羅洛爲甚麼要畫這張地圖，也不知道他根據甚麼要在地圖上加上危險的記號。而事實是：我的花園中決不會有甚麼危險的！」

唐明卻很固執，他毫不客氣地反駁著：「事實是，父親死了。」

我忙搖著手：「好了，則爭了，唐教授的死因，我相信醫院方面，一定已經有了結論。」

唐明嘆了一口氣：「是的，醫生說，他是死於心臟病猝發。許多不明原因的死亡，醫生都是那麼說的，又一個事實是：我父親根本沒有心臟病！」

我也嘆了一聲：「或許令尊的死亡，我們都有責任，但是我決不可能相信，他是因爲翻起了那塊石板之後，招致死亡的。」

我講到這裏，略停了一停，才又道：「那地圖上，註有危險記號的地方有十幾處，我也可以去試一下，看看我是不是會死。」

阮耀顯然是有點負氣了，他聽了我的話之後，大聲道：「我去試，事情是發生在我的花園裏，如果有甚麼人應該負責的話，那麼我負責！」

在阮耀講了那幾句話之後，氣氛變得很僵硬，過了幾分鐘，唐明才緩緩地道：「不必了，我父親臨死之際，叫你們決不可再去冒險，我想，他的話，一定是有道理的，這其中，一定有著甚麼我們不知道的神秘因素，會促使人突然死亡，那情形就像——」

我不等他講完，就道：「就像埃及的古金字塔，進入的人，會神秘地死亡一樣？」

唐明點了點頭，阮耀卻有點誇張地笑了起來：「我不怕，我現在就去！」

他真是個躁脾氣的人，說了就想做，竟然立時站了起來，我一把將他拉住：「就算你要試，也不必急在一時，忙甚麼！」

阮耀仍然有悻然之色，他坐了下來，我們都不再出聲，我的思緒很亂，一直到天快亮了，我才挨在椅臂上，略瞌睡了片刻。

然後，天亮了。唐月海是學術界極有名的人物，弔客絡續而來，唐明和我們都忙著，一直到當天晚上，我們都疲憊不堪，唐月海的靈柩也下葬了，我們在歸途中，阮耀才道：「怎麼樣，到我家中去？」

我知道他想甚麼，他是想根據地圖上有危險記號的地方，去移動一些甚麼，來證明唐月海的死亡，和他的花園是無關的。

我也覺得，唐月海的死，和阮耀的花園，不應該有甚麼直接的關係，唐月海的死因既然是「心臟病猝發」，那麼，他在臨死之前，就可能有下意識的胡言亂語。但是，事實是，唐月海死了，所以我對於阮耀的話，也不敢表示贊同。

我知道，如果我們不和阮耀一起到他的家中去，那麼，他回家之後的第一件事，一定就是先去「涉險」。

固然他可能發生危險的可能性，幾乎等於零，但如果再有一件不幸的事發生的話，只怕我和樂生博士的心中，都會不勝負擔了！

我和樂生博士所想的顯然相同，我們互望了一眼，一起點頭道：「好！」

阮耀駕著車，他一聽得我們答應，就驅車直駛他的家中，他一下車，就直向前走，一面已自口袋中，取出了那張地圖的照片來。

當他來到了那花園之際，幾個僕人已迎了上來，阮耀揮著手，道：「著亮燈，所有的燈！」

幾個僕人應命而去，不多久，所有的燈都著了，水銀燈將這花園，照得十分明亮，阮耀向前走出了十來步，就停了下來。

我和樂生博士，一直跟在他的身後，他站定之後，揮著手，道：「你們看，我現在站的地方，就有一個危險記號，你們看，是不是？」

我和樂生博士，在他的手中，看著那張地圖的照片，阮耀這時站立之處，離那個亭基約有十餘碼，在那地方的左邊，是一株九里香，不錯，羅洛的地圖上，阮耀所站之處，確然有一個危險記號。

我和樂生博士都點了點頭，阮耀低頭向下看看：「哈，唐明這小伙子應該也在場，現在你們看到了，我站的地方，除了草之外，甚麼也沒有！」

我們都看到的，不但看到，而且，還看得十分清楚，的確，在他站的地方，是一片草地，除了柔軟的青草之外，甚麼也沒有。

阮耀又大聲叫道：「拿一柄鏟來，我要在此地方，掘上一個洞！」

他又大聲叫道：「快拿一柄鏟來！」

一個僕人應聲，急匆匆地走了開去，而阮耀已然捲起了衣袖，準備掘地了！

在那一剎間，我的心中，陡地升起了一股極其異樣的感覺。

阮耀雖然是一個暴躁脾氣的人，但是，在大多數的情形之下，他卻是一個十分隨和的人，決不應該這樣激動，這樣認真的。

這時候，如果唐明在的話，他那樣的情形，還可以理解。可是，唐明卻不在。

阮耀這時候的情形，使我感到熟悉，那是異乎尋常的，和他以往的性格不合的，那就像——當我想到這裏的時候，我陡地震動了一下！

我想起來了，那情形，就像是唐月海在這裏，用力要掀起那塊石板時的情形一樣！

當時，唐月海的行動，也給我以一種異樣的感覺。唐月海平時，是一個冷靜的人，是一個典型的書生。可是當時，他卻不理人家的勸阻，激動得一定要將那塊石板揭了起來，我還可以記得當時，他推開我，以及用力過度而臉漲得通紅的那種情形！

這正是阮耀現在的情形！

我心頭怦怦跳了起來，這時，一個僕人已然拿著一柄鐵鏟，來到了阮耀的身邊，阮耀一伸手，接過了那柄鐵鏟來，同時，粗暴地推開了那僕人。

他接了鐵鏟在手，用力向地上掘去，也就在那一剎間，我陡地叫道：「慢！」

我一面叫，一面飛起一腳，「噹」地一聲，正踢在那鐵鏟上，將那柄鐵鏟，踢得向上揚了起來，阮耀也向後退出了一步。

他呆了一呆：「你幹甚麼？」

我道：「阮耀，你何必冒險？」

阮耀笑了起來：「在這裏掘一個洞，那會有甚麼危險？」

我忙道：「阮耀，你剛才的情緒很激動，和你平時不同，你心中有甚麼異樣的感覺？」

阮耀的手中握著鐵鏟，呆呆地站著，過了好一會，才道：「沒有，我有甚麼異樣的行動了？」

我道：「也說不上甚麼特別異樣來，只不過，你的舉止粗暴，就像唐教授前天要揭開那塊石板之前一樣。」

阮耀又呆了片刻，才搖頭道：「沒有甚麼，我覺得我沒有甚麼異樣？」

樂生博士一直在一旁不出聲，這時才道：「或許，人站在地圖上有危險記號的地方，就會變得不同！」

我和阮耀兩人，都一起向樂生博士望去，樂生博士所說的話，是全然不可理解的，但是，也不能說完全沒有道理，因爲當日，唐月海在將我推開的時候，他就是站在那塊石板上！

我想站到那地方去，但是樂生博士已先我跨出了一步，站在那上面了。

我看到他皺著眉，突然發出了一下悶哼聲，接著，他低頭望著腳下，他腳下的草地，一點也沒有甚麼出奇之處，我大聲道：「你在想甚麼？」

樂生博士不回答，我來到了他的身前，用力推了他一下，他才跌開了一步，才道：「你剛才在想甚麼？爲甚麼不說話？」

樂生博士吸了一口氣：「很難說，你自己在這上面站站看。」

我立時打橫跨出一步，站了上去。

當我在站上去之後，我並不感到有甚麼特別，可是幾乎是立即地，我覺得十分焦躁。那種焦躁之感，是很難以形容的，好像天陡地熱了起來，我恨不得立時將衣服脫去那樣。然後，我低頭向下望著，心中起了一股強烈的衝動，要將我所在的地方，掘開來看看。

在那時候，我的臉上，一定已現出了一種特殊的神情來，因爲我聽到樂生博士在驚恐地叫著：「快走開！」

他一面說，一面伸手來推我，可是我卻將他用力推了開去，令得他跌了一跤。

緊接著，有一個人向著我，重重撞了過來，我給他撞得跌出了一步。

而就在我跌出了一步之後，一切都恢復正常了，我也看到，將我撞開一步的，不是別人，正是阮耀。

阮耀在撞我的時候，一定很用力，是以連他自己，也幾乎站不穩，還是樂生博士將他扶住了的。

等到我們三個人全都站定之後，我們互望著，心中都有一股說不出來的奇異之感，一時之間，誰都不知該說甚麼才好。

過了好一會，阮耀才抓著頭，道：「這是怎麼一回事，我實在不明白。」

樂生博士道：「我也不明白！」

他們兩個人，一面說著「不明白」，一面向我望了過來。我知道他們的意思，以爲我經歷過許多怪誕的事，大概可以對這件事有一個合理的解釋之故。但是我卻顯然令得他們失望了。

因爲我也同樣地莫名其妙，所以我給他們的答覆，只是搖頭和苦笑。

阮耀繼續搔著頭：「我們三個人，都在這上面站過，這裏看來和別的地方沒有絲毫分別，但是在羅洛的地圖上，卻在這上面，註上了極度危險的記號，是不是？」

我和樂生博士都點著頭：「是！」

阮耀揮著手：「而我們三個人，都在站在這地方之後，心中起了一股衝動，要掘下去看一看，是不是？」

阮耀並不是一個有條理的人，他不但沒有條理，甚至有點亂七八糟。可是這時，他講的話，卻是十分有條理的，所以我和樂生博士繼續點著頭。

阮耀望著我們，攤開了手，提高了聲音：「那麼我們還等甚麼，爲甚麼不向下掘掘，看看究竟地下有著甚麼，竟能夠使站在上面的人，有這樣的想法！」

第五部：桌上的兩個手印

我苦笑了一下：「阮耀，我和你以及樂生博士，都知道爲了甚麼不向下掘。」

阮耀道：「因爲唐教授的死？」

我和樂生博士，都沒有甚麼特別的表示。那並不是說我們不同意阮耀的話，而是因爲那是明顯的、唯一的理由，不需要再作甚麼特別的表示之故。

樂生博士皺起了眉：「我想，昨天，當唐教授站在那塊石板之上，後來又用力要將那塊石板掀起來之際，他一定也有著和我們剛才所體驗到的同樣的衝動！」

我和阮耀點頭，樂生博士又補充道：「我們又可以推而廣之，證明凡是羅洛的地圖上該有危險記號的地方，人一站上去，就會有發掘的衝動！」

我和阮耀兩人又點著頭。

要證明樂生博士的推論，其實是很簡單的，羅洛地圖上的危險記號有近二十個，我們隨便跨出幾步，就可以站定在另一個有危險記號的地上。

但是，我們卻並沒有再去試一試，而寧願相信了樂生博士的推論。

那並不是我們膽子小，事實已經證明，光是站在有危險記號的地上，是不會有甚麼危險的，可是我們卻都不約而同地不願意去試一試。

那自然是因為我們剛才，每一個人都試過的緣故。那種突然之間發生的衝動，在事先毫無這樣設想下，突然而來的那種想法，就像是剎那之間，有另一個人進入了自己的腦部，在替代自己思想一樣，使人有自己不再是自己的感覺，這種感覺，在當時還不覺得怎樣，可是在事後想起來，卻叫人自心底產生出一股寒意來，不敢再去嘗試。

在我們三個人，又靜了片刻之後，幾個在我們身邊的僕人，都以十分奇訝的眼光望著我們，根本不知道我們在幹些甚麼。

阮耀忽然又大聲道：「唐教授是心臟病死的！」

樂生博士道：「或者是，但是他在臨死之前，卻給了我們最切實的忠告！」

阮耀有點固執地道：「那是他臨死之前的胡言亂語，不足為信。」

我搖著手：「算了，我看，就算我們掘下去，也不會找到甚麼，就像唐月海掀開了那塊石板一樣，甚麼也沒有發現，但是卻有可能帶來危險，我們何必做這種沒有意義的事？」

阮耀翻著眼，心中可能還有點不服氣，可是他卻也想不出話來否定我的意見，只是瞪著我。

就在這時候，幾下犬吠聲，自遠而近，傳了過來，隨著犬吠聲的傳近，一隻巨大的長毛牧羊狗，快步奔了過來，在阮耀的腳邊嗅著、推擦著。

阮耀突然高興地道：「有了，這隻狗，最喜歡在地上掘洞埋骨頭，這裏的泥土很鬆，叫牠來掘一個洞，看看下面有甚麼。」

那隻狗，是阮耀的愛犬，阮耀這樣說，顯然仍是不相信唐月海臨死之前的警告。

事實上，要是說我和樂生博士，已經相信了唐月海的警告，那也是不正確的。樂生博士的心中究竟怎麼想，我不知道，就我自己而言，我只覺得這件事，由頭到現在，可以說充滿了神秘的意味，幾乎一切全是不可解釋的。在一團迷霧之中，唐月海臨死前的警告，雖然不足爲信，可是也自有它的份量。

當時，阮耀那樣說了，我和樂生博士，還沒有表示甚麼意見，他已經走向前去，用腳踢著草地，將草和泥土，都踢得飛了起來，同時，他叱喝著那頭狗。

那頭長毛牧羊狗大聲吠叫著，立時明白了牠的主人要牠做甚麼事，牠蹲在地上，開始用前爪，在地上用力地爬掘著。

我，樂生博士和阮耀三人，都退開了一步，望著那頭牧羊狗在地上爬掘著。

那頭牧羊狗爬掘得十分起勁，一面掘著，一面還發出呼叫聲來，泥塊不斷飛出來，濺在我們褲腳之上。

在這以前，我從來也沒有看到過一頭狗，對於在泥地上掘洞，有這樣大的興趣的。這時我不禁想，這頭狗，是不是也和我們一樣，當牠接觸到那畫有危險記號的土地時，也會產生那種突如其來，想探索究竟的衝動？

這自然只是我的想法，而且這種設想，是無法獲得證實的。因爲人和狗之間的思想，無法交通。

我們一直望著那頭狗，牠也不斷地掘著，約莫過了十五分鐘，地上已出現了一個直徑有一呎，深約一呎半的圓洞，可是，除了泥土之外，甚麼也沒有發現。

我首先開口：「夠了，甚麼也沒有！」

阮耀有點不滿足：「怎麼會甚麼也沒有呢？這下面，應該有點東西的！」

我爲了想使神秘的氣氛沖淡些，是以故意道：「你希望地下埋著甚麼，一袋的鑽石？」

阮耀卻惱怒了起來，大聲道：「我有一袋的鑽石，早已有了！」

阮耀又瞪了我一眼，才叱道：「別再掘了！」

他一面說，一面俯身，抓住了那頭長毛牧羊狗的頸，將狗頭提了起來。那牧羊狗發出了一陣狂吠聲，像是意猶未盡一樣，直到阮耀又大聲叱喝著，牠才一路叫著，一路奔了開去。

我們又向那個洞看了一看，洞中實在甚麼也沒有，在整齊的草地上，出現了這樣一個洞，看來十分礙眼，阮耀向站立在一旁的僕人道：「將這個洞掩起來！」

我也道：「時候不早了，我們也該回去了！」

阮耀忙道：「衛斯理，如果不是因爲我剛才的話生氣的話，不必那麼急於回去。」

我笑了起來：「誰和你這種人生氣！」

阮耀高興地道：「那我們就再去談談，老實說，不論唐教授的死因是甚麼，究竟大探險家羅洛，爲甚麼要將我的花園，繪成地圖，這一點也值得研究，我希望能夠弄個水落石出。」

樂生博士笑道：「那只有問地下羅洛了，要不是我們已將他的一切，全都燒掉了，或者還可以在他的工作筆記中，找出一個頭緒來。可是現在，卻甚麼都不存在了，誰能回答這個問題？」

我嘆了一聲：「真要是甚麼全在當時燒掉，倒也沒有事情了，偏偏當時又留下了那幅地圖！」

我們是一面說著，一面向屋內走去的，等到來到小客廳中，我們一起坐了下來。

阮耀道：「羅洛到我這裏來的次數並不多，而且，他從來也沒有向我說過，我的花園，有甚麼值得特別注意的地方！」

我心中一動：「他從來也沒有向你提及過你的花園？你好好想一想！」

阮耀先是立即道：「沒有！」但是接著，他道：「等一等，有，我想起來了！」

我和樂生博士都挺了挺身子，羅洛和阮耀的花園，究竟曾有過甚麼關係，對這件事來說，實在是太重要了！

阮耀道：「是的，有一次，羅洛在我這裏，還有一些不相干的人，那天我在舉行一個酒會，羅洛忽然問我，這一片土地，是我的哪一代祖宗開始購買的。」

我忙道：「你怎麼回答他？」

阮耀道：「我說，我也不知道了，如果一定想知道的話，在這一大群建築之中，有一處我從來也不去的地方，那是家庭圖書館，有關我們家族的一切資料，全保存在這個圖書館中。」

樂生博士也急急問道：「當時，羅洛在聽了之後，有甚麼反應？」

阮耀苦笑著：「我已記不起了，因爲我根本沒有將這件事放在心上。」

我又道：「你提到的那個家庭圖書館，現在還在？」

阮耀道：「當然在，不過已經有很多年沒有人進去過了，對之最有興趣的是我的祖父，我記得小時候，我要找他，十次有八次，他在那裏。後來我祖父死了，我父親就不常去，父親死了之後，我簡直沒有去過。」

我的思緒十分紊亂，我忽然想到了幾個問題，這幾個問題，可能是和整件事完全沒有關係的，但是也可能和整件事，有著極大的關連。

我問道：「阮耀，你祖父和你父親，都是在壯年時死去的，是不是？」

阮耀皺著眉：「是。祖父死的時候，只有五十歲，我父親是五十二歲死的。」

我又問道：「那麼，你的曾祖呢？你可知道他是幹甚麼的，他的情形如何？」

阮耀瞪著我：「怎麼一回事？忽然查起我的家譜來了？」

我道：「請你原諒，或者這是我的好奇心，也可能和整件神秘莫測的事有關。阮耀，在你祖父這一代，你們阮家，已經富可敵國了，你們阮家如此龐大的財產，究竟是哪裏來的？」

阮耀眨著眼：「我不知道，我承受的是遺產，我除了用錢之外，甚麼也不懂。」

我又追問道：「你的父親呢？他也是接受遺產的人，你的祖父呢？」

阮耀有點惱怒：「在我的記憶之中，我也未曾看到我祖父做過甚麼事。」

我站了起來：「那麼，你們家，是在你曾祖哪一代開始發跡的了，如果是這樣的話，爲甚麼你對創業的曾祖知道得那麼少？」

阮耀惱怒增加：「你是不是在暗示，我祖上的發跡，是用不名譽的手段獲得的。」

我笑了起來：「別緊張，就算我真有這樣的意思，也與你無干，美國的摩根家族，誰都知道他們是海盜的後裔，又有甚麼關係？」

阮耀怒道：「胡說！」

樂生博士看到我們又要吵了起來，忙道：「別吵了，這有甚麼意思？」

我又坐了下來：「我的意思是，羅洛既然曾經注意過這一大片地產的來源，我們就也應該注意一下。我想，羅洛可能進過阮耀的家庭圖書館。」

阮耀道：「我不知道有這件事。」

我望著他：「如果你不反對的話，我倒想去查一些資料，可能對解決整件事都有幫助。」

阮耀爽快得很，一口答應：「當然可以！」

樂生博士好像有點不贊成我的做法，在我和阮耀兩人，都站了起來之後，他還是坐著，阮耀道：「博士，請你一起去！」

樂生博士還沒有站起來，就在這時，只聽得一陣腳步聲，一個僕人急促地奔了過來。

阮耀有點惱怒，叱道：「甚麼事？」

那僕人這才迸出了一句話來，道：「阿羊，阿羊死了！」

樂生博士本來是坐著的，可是一聽得那僕人叫出了這樣的一句話，他就像被人刺了一錐一樣，霍地站了起來，我和阮耀兩個人也呆住了。

我們都知道「阿羊」是誰，「阿羊」就是那隻長毛牧羊犬。這種牧羊犬，就是在瑞士終年積雪的崇山峻嶺之中，專負責救人的那種。這種長毛牧羊狗的生命力之強，遠在人類之上。

自然，長毛牧羊狗也一樣會死的，可是，在不到半小時之前，牠還可以稱得上生龍活虎，在半小時之後，牠就死了，這怎麼可能！

我望著樂生博士和阮耀兩人，他們兩人的臉色，都變得出奇地白，連一句話也講不出來，我自然知道他們想些甚麼。

他們在想的，和我想的一樣，唐月海死了，因爲他曾掀起一塊石板；那隻狗死了，因爲牠掘了一個洞。

這兩個地方，都是在羅洛的地圖上有著危險記號的，唐月海臨死之前，曾警告過我們，那危險記號是真的，切不可再去冒險。

如果，在地上掘洞的，是阮耀的話，情形會怎樣呢？

我想到這一點的時候，轉開向阮耀望去，阮耀面上的肌肉，在不由自主地抖動著，由此可知他的心中，正感到極大的恐懼。

那僕人還睜大眼睛在喘氣，我首先發問：「阿羊是怎麼死的？」

那僕人道：「牠先是狂吠，吠聲古怪得很，吠叫了不到兩分鐘，就死了。」

我來到阮耀的面前：「阮耀，我們去看著這頭死了的狗。」

阮耀的聲音在發抖：「要去看……死狗？」

我按著他的肩：「要是你心情緊張的話，喝點酒，你不去看死狗也算了，但是我一定要去看一看。」

樂生博士趁機道：「我也不想去了。」

我向那僕人望去：「死狗在哪裏？」

那僕人道：「就在後面的院子。」

我和那僕人一起走了出去，在快到那個院子的時候，那僕人用十分神秘的聲音問我：「衛先生，發生了甚麼事？狗怎麼會死的？」

我皺著眉，道：「我也不知道。」

那僕人的臉上，始終充滿了疑惑的神色，我則加快了腳步，到了那院子，我看到幾個僕人圍著，我撥開了兩個人，看到狗的屍體。

狗毫無疑問是死了，身子蜷屈著，我撥開了牠臉上的長毛，我也不知道這樣做是為了甚麼，或許我是想著著，牠臨死之際，是不是和唐月海一樣，有著極度的恐懼之感。

但是我是白費功夫了，因為我無法看得出狗的神情，我站起身來，所有的僕人，都望住了我，我吸了一口氣：「沒有傷痕？」

一個僕人道：「沒有，牠一直很健康的，爲甚麼忽然會死了？」

我仍然沒有回答那僕人的這個問題，只是道：「那養魚池的花園，你們別去亂掘亂掀，千萬要小心一點，別忘了我的話。」

一個年紀較老的僕人用充滿了恐懼的聲音道：「衛先生，是不是那裏有鬼？」

我忙道：「別胡說，那裏只不過有一點我們還弄不明白的事情，最好你們不要亂來。」

我講完之後，唯恐他們再向我問難以答覆的問題，是以又急步走了回來。

當我走回小客廳的時候，我看到樂生博士和阮耀兩人的手中，都捧著酒，但是酒顯然沒有使他們兩個人鎮定多少，他們兩人的手，都在發抖。

阮耀失聲地問我：「怎麼樣？」

我道：「完全沒有傷痕就死了，我並沒有吩咐僕人埋葬，我想請一個獸醫來解剖一下，研究一下牠的死因。」

樂生博士道：「沒有用的，找不出真正的死因來的。」我嘆了一聲，也替自己倒了一杯酒，大口地喝著，阮耀不斷道：「究竟是甚麼緣故？究竟是甚麼原因？其實那地方，一點危險也沒有！」

我大聲道：「我們一定會找出原因來的，我看，我們剛才的話題，有繼續下去的必要，請你帶我到你的家庭圖書館去看看！」

阮耀仰著頭，望定了我。

我又重複道：「羅洛既然曾注意過這個問題，我就希望能在你們的家庭圖書館中，找出一點頭緒來。」

阮耀嘆了一口氣：「衛斯理，你知道麼？你固執得像一頭驢子。」

阮耀用這樣的話對付我，已不是第一次了，我當然不會因此發怒，我只是冷冷地回答他：「有很多事，其他動物做不到的，驢子可以做得到！」

阮耀拿我沒有辦法，從他的神情看來，他好像很不願意給我去參觀他的家庭圖書館，他望了望我，又向樂生博士望去，帶著求助的神色。

樂生博士拍了拍我的肩頭：「算了，我不以爲你在阮耀的家庭圖書館中，會有甚麼收穫，而且，很多巨富家庭圖書館中，收藏著他們家族的資料，是不歡迎外人參觀的！」

我聽得樂生博士那樣說法，心中不禁大是高興，因爲我一聽就可以聽出，樂生博士表面上，雖然勸我不要去，但是骨子裏，分明是在激阮耀帶我去！

阮耀並不是一個頭腦精明的人，樂生博士這樣說了，我再加上幾句話，到那時，就算我和樂生博士怎麼樣不願意去，他也會硬拉我們去的！

所以。我立即像做戲一樣，用手拍著額角，向樂生博士道：「你看我，怎麼想不起這一點來，不錯，很多這樣的情形，會有些不可告人的秘密，我太不識趣了！」

我的話才一說完，阮耀已然大聲叫了起來：「走，我們走！」

我幾乎忍不住大聲笑了出來，樂生博士一面向我眨著眼，一面還在一本正經地問道：「走？到哪裏去？」

阮耀氣吁吁地道：「到我的家庭圖書館去，告訴你們，我的家族，並沒有甚麼不可告人的秘密，你們也找不到甚麼東西！」

我終於忍不住笑了起來：「阮耀，你不必生那麼大的氣！」

阮耀瞪著眼：「事實上，我剛才的猶豫，是因爲我們有一條家規，不是阮家的子弟，是不許進那地方的——」他講到這裏，略頓了一頓，才又道：「但是現在不要緊了，因爲阮家根本只剩下我一個人，我是一家之主，可以隨便更改家規，來，我帶你們去！」

看到阮耀這種情形，雖然那是我意料之中的事，但是我心中卻多少有點內愧之感。

我和樂生博士，都沒有再說甚麼，而阮耀已然向外走去，我們跟在他的後面。

我在前面已經說過，阮耀家佔地如此之廣，因此雖然是在他的家裏，從一幢建築物，到另一幢建築物之間，也要使用一種電動的小車輛。

我們就是乘坐著這種電動的小車子，經過了幾幢建築物，穿過了很多草地，最後，又在兩幢建築物中的一條門巷中，穿了過去，停在一幢房子之前。

在月色中看來，那幢房子，真是舊得可以，那是一幢紅磚砌成，有著尖形屋頂的平房，幾乎沒有窗子，一看就給人以一種極陰森的感覺。

而且，這幢屋子的附近，平時也顯然很少人到，因爲雜草叢生，和阮耀家別的地方，整理得有條有理的情形，完全不同。

我們下了車，一直來到那幢房子的門前，阮耀道：「這屋子，據說是我曾祖造的，在我祖父的晚年，才裝上了電燈，我還記得，在裝電燈的時候，我祖父每天親自來督工，緊張得很。其實，裏面除了書之外，並沒有旁的甚麼，我極少上來這裏！」

我已經來到了門口，看到了堅固的門，門上扣著一柄極大的鎖。

我望著那柄鎖：「我看你不見得會帶鎖匙，又要多走一次了！」

阮耀則已走了上去，拿著那具鎖，我這才看清，那是一柄號碼鎖，阮耀轉動著鎖上的號碼鍵，不到一分鐘，「拍」地一聲，鎖已彈了開來。

樂生博士笑道：「阮耀，你居然記得開鎖的號碼，真不容易！」

阮耀笑道：「不會忘記的，我出生的年份、月、日，加在一起，就是開鎖的號碼。」

我略呆了一呆：「這辦法很聰明，不見得是你想出來的吧！」

阮耀道：「你別繞彎子罵我蠢，的確，那不是我想出來的，我父親在的時候，開鎖的號碼，是他的生日，祖父在的時候，是他的生日！」

我心中又升起了一陣疑惑，這個家庭圖書館，毫無疑問，對阮家來說，有著極其重要的作用，要不然，決不會鄭重其事到每一代的主人，都用他的生日，來作爲開鎖的號碼的。

這時，阮耀已經推開了那重厚厚的橡木門。

阮耀沒有說錯，我估計至少有三年，他不曾推開這扇門了，以致當他推開門的時候，門口的絞鍊，發出可怕的「尖叫」聲來。

這種聲音，在寂靜的半夜時分轉來，更加使人極不自在。

門打開之後，阮耀先走了進去，我和樂生博士，跟在後面，門內是一個進廳，阮耀已著亮了燈。大約是由於密不通風的緣故，是以屋內的塵埃，並不是十分厚，只不過是薄薄的一層。

經過了那個進廳，又移開了一扇鑲著花玻璃，古色古香的大門，是一個客廳。

阮耀又著亮了燈，在這個客廳中，陳設全是很古老的，牆上掛著不少字畫，其中不乏精品，但是顯然阮耀全然不將它們當一回事。

奇怪的是，我看不到書。

我向阮耀望去，道：「書在哪裏？」

阮耀道：「整個圖書館，全在下面，這裏只不過是休息室！」

他向前走，我們跟在後面，出了客廳，就看到一道樓梯盤旋而下。阮耀一路向前走，一路著燈，當我們來到樓梯口的時候，他已著亮了燈。

這幢屋子的建築，真是古怪，它最怪的地方，是將普通房子的二樓，當作了一樓，而一樓，則是在地下的，我們站在樓梯口子上，向下望去，下面是一個很具規模的圖書館，四面全是書櫥，櫥中放滿了書，有一張很大的書桌放在正中，書桌前和書桌旁，都有舒服的椅子。

阮耀一著亮了燈，就向下走去，可是，他才走了兩步，就陡地停了下來，失聲叫道：「你們看！」

當阮耀向下走去的時候，我們也跟在後面。我的心中，自從來到了這幢屋子前面之際，就有一種異樣的感覺，這時，這感覺更甚了！

但是，我卻還沒有看出，下面有甚麼不妥之處來。

直到阮耀突然一叫，手又指著下面，我和樂生博士，一起站住。

阮耀的手指著那張巨大的書桌，在燈光下，我們都看到，書桌上積著一層塵，可是，卻有兩個手印，那兩個手印之上，也積著塵，只不過比起桌面上的塵來，比較薄一些。所以雖然一樣灰濛濛地，但是卻也有著深淺的分別，一望可知！

阮耀的聲音變得很尖利：「有人來過！」

的確，再沒有頭腦的人，看到了這樣的情形，也可以知道，那是在屋子關閉了若干時日之後，有人進來過了，將手按在桌子上，所以才會有這樣的手印留下來的。而從手印上，又有薄薄的積塵這一點來看，這個人來過到現在，又有相當時日了！

我忙道：「別緊張，這個人早已走了，我們先下去看看再說！」

阮耀的神情顯得很激動，他「蹬蹬蹬」地走下去，到了桌子之旁，又叫道：「是羅洛，羅洛到過這裏，桌上的手印，是他留下來的！」

我和樂生博士，也到了桌前，望著桌上的兩個手印。

本來，要憑在塵上按出的兩個手印，斷定那是甚麼人曾到過這裏，這是一件很困難的事。但是，阮耀一說那是羅洛留下來的，我和樂生博士卻立即同意了他的說法，我們兩人同時失聲道：「是，羅洛曾到過這裏。」

我們之所以能立時肯定這一點，道理說出來，也簡單得很。

羅洛是一個探險家，當他在澳洲內陸的沙漠中旅行的時候，左手的無名指上，曾被一條毒蜥蜴咬過一口。當時，他幸而立時遇到了當地的土人，用巫藥替他醫治，他才得以逃出了鬼門關。但是自此以後，他的左手無名指，卻是彎曲而不能伸直的，這一點，作爲羅洛的老朋友，我們都知道。

而現在，桌面上的那兩隻手印，右手與常人無異，左手的無名指卻出奇地短，而且，指尖和第一節之間是斷了的，那就是說，按在桌上的那人，左手的無名指是彎曲不能伸直的，是以他的雙手，雖然按在桌面上，但是他的無名指卻不能完全碰到桌面。

我們三人互望了一眼，阮耀很憤怒，漲紅了臉：「羅洛這傢伙，真是太不夠朋友了，怎麼可以偷進我這裏來？」

我走近桌子，仔細地觀察著：「阮耀，羅洛已經死了，你的問題不會有答案，我們還是來研究一下，他究竟在這裏幹了些甚麼事的好！」

我一面說，一面也將雙手，按在那兩個手印之上。

我的身形和羅洛差不多高，當我將雙手按上去的時候，我發現我只能站著，而且，這樣站立著，將雙手按在桌面上的姿勢，只可能做一件事，那就是低著頭，一定是極其聚精會神地在看桌面上的甚麼東西。

而就在這時，我又發現，在兩個手印之間，桌面的積塵之上，另有一個淡淡的痕跡，那是一個方形痕跡。

羅洛當時，雙手按在桌上，究竟是在作甚麼，實在是再明白也沒有了，他的面前，當時一定曾放著一張紙，他是在察看那張紙上的東西。

由於紙張比較輕，所以留下的痕跡也較淺，又已經過了若干時日，自然不如手印那麼明顯，要仔細觀察，才能看得出來了。

我直起了身子：「你們看，羅洛在這裏，曾經很聚精會神地看過甚麼文件。」

阮耀還在生氣，他握著拳，並且揮動著：「我真想不到羅洛的爲人如此卑鄙！」

我皺了皺眉道：「我想，羅洛那樣做，一定是有原因的，我倒想知道，羅洛在這裏找到了甚麼，令他感到了如此的興趣！」

第六部：日記簿中的怪事

樂生博士道：「那應該不難，這裏到處都有積塵，羅洛開過那些書櫥，也很容易找得出來的！」

我和樂生博士，開始一個書櫥、一個書櫥仔細地去尋找，很多書櫥中，放的全是很冷門的縣志之類的書籍，還有很多古書，其中頗有些絕了版的好書。

阮耀來到了我的身後，跟著我一起走著，不到半個小時，所有的書櫥，全都看遍了。

在這裏，作爲一個私人的藏書而言，已經可以算得是極其豐富的了，可是我卻感到失望，因爲所有的書，全是和阮氏家族無關的，也就是說，作爲一個「家庭圖書館」而言，竟沒有家族的資料的部分！

我望著阮耀：「沒有了？」

阮耀點頭道：「全在這裏了，但是還有一個隱蔽的鐵櫃，裏面也有不少書，我可以開給你們看！」

他一面說，一面來到了壁爐之旁，伸出雙手去捧壁爐架上陳設著的一隻銅虎頭。

他的雙手還未曾碰上這隻銅虎頭，就又叫了起來：「你們看，羅洛他是怎麼知道我這個秘密的？」

我和樂生博士一起走向前去，的確，這隻銅虎頭，看來曾被人觸摸過，因為上面的積塵，深淺不一。

我和樂生博士都現出疑惑的神色來，阮耀的神色，變得十分嚴重：「這是我們家中最嚴重的秘密。我一直是在父親垂死之際，才從他的口中得知的，而他又吩咐我，這是一個重大的秘密，除非我在臨死之際，才能告訴我的兒子！」

我和樂生博士互望了一眼，都覺得這件事，十分嚴重。因為阮家是如此的一個巨富之家，他們家裏的這個重大的秘密，一定關係著許多重大的事！

我道：「在你知道了這個秘密之後，你難道沒有打開過這個鐵櫃來看過？」

阮耀道：「自然打開來看過，你以為我是個沒有好奇心的人？」

我有點急不及待地問道：「那麼，櫃裏有些甚麼？」

阮耀嘆了一聲：「等一會你就可以看到了，幾乎全是信，是我上代和各種各等人的通信，還有一些日記簿，當時我看了一些，沒有興趣再看下去，從此我也沒有再打開過。」

阮耀一面說，一面雙手按住了那隻銅鑄的虎頭，緩緩旋轉著。

在他轉動那銅鑄的虎頭之際，有一列書架，發出「格格」的聲響，向前移動，可以使人走到書架的後面，我們三個人一起走到書架之後，牆上是一扇可以移動的門。

阮耀伸手，將那道門移向一旁，門一移開，就現出了一個鐵櫃來。

那個鐵櫃的樣子，可以說一點也沒有特別之處，它約有六呎高，兩呎寬，分成十層，也就是說，有十個抽屜，阮耀立時拉開一個抽屜來，道：「你們看，都是些陳年八股的信件。」

我順手拉了一紮信件出來，一看之下，就不禁嚇了老大一跳。

我之所以吃驚的原因，是因為我一眼望到的第一封信，信封上就貼著四枚海關闊邊的大龍五分銀郵票。這種郵票的四連，連同實寄封，簡直是集郵者的瑰寶！

我以前曾介紹過，說阮耀是一個有著搜集癖的人，可是他卻真正是個怪人，他不集郵，理由是集郵太普通，人人都在集，為了表示與眾不同，他搜集汽車！

自然，我的吃驚，立時就化為平淡了，因為我記起進來的時候，那客廳中所掛的字畫之中，其中有好幾幅，價值更是難以估計的，這些郵票與之相比，無疑是小巫之見大巫了！

而那些名畫，一樣在蒙塵，何況是這些郵票？

我再看了看信封，收信人的名字，是阮耀的祖父，信是從天津寄出來的。

阮耀道：「你可以看信件的內容，看了之後，包你沒有興趣。」

既然得到了阮耀的許可，我就抽出了信箋來，那是一封標準的「八行」，寫信人是告訴阮耀的祖父，他有一個朋友要南下，託阮耀的祖父，予以照顧的。

我放回信箋：「如果羅洛打開這隻鐵櫃，那麼，他要找的是甚麼呢？」

我一面問，一面順手將那紮信放了回去，阮耀卻道：「你弄錯次序了，這裏的一切東西，全是編號的，信沒有看頭，看看日記怎麼樣？」

阮耀一面說，一面又拉開一個抽屜來，他皺著眉：「羅洛一定曾開過一個抽屜，有兩本日記簿的編號，你看，掉亂了！」

我順著他所指著去，毫無疑問，從編號來看，的確是有兩本日記簿的放置次序，是掉轉了的。

在這裏，我必須補充一句，這個抽屜中的所謂「日記簿」，和我們現在人對於「日記簿」的概念，完全不同，它們決不是硬面燙金道林紙的那種，而只不過是一疊疊的宣紙，所釘成的厚厚一本本的簿子。

那時，我陡地緊張了起來：「羅洛曾經動過其中的一本！」

阮耀伸手，將兩本簿子，一起拿了出來，他將其中的一本，交在我的手上，他自己則翻著另一本。

我將那本日記簿，翻動了幾頁，就失聲道：「看，這裏曾破人撕去了幾頁！」

阮耀伸頭，向我手中看來，失聲罵道：「羅洛這豬！我雖然沒有完全看過這些日記的內容，但是我每一本都曾翻過，我可以發誓，每一本都是完整無缺的！」

那本日記簿，被撕去的頁數相當多，紙邊還留著，我在阮耀說那幾句話的時候，數了一數：「一共撕去了二十九張，而且撕得很匆忙，你看，這裏留下的紙邊很寬，還有半行字可以看得到。」

我將那簿子舉向前，我們一起看著，日記簿中的字，全是用毛筆寫的，剩下的半行字，要推測是屬於甚麼句子，那確實是很困難的事。

我連忙又翻到被撕走之前的一頁，去看那一天的日記，日記開始是日期，那是「辛酉秋九月初六日」，算算已是超過一百年前的事了。

那一日日記中所記的，全是一些很瑣碎的事情。老實說，抄出來也是沒有意思的。值得注意的，是日記的最後，記著一件事：

「慧約彼等明日來談，真怪事，誠不可解釋者也。」

我們三個人，都同時看到了這一行字，我一時之間，甚至忘了下面的日記，是已被撕去的，因爲從這句話來看，下一天的日記中，一定記載一個叫「慧」的人，和其他的幾個人——「彼等」，會來談一件不可解釋的怪事，日記中對這件怪事，是應該有記載的。所以我急於知道那是一件甚麼怪事。

可是，翻到下一頁之後，看到的日期，卻已經是「辛酉年十月初四日」了。

我們三個抬起頭來，互望了一眼，阮耀忙道：「再翻翻前面看，或許還有記著這件事的！」

我道：「我們別擠在這裏，走出去看！」

我拿著那本日記簿，來到了桌子，當我將那本日記簿放到桌上的時候。我們三個人，一起叫了起來！

攤開的日記簿，放在桌上，恰好和桌面上，那個塵土較淺的方印，同樣大小！

我本來曾推測，羅洛曾在這桌前，手按在桌上，看過甚麼文件的。現在，更可以肯定，羅洛當時所看的，一定就是日記簿，或許就是這本！

我們三個人一起叫了起來的原因，就是因爲我們在同時想到了這一點的緣故。

我將日記簿再翻前一頁，那就是辛酉年的九月初五。日記中沒有記著甚麼，我再翻前一天，那是同年的九月初四日。

那一天，日記一開始就記著：「慧來。」

可是，只有兩個字，其餘的一切，就完全和這個「慧」是沒有關係的了！

我望了阮耀一眼：「你是不是知道這個『慧』是甚麼人？」

阮耀苦笑道：「我怎麼會知道？那是我曾祖父的日記，這個人，當然是他的朋友。」

我急忙又翻前一頁，完全沒有甚麼值得注意的，再向前翻去，再翻了三天，才又有這個「慧」字出現。

這一天，日記上記著：「慧偕一人來，其人極怪，不可思議。」

我們三人，又抬頭互望了一眼，阮耀頓足道：「真糟糕，怪成甚麼樣，爲甚麼不詳細寫下去？」我道：「你不能怪你曾祖父的，他一定曾詳細記載著這件事的，只不過已經被人撕掉了，我想，羅洛是將之帶回家中去了！」

樂生博士苦笑了起來：「而羅洛的一切東西，全被我們燒掉了！」

阮耀又伸手，向前翻了一頁，那一天，也有「慧」的記號，這樣：「慧信口雌黃，余直斥其非，不歡而散。」

至於那位「慧」，究竟講了些甚麼，在日記中，自然沒有記載。

再向前翻去，甚麼收穫也沒有，我又往後翻，翻到了十月初九月，那一天，阮耀的曾祖父記著：「富可敵國，已屬異數，余現堪稱富甲天下，子孫永無憂矣。」我望了阮耀一眼，阮耀道：「你看，我曾祖父，在一百多年之前，已經富甲天下了！」

我皺著眉：「可是你覺得麼？他的富，好像是突如其來的！」

阮耀道：「你爲甚麼這樣說？」

我翻過前面，指著一頁給他看，那一頁上寫著：「生姪來，商借紋銀三兩，余固小康，也不堪長借，拒之。」

我道：「你看到了沒有，不到一個月之前，他在日記中，還只是自稱小康！」

阮耀瞪著眼，這是再確鑿不過的證據，他自然無法反對的。

阮耀呆了半晌，才道：「在不到一個月之間，就算從事甚麼不法的勾當，也不可能富甲天下的。」

我道：「我並沒有這樣的意思，我只是說，令曾祖的發跡，是突如其來的。」

阮耀賭氣不再出聲，只是翻著日記簿，那個「慧」再也未曾出現過。

我們翻完了這一本日記簿，樂生博士立時又取過了另一本來，可是那一本，對我們更是沒有幫助了，那一本日記簿中，所記載的，全是阮耀的曾祖父突然變成了鉅富之後的事情。

阮耀的曾祖父，在變成了鉅富之後，建房子，化錢，幾乎凡是大筆的數字支出，都有著紀錄，我們草草翻完了這本日記簿，互望著，阮耀搔著頭：「奇怪，大筆的支出，都有著紀錄，但是，我現在所有的這一大幅地，是從甚麼人手中買進來的，爲甚麼日記上一個字也未曾提到過？」

我呆了一呆，阮耀這個人，要說他沒有腦筋，那真是沒有腦筋到了極點。但是，有時候，他提出來的問題，也真足以發人深省。這件事的開頭，根本就是因爲阮耀的一個問題而起的——當時，阮耀的手中，抓著一幅地圖，他問：地圖上的金色是甚麼意思？

這時，他又問出了這樣一個問題來，我和樂生博士兩人互望了一眼，都無法回答他的問題。

的確，甚麼支出，只要是大筆的，都有著記載。照說，阮耀他的曾祖，突然成爲暴富之後，他買下了那麼一大片土地，就算當時的地價再便宜，也是一筆大數目，何以竟然未曾提及呢？

一想到這裏，非但阮耀搔著頭，連我也搔起頭來，樂生博士道：「可能是令曾祖一有了錢，立即就將這片土地買下來的，日記曾被撕了十幾二十天，可能買地的事情，就紀錄在那幾天之中！」

我和阮耀兩人一齊點點頭，在沒有進一步的解釋之前，樂生博士這樣說，應該是最合理的解釋了。

我略想了一想，道：「現在我們的思緒都很亂，讓我來將整個事歸納一下，將歸納所得的記下來，好不？」

阮耀攤著手，表示同意。我拉過一張紙來，一面說，一面寫下了以下幾點。

（一）大探險家羅洛，以阮家花園，繪製成了一份四百比一的探險地圖，將其中一幅地，塗上金色（已知那是一座亭子的亭基），並在其周圍的若干處地方，註上危險的記號，這種危險的記號，在探險地圖上的意義而言，是表示探險者到達該處，可能遭到不測之險而喪生。

（二）在地圖上註有危險記號之處，表面看來，一無可奇，但是當人站在該處之際，會有發掘的衝動，而且一經觸動該處，就會招致神秘的死亡。

（三）羅洛可能是根據阮耀曾祖的日記，繪製成這幅神秘的地圖的。

（四）阮耀的曾祖，在生前，曾遇到過一件極其奇怪、不可思議的事，這件事的真相已不可知，因為記載著有關這件事真相的日記，已被人（極可能是羅洛）撕去。

但是和這件神秘事件有關的人中，有一個人的名字叫「慧」，還有幾個陌生人。

（五）這件神秘的事，使阮耀的曾祖，突然致富。

我寫下了這五點之後，給阮耀和樂生博士兩人，看了一遍，問道：「你們有異議麼？」

他們兩人都點頭：「沒有。」

我拿著紙：「我們雖然已發現了這五點，但是對整件事，仍然沒有幫助，因爲我們所有的問題，還不止五個，我再將它們寫下來。」

我又一面說，一面將問題寫下來。

問題一：羅洛繪製這幅神秘地圖的用意何在？

問題二：為甚麼看來絕無危險之處，卻真正蘊藏著令人死亡的危險？

問題三：使人和狗神秘死亡的力量是甚麼？

問題四：阮耀曾祖當年所遭遇到的、不可思議的事是甚麼？

問題五：「慧」和那個陌生人是甚麼人？

問題六：阮耀曾祖父何以在神秘事情中致富？

問題七：

當我寫到「問題七」的時候，阮耀插口道：「其實，千個萬個問題，併起來只有一個，爲甚麼在地圖上，塗著一塊金色？」

我將這個問題寫了下來：「是的，這是一個根本的問題，要解決這個問題的最簡單和最直接的方法，是將你花園中那座已被拆除的亭基再拆除，並且將之掘下去，看看究竟是爲了甚麼原因！」

樂生博士勉強笑道：「誰不知道那是最直截了當的做法，可是那樣做，會有甚麼後果？」

我苦笑著，攤著手：「我不知道，唐教授死了，一頭壯得像牛一樣的狗也死了，他們的死亡，是由於一種神秘的力量，我不知道如果照我的說法去做會有甚麼後果，所以我們不能照這個辦法進行！」

阮耀嘆了一聲，道：「最直截了當的辦法，不能實行，轉彎抹角，又不會有結果，我看，我真快要瘋了，該死的羅洛！」

我心中，也不禁在詛咒該死的羅洛，阮耀又道：「那是我們自己不好，做朋友做得太好了，羅洛臨死之前的那個古怪的囑咐，如果我們根本不聽他的話，那麼在他的遺物之中，一定可以找出答案來的！」

樂生博士苦笑道：「話也可以反轉來說，如果我們根本完全依羅洛的話去做，不留下那幅地圖來，那麼，也就甚麼事都沒有了！」

我揮著手：「現在再來說這些話，是一點意義也沒有的，我想，那個『慧』既然曾幾度在令曾祖的日記中出現，可能他會有甚麼信寫來，我們再在舊信件中，詳細找一找！」

阮耀和樂生博士，不再說甚麼，我們將鐵櫃中的信，全部取了出來，然後一封一封地看著。

我們是在地下室中，根本不知時間去了多久，看那些舊信，直看得人頭昏腦脹，腰酸背痛，疲乏不堪。天可能早已亮了，但是我們還是繼續看著，不知過了多久，樂生博士才道：「看看這張便條！」

我和阮耀忙湊過頭，在樂生博士的手中，去看他拿著的那張字條。

他手中的那張字條，紙張已經又黃又脆，上面的字還很潦草，但是我們還都可以看得清上面的字。當然，我們最要緊的是看署名。署名，赫然是一個「慧」字。

字條很簡單，只是六七行字，寫的是：「勤公如握，弟遇一極不可解之事，日內當造訪吾公，有以告之，望勿對外人提起。弟世居吳家村，該地有一大塘，為弟祖產也，然竟於一夕之間不見，世事奇者甚矣，未見若此者也，餘面談。」

這張字條，可能是這個「慧」派人送來的，因為在封套上，並沒有郵票。

看到了這張字條，我們三個人，都不禁有欣喜若狂的感覺。

因為這張字條上寫得雖然簡單，但是對我們來說，卻已然是重大無比的發現了！

首先，我們知道這個「慧」，是世居在吳家村的，那麼，他極有可能姓吳，我們不妨假定他是吳慧先生。

第二，我們知道了所謂怪事，是吳家村，屬於吳慧先生所有的一個大塘，在一夕之間失蹤

——這件事，實在有點難以設想，但是字條上卻的確是那樣寫著的。大塘，當然是一個極大的池塘，一個池塘怎麼會不見呢？一座山可以不見，但是池塘要是「不見」，結果一定是出現一個更大的池塘，因為池塘本來就是陷下去的地，上面儲著水之謂，或者可以解釋為整個池塘的水不見了。

然而，池塘中的水消失，和「一個池塘的不見」，無論如何，是不盡相同的事實，而字條上所寫的，卻是「一大塘……一夕之間不見。」並不是說這個大塘，在一夜之間乾涸。

而且，還有一件最有趣的事是，阮耀家所在的地名，就叫著「吳家塘」，在若干年之前，這一帶可能是十分荒涼的荒地，但是隨著時代的進步，城市的區域漸漸擴大，這一帶，已變成十分鄰近市區的近郊。但是不論地面上發生了多少變化，地名卻是不變的，這一區，就叫著吳家塘，在阮耀家圍牆之外，新建的那條公路，也叫著「吳家塘路」。

我們三人互望著，我首先道：「阮耀，這裏的地名，叫吳家塘。」

阮耀道：「是。」

我又道：「我想，這裏不是你們的祖居，當令曾祖收到這張條子時，他住的地方，一定是距離吳家塘有若干距離的另一個地區。你看這張字條的封套外寫著『請送獅山坳阮勤先生大啓』，令曾祖是以後搬到這裏來的。」

阮耀道：「當然是，他可能是發了大財之後，在這裏買下了一大片土地的。」

我皺著眉：「這裏附近，並沒有一個很大的塘。」

樂生博士道：「衛斯理，你怎麼啦，這張條子上，不是寫著，那個大塘，在一夕之間消失了麼？」

我的腦中，亂到了極點，可是陡然之間，在我的腦海深處，如同閃電般地一亮，我想到了！

我「砰」地一聲，用力在桌上，敲了一下，大聲道：「你們知道，一個大塘忽然消失的意思是甚麼？那不單是說，池塘中的水不見了，而且這個池塘，變成了一大片平地！」

樂生博士和阮耀兩人，面面相覷，一句話也說不上來。的確，我提出了一個這樣的看法，看來是十分荒誕的，不可信的。

但是，除了這個解釋之外，還有甚麼解釋呢？

我又道：「事情一定是那樣，一個大塘，在一夜之間，忽然變成了平地，這正是一件不可思議的怪事！」

阮耀像是有點膽怯，他望了我半晌，才道：「你想說甚麼？是不是想說，我這一片地產，就是池塘不見之後，生出來的？」

這時候，我因爲事情逐漸有眉目，興奮得甚麼疲倦都忘記了，我大聲道：「那一個書櫃中，不是藏著很多縣志麼？拿本縣志來查，快！」

樂生博士和阮耀兩人，也受了我的感染，他們立時從書櫃中，搬出了許多縣志來，有的殘舊不堪，有的還相當新，全是吳家塘所在縣的縣志。

我們還只是略略翻了一翻，就發現本縣的縣志，有著截然不同的兩個版本。一個還是清朝嘉慶年間所刻的，另一部，卻刻在幾十年前。

我們先翻那部舊的，不多久，就找到了「吳家塘」，不論從文字，還是從簡單的圖來看，那是一個極大的池塘，縣志上還有著這個大塘東西、南北的距離。

當阮耀看到了那個「吳家塘」簡單的圖形之後，他的雙眼，有點發直。

我忙推著他：「你怎麼啦？」

阮耀道：「這個大池塘……它的大小、形狀，就正好和我的地產相仿！」

我又翻那部新刻的縣志，在新刻的縣志中，吳家塘已經沒有了，但是還保留著名字，而且邊特別寫著「地爲本縣首富阮勤所有，阮公樂善好施……等等。」

我抬起頭來：「看到沒有，這位阮勤先生，他在發財之後，一定出錢重刻了縣志，並且將原來的縣志銷毀了，只剩下這一部，自此之後，沒有人會知道這一大片土地原來是一個池塘，而且，這個池塘，還是在一夜之間消失的！」

樂生博士道：「可是，當時，吳家村中不能沒有人，別人也應該會知道的啊！」

我道：「當然可能知道，但是有幾個可能，第一、當時，吳家塘本來就是很荒僻的地區，居民不多。第二、阮耀的曾祖發了財之後，錢可通神，要收買鄉下人，是再容易不過的事，連縣志都可以改刻，何況其他。」

阮耀有點生氣：「我看不出我的曾祖父爲甚麼要在這件事上騙人。」

我略停了一停，才道：「阮耀，你不應該看不出來的，那張字條上，寫得明明白白，吳家塘是吳慧的祖產，這個大塘消失了，變成了一片土地，這片土地，自然也應該屬於吳慧所有，可是，從你曾祖那一代起，就成了你們阮家的產業！」

阮耀冷笑著：「那又有甚麼可以值得奇怪的，我的曾祖父，向那個吳慧，買下了這塊地。」

我沒有再出聲，這幅地，是阮耀的曾祖向吳慧買下來的，自然有此可能，但是，也有更多別的可能，那事實，一定曾被記在日記之中，可惜的是，日記中最重要的幾頁，被人撕走了！

樂生博士看出我和阮耀之間的氣氛不怎麼對頭，他道：「我們好像離題越來越遠了，我們研究的是，何以人會神秘死亡，那地圖上的金色，代表甚麼，並不是研究阮家是怎麼發跡的！」

我嘆了一口氣，道：「可是，你不能不承認，事情是由阮耀的曾祖父開始，一直傳下來的！」

樂生博士向我使了一個眼色，又向阮耀呶了呶嘴，我向阮耀看去，只見阮耀的面色，變得很難看。

我伸手拍了拍阮耀的肩頭：「別介意，不論當年發生過甚麼事，事情已經過去了一百多年，再也不會有甚麼人追究的了。」

當時，我看到阮耀的面色很陰森，而我卻並沒有予以多大的注意，因爲我實在太疲倦了。

我一面打著呵欠，一面道：「我們也該休息一下了！」

樂生博士也打著呵欠：「是啊，天該亮了吧！」

他一面說，一面看看手錶，然而，大聲叫了起來，道：「不得了，已經十點鐘了！」

阮耀仍然沒有說甚麼，在這時，絕對想不到，阮耀對他的祖上的名譽，竟看得如此之甚，以至他竟會不顧一切，做出我們已有默契，大家都不敢做的事來。

當時，我們一起離開了這陰森的建築物，到了外面，陽光普照，我和樂生博士，向阮耀告辭，阮耀也不挽留我們，我們分了手，我和樂生博士都回了家。

到了家裏之後，我舒舒服服地洗了一個熱水澡，看看早報，然後躺下來，睡著這一覺，一直睡到夕陽西下才醒，我彎身坐在床上，又將整件事想了一遍，覺得事情，多少有點眉目了。

阮耀的那一大片地產，原來竟是一個大池塘，那的確很出人意外。

一個很大的池塘，在甚麼樣的情形下，會在一夜之間，變成了平地的呢？

這實在是一個任何人所回答不出的問題。自然，地殼的變動，可以使一個大湖，在地球表面消失，甚至變成一座高山。但是，我已經盡可能找了所有的資料，絕無一點跡象，表示在那一夜之間，曾經有過地震甚麼的事情，那一帶更不會有火山爆發。

可是，一個大池塘，卻在一夜之間，變成了平地！

現在，困擾我們的一切神秘莫測的事情，可以說都是從這個叫著「吳家塘」的大塘，在一夜之間消失而引起來的。

我想了一會，樂生博士就打了電話來，他在電話中問我，是不是和阮耀聯絡過，我說沒有，但是，我準備和他通電話。

樂生博士要我和阮耀通電話之後，將結果告訴他。我放下電話聽筒，又拿起來，撥著號碼，打通了之後不多久，我就聽到了阮耀的聲音。

阮耀那邊，好像十分吵，不斷傳來「軋軋」的聲響，以致我不得不提高聲音：「阮耀，你已經睡醒了麼？」

阮耀大聲道：「我沒有睡過！」

我略呆了一某，而他那邊，實在太吵了，我又大聲道：「你那邊怎麼啦，在幹甚麼？」

阮耀卻笑了起來：「你猜猜看。」

我不禁有點生氣：「怎麼猜得著？」

阮耀道：「我想，解決問題最直截的方法，既然是將那亭基掘出來看看——」

他話還沒有講完，我已經嚇了一大跳，道：「阮耀，你怎麼能幹這種事！」

看看？」

第七部：挖掘地面上的金色地區

阮耀道：「爲甚麼不能，我已經僱了很多工人，工作了好幾個小時了。第一層亭基，已被完全移開，下面是一層花崗石，也被移去了一半，再下面，好像還是一層花崗石，你要不要來看看？」

我深深地吸了一口氣：「當然來，我會和樂生博士一起來！」我放下電話，馬上將情形對樂生博士說了一遍，然後，我立即離家。

我和樂生博士，是同時到達阮耀家門口的，一路向內走進去，不多久，就聽到了風鎬的「軋軋」聲，就像是進入了一個修馬路的工地一樣。

等到我們見到了阮耀的時候，他高興地向我們走來。

我一看到阮耀，也不知哪裏來的一股衝動，立時叫道：「阮耀，快停止！」

阮耀呆了一呆才道：「停止？你看看，如果會有甚麼不堪設想的後果的話，現在也已經遲了！」

他一面說，一面向那亭子的亭基指去。

那個亭子，原來是甚麼樣的，我不知道，因爲在我第一次來到阮耀家中的時候，它已經被拆掉了，但是那個亭基，我卻印象深刻。亭基是大石砌成的，高出地面，這時，我看到一大塊一大塊被掘起來的大石，堆在一旁，約有近十個工人，滿頭大汗地工作著，風鎬聲震耳欲聾。

大石的亭基，已完全被夷平了，在水泥下面，是許多塊方形的花崗石，也已有十幾二十塊花崗石，被掘了起來。

可是，在第一層的花崗石破掘起之後，可以看得出，下面的一層，仍然是同樣大小的花崗石。

這時，正有兩個工人，在用風鎬鑽動第二層花崗石，我看了半分鐘左右：「還來得及的，阮耀，現在停止，還來得及！」

阮耀反問道：「為甚麼要停止？」

我大聲叫道：「你這樣掘，希望掘點甚麼出來？」

阮耀笑道：「你以為會掘出甚麼來？下面有一個窖，窖上有太上老君的封條，裏面囚著七十二地煞，三十六天罡？打開之後，會有一股黑氣，直沖——」

阮耀得意洋洋地說著，可是他還沒有說完，我已經大聲一喝：「住口！」

阮耀愕然望著我，我道：「阮耀，你別忘記，光是掀開石板，就導致了唐教授的死亡！」

阮耀吸了一口氣道：「可是，這裏只是塗上金色，並沒有危險記號，而且，我已經開始了半天，大半天了，甚麼事情也沒有！」

我望著樂生博士，希望樂生博士站在我的一邊，可是，樂生博士這時反倒向前走去，因爲兩個工人，已經用力撬起了第二層的花崗石來。

阮耀也不再理我，向前走去，我只好跟了上去，只見那兩個工人直起身子，叫道：「阮先生，下面還有一層。」

阮耀、我、樂生博士三人都看到，在第二層的一塊花崗石被吊起來之後，下面仍然是一層同樣的花崗石。

阮耀皺了皺眉，道：「不要緊，你們一直掘下去，我供膳宿，工資照你們平時工作的十倍！」

正在工作的十幾個工人，一聽得阮耀這樣宣佈，一起發出了一下呼叫聲，表示極度的滿意，各自起勁地工作著。阮耀道：「你看，沒有事，我已召了另一批工人，連夜工作。」

我沒有說甚麼，我也知道，這是發掘秘密的最直截的方法，雖然我也知道，一定會有甚麼難以預測的結果發生，但是至少直到現在爲止，沒有甚麼。

阮耀很起勁地在督工，不多久，天就黑了，這一角早已拉上了燈，另一批工人來到，第一層花崗石，已被全掘了起來，第二層也掘了一大半，第三層也有兩塊花崗石被吊了起來。

在第三層之下，仍然是一層花崗石。

阮耀「哼」地一聲：「哪怕你有一百層，我也一定要掘到底！」

他又望著我們：「我很倦了，要去休息一下，你們在這裏看著，一有發現就來叫我！」

他既然那樣堅決，我自然無法阻止他，樂生博士則根本不想阻止他。

阮耀走了，我和樂生博士看工人工作。

到了午夜時分，第二層花崗石，已全部起完，第三層起了一大半，第四層也起出了幾塊，在第四層之下，仍然是一層花崗石。

工人們一面工作，一面議論紛紛，在猜測下面究竟有些甚麼。

別說工人好奇，連我和樂生博士看到了這種情形，也是目瞪口呆，我也不相信阮耀會睡得著，但是他也的確要休息一下了。

果然，我和樂生博士看著工人工作，甚至我們也參加工作，將一塊又一塊的大花崗石搬起來，移開去，我們才將阮耀「趕」走不到半小時，他又出現了！

他顯然未曾睡著過，因爲他雙眼中的紅絲更多，我一見他，就道：「你怎麼又來了？」

阮耀攤著手：「我怎麼睡得著？這裏的情形，怎麼樣了？」

他一面說，一面走了過來。

這時候，由於已經有兩層花崗石，全被移了開去，是以原來是亭基的地方，已經陷了下去，他來到了陷下去的邊緣，向下看著，皺著眉，然後抬起頭來，苦笑著：「又是一層！」

我點了點頭：「到現在爲止已經發現五層了，我敢說，在第五層花崗石之下，一定是另一層花崗石！」

樂生博士在一旁道：「當初爲了造一座亭子，而墊上那麼多層基石，實在是小題大做了，看這情形，在這些基石上，簡直可以造一座大廈！」

我搖了搖頭：「這些石層，顯然不是爲上面的亭子而造的，我相信，在花崗石下，一定有著甚麼極其離奇的東西！」

阮耀用他充血的眼睛望著我：「衛斯理，你有過各種各樣奇異的經歷，你能不能告訴我，在這些花崗石層下面，有著甚麼？」

聽得阮耀這樣問我，我不禁苦笑了起來。

我搖著頭：「我不知道，我相信不是到最後，誰也不會知道的！」

阮耀道：「好，我就掘到最後！」

樂生博士攤著手：「有可能掘到最後，一樣不知道結果！」

樂生博士這樣說法，我倒很表同意，因爲世界上，有許多事，根本是沒有結果的。尤其以神秘的事情爲然。可是樂生博士這樣說，卻無異是向阮耀潑了一盆冷水，他現出很憤怒的神情來，狠狠瞪著樂生博士。

我已經看出，阮耀這時的精神狀態，很不正常。可能是由於他過度疲倦，也可能是由於他過度的期望，總之，如果這種不正常再持續下去，唯一的可能，就是出現更大的不正常。

所以，我伸手輕拍他的肩：「一直掘下去，自然可以掘出一個結果來，但是我看，一層一層的花崗石，不知有多少層，看來不是三五天之內，可以有結果的事，你必須休息，我們也要休息了！」

阮耀向我眨著眼睛：「我知道我需要休息，但是我睡不著，有甚麼辦法？」

我道：「很簡單，召醫生來，替你注射鎮靜劑，使你能獲得睡眠！」

阮耀又望著我眨了半晌眼睛才道：「好的，我接受你的意見！」

我向樂生博士揮了揮手，我們三個人，一起進了屋子，由我打電話，請來了一位醫生。

在醫生未來之前，阮耀只是在屋子中團團亂轉，醫生來了，替他注射了鎮靜劑，我們眼看著他躺在沙發上睡著，才一起離開。

在阮耀家的門口，那醫生用好奇的口吻對我道：「阮先生的精神，在極度的興奮狀態之中，究竟是甚麼令得他如此興奮的了？」

我無法回答醫生的話，但是醫生的話，卻使我感到真正有錢的人，實在是很可悲的，他們因為甚麼都有了，再也沒有甚麼新的事情可以引起他們感官和精神上的新刺激，那樣，生活著還有甚麼趣味？

我含糊地道：「是一件很神秘的事，和阮家的祖上有關，現在我也說不上來。」

醫生上了車，我和樂生博士也分了手。我們估計，阮耀這一覺至少可以睡八小時，那就是說，明天早上，我們再來不遲。

我和樂生博士分手的時候，約定明天早上八時再通電話。我回到了家中，心中也亂得可以，那座亭子的亭基之下，竟有著這麼多層鋪得整整齊齊的花崗石，那究竟是為了甚麼？

難道羅洛地圖上的金色，就是表示亭基下面，有著許多層花崗石？

但是，單是一層層的花崗石，是沒有意義的，在花崗石之下，又是甚麼秘密呢？

我不知道一直向下掘下去，究竟會出現甚麼，但是我倒可以肯定，沒有發現則已，一有發現，一定極其驚人。

阮耀僱了那麼多工人，使用了現代的機械，要將那一層又一層鋪得結結實實的花崗石掘起來，尚且要費那麼大的勁，可知當年，在地上掘一個大坑，一層又一層地將花崗石鋪上去的時候，是一項多麼巨大的工程！

這項工程，是在甚麼人主持下進行的呢？最大的可能，自然是阮耀的曾祖。

我又想起，阮耀說過，他的祖父，幾乎將一生的時間全消磨在他們的家庭圖書館之中。那麼，如果假定阮耀曾祖的日記中，有關這件神秘事件的部分是被羅洛撕掉的，那麼，阮耀的祖父，一定曾看到過這些日記。

我本來是胡思亂想地想著的，可是一想到這裏，我直跳了起來，呆呆地站著。

當時，我們在阮家的家庭圖書館中，找阮耀曾祖的日記，找信劄、找資料、翻縣志，絕未曾注意到阮耀祖父遺下的物件！

阮耀的祖父，既然曾看見過那些被撕走的日記，那麼，他對這件神秘的事情一定有徹底的瞭解。如果這真是一件神秘的事情，那麼，他的祖父一定有他自己的思想，極有可能，也在日記上留下甚麼來，而我們當時，卻忽略了這一點！當我一想到這一點之際，我感到了極度的興奮。阮耀在羅洛地圖上那塊塗有金色的地方，一直掘下去，自然是最直截的辦法，但是要瞭解這件神秘的事件，從頭到尾的來龍去脈，還是非從資料上去查究不可。

我明知阮耀這時，正由於鎮靜劑的作用而在沈睡，我應該等到明天才去，因爲這時候就算去了，我也無法將他弄醒的。可是，我覺得我們三個人，當時既然忽略了阮耀祖父的日記、手劄等類的資料，那麼一定是可以在這一方面有所發現的了！

本來，我已經換上了睡衣，準備睡覺的了，我又匆匆脫下睡衣，阮耀不醒也不要緊，阮家的僕人都認識我，知道我是他們主人的好友，就算我將那家庭圖書館的門鎖，硬弄開來，他們也不會怪我的。

我奔出門口，上了車，已經過了午夜時分，街道上很靜，我駕著車，衝過了好幾個紅燈，直向阮家駛去。

當我的車子駛上通向阮家的那條大路之際，只聽得警車的警號聲、消防車的警號聲，自我的車後，追了上來，我不得不將車駛近路邊，減慢速度。

在我的車子，減慢速度之際，我看到一輛警車、三輛消防車，以極高的速度向前駛去。那時候，我還未曾將警車和消防車與我此行的目的，聯繫在一起。

可是，在三分鐘之後，我卻覺得情形有點不妙了。

那時候，離阮耀的家已相當近，我已經可以看到，前面有烈燄和濃煙冒起，阮耀的家失火了！

我心中怦怦亂跳，連忙加快速度，等到我來到的時候，警員和消防員已在忙碌地工作，我也看到了起火的地點，那正是阮耀的家庭圖書館。

我從車中跳了出來，向前奔去，兩個警員攔住了我的去路，我急叫道：「我是主人的朋友，有緊急的事情，讓我進去！」

我一面說，一面看到兩個僕人和一個高級警官一起走了出來，我又叫著那兩個僕人的名字，道：「阮先生醒來沒有？」

那僕人一看到我，就抹著汗：「好了，衛先生來了。阮先生還在睡，唉，這怎麼辦！」

那兩個警員看到了這種情形，就放我走了進去，我直奔向家庭圖書館的建築，灌救工作，才剛開始，火舌和濃煙，自那幢屋子中直冒出來。

我一把拉住負責指揮救火工作的消防官員，道：「這屋子中有極重要的東西，我要進去將這些東西弄出來！」

那消防官員望著我：「你看到這種情形的了，沒有人可以進得去！」

我抓住了他的手臂，用力搖著他的身子：「我一定要進去，一定要！」

我那時的樣子，看來有點類似瘋狂，那消防官員用力推開了我，我喘著氣：「借衝進火窗的設備給我，集中水力替我開路，我要進去。」

消防官員厲聲道：「不行！」

我也厲聲道：「現在，我衝進去，或許還能來得及，要不然，搶救不出東西來，要你負責！」

消防官大聲道：「你是瘋子！」

我嚷叫道：「你別管！」

我一面叫，一面奔向一輛消防車，拉過了一套衣服來，迅速穿上，在一個消防員的頭上，搶下了鋼盔，又抓起了一隻防煙面罩，向前直奔了過去。

在我奔到門口之際，恰好轟地一聲響，建築物的門倒了下來，幾條水柱向門內直射，我略停了一停，全身已被水淋了個濕透。

我只不過停了半秒鐘，就在許多人的齊聲驚叫、呼喝聲中，衝了進去。

一衝進門，我就發現，火顯然是從下面燒起來的，也就是說，是在儲藏書籍的地方燒起來的，我冒著濃煙，奔到樓梯口。

樓梯上已全是火，我根本無法向下衝去，而且，我也根本無法望清楚下面的情形。

我在進來的時候，身上雖然被水淋得透濕，但這時，我才衝進來不到一分鐘，我的頭髮，已開始「吱吱」響著，焦捲了起來。

我冒險一腳跨下樓梯去，一大股濃煙直衝了上來，使我的眼前，變成一片漆黑。

我雖然戴著防煙的面具，但是這時，也忍受不住，我只感到一陣極度的昏眩，身子向前一側，幾乎要向下直栽了下去！

在這樣的情形下，如果我直栽了下去，那麼，結果只有一個，那就是：在若干小時之後，我的身體被找到，已成一團焦炭！

而也在那千鈞一髮的一剎間，我覺得肩頭上被人用力一扳，接著，有人拉住我的腰際，有人抓住了我，將我的身子硬拖了出去！

我是不顧一切硬衝進來的，然而在如今這樣的情形下，我也無法再堅持要衝下去了！

我被拖出了火窟，神志居然還清醒，我看到將我拖出來的，不是別人，正是剛才阻止我進去的那消防官，和另一個消防員。

我除下了防煙面具，望著那急促地喘著氣的消防官苦笑，一時之間，連一句感激他的話都說不出來。

而就在那一剎間，又是「轟」地一聲響，整個建築物的屋頂，都塌了下來。

在建築物的屋頂塌下來之際，我們隔得十分近，真覺得驚天動地，火頭向上直冒了起來，冒得極高，水柱射了上去，完全不受影響。

消防官拉著我，疾奔開了十幾碼，我才喘著氣，道：「謝謝你，謝謝你！」

消防官瞪著我，道：「先生，世界上最貴重的東西是人，雖然有像你這樣的蠢人。」

我的一生之中，很少給人這樣子罵過，但這時，那消防官員這樣罵我，我卻被他罵得心悅誠服，我喘著氣，道：「幸虧是你，不然我一定死了！」

消防官不再理會我，轉過身去，指揮救火，又有幾輛消防車趕到，幸好火勢並沒有蔓延開去，但阮家已然鬧了個天翻地裂。

火勢被控制，在天亮時分，火頭已經完全熄了，只有一點煙冒出來。

我由僕人帶著，去洗澡、換衣服，然後，和樂生博士通了一個電話，但是卻沒有人接聽，再去看阮耀。

阮耀還在沈睡，但是他是事主，警方和消防局方面都需要找他問話，商量下來，沒有辦法，只好由我用凍水將他淋醒。

阮耀睜開眼來，一看到我站在他面前，立時翻身坐了起來，道：「可是有了發現？」

我忙搖頭：「不是，昨天晚上，你家裏失火了！」

阮耀呆了一呆，我退開了幾步，他也看到了警方的消防官。

消防官道：「阮先生，燒了一幢建築物。」

我立時道：「就是你的家庭圖書館，昨天晚上，我們還在那裏！」

阮耀跳了起來：「起火的原因是甚麼？」

第八部：一場怪火

消防官道：「難說得很，據報告的人說，火勢一開始就十分熾烈！」

一位警官道：「是不是有被人縱火的可能？」

阮耀立時道：「不會的，絕不可能，我這裏的僕人，絕不會做那樣的事。」

消防官望了我一眼，向阮耀道：「在那建築物之中，有甚麼重要的東西？」

阮耀呆了一呆：「裏面的東西，說重要，當然十分重要，但是大可以說，沒有甚麼大關係！」

消防官指著我：「可是這位先生，在火最烈的時候，硬要衝進去搶救東西，只要我慢半秒鐘，他就一定死在火窟之中了！」

阮耀望著我，我苦笑著。

對於我當時的行爲，實在連我自己，也無法作圓滿的解釋，我只好對阮耀苦笑，從阮耀詫異的神色上，我自然也可以知道，他的心中，覺得十分奇怪。但阮耀卻應付得很聰明，他道：

「衛先生是我最好的朋友，他是不想我家傳的那一些紀念物，遭到損失！」

阮耀一面說著，一面道：「我們可以到現場去看一看麼？」

消防官道：「當然可以！」

一行人，一起向外走去，來到了火災的現場，整幢建築物，倒真正是在一夜之間，消失不見了！

由於這建築物是有著一個很大的地下室的，是以火災的現場看來也和別的火場有些不同。在地面上，出現了一個極大的坑，許多燒成了漆黑根本無法辨認它原來面目的東西，大坑中還積著許多水，那是昨晚一夜灌救的結果。

阮耀著著發呆：「看來甚麼也沒有剩下！」

我苦笑道：「是的，甚麼也沒有剩下！」

我略頓了一頓，又道：「如果昨晚不是有人救我，我已經燒死了，阮耀，要是我死了的話，是死於意外，還是死於那神秘的力量？」

阮耀摸著他自己的脖子，沒有出聲。這時，有許多消防員在移開被燒焦了的大件東西，在作火場的初步清理工作。

阮耀一直望著火場，我則已半轉過身去，就在這時，阮耀突然叫了起來，他的叫聲十分尖，一時之間，所有的人都向他望來。

我也立時向他看去，只見他伸手指著下面，尖叫道：「我是不是眼花了，看，這是一隻燒焦了的人手！」

在場的所有人，全都吃了一驚，連忙又一起循他所指看去。

而當所有的人看到阮耀指著的那一處時，人人都呆住了，倒抽了一口涼氣。

阮耀所指的，是一團燒焦了的圓形東西，那東西還依稀可以看出是一隻金屬的虎頭。

我自然知道，這虎頭原來是在甚麼地方的，它在壁爐架上，轉動它，一隻書櫥移開，出現隱藏在牆中的那個鐵櫃，我們昨晚曾將之打開過。

而這時，在那圓形的焦物體上，有著一隻人手！

要辨別那是一隻人手實在不是一件容易的事，與其說是人手，還不如說那是一隻燒乾了的猴爪好得多，但是，經阮耀一提，人人都可以看得出，那的確是一隻人手，手腕骨有一截白森森地露在外面，手腕以下部分完全埋在燒焦了的東西之下！

消防官立時叫了起來：「我們到的時候，所有的人都說這建築物一直是空置的，根本沒有人！」

阮耀的神色蒼白，道：「的確應該是沒有人！」

我吸了一口氣，像是在自言自語：「這個人是誰？阮耀，你看見沒有，那是那隻銅鑄的虎頭！」

阮耀有點失魂落魄地點著頭，幾個消防員已經走近那隻恐怖的人手，從四周圍起開始搬開燒焦了的東西，漸漸地，我們看到了一顆燒焦的人頭。

有一個人被燒死在裏面，那已經是毫無疑問的一件事了！

如果我再用詳細的文字記述當時的情形，實在太可怕了，或者還是用「慘不忍睹」四個字，來籠統形容，比較好一點。

我和阮耀兩人的身子一直在發著抖，我們都無法知道這個焦黑的屍體是屬於甚麼人的，但是無論是甚麼人，一個人被燒成那樣子，實在太可怕了。

在足足一個小時之後，焦黑的屍體，才被抬了上來，放在擔架上，警官望著我和阮耀，我們兩人，都搖著頭，表示認不出那是甚麼人來。

警官道：「阮先生，你應該將你家裏所有的人，集中起來，看看有甚麼人失了蹤？」

阮耀失神地點著頭，對身後的一個僕人，講了幾句，又道：「叫他們全來！」

那僕人應命走了開去，不一會，僕人絡續來到，在阮家，侍候阮耀一個人的各種人等，總共有一百多個，總管家點著人數，連挖掘花崗石層的工人，也全叫來了，可是卻並沒有少了甚麼人。

阮耀道：「這個人，不是我家裏的！」

這時，一個僕人忽然怯生生地道：「阮先生，昨天晚上，我看見有人走近這裏！」

好幾個人一起問那僕人道：「甚麼人？」

那僕人道：「我……我不認識他，他好像是主人的好朋友，我見過幾次，我看到他一面低著頭，一面走向這裏，口裏還在喃喃自語——」

阮耀頓著腳：「這人是甚麼樣子，快說！」

那僕人道：「他留著一撮山羊鬍子——」

那僕人的這一句話才出口，我和阮耀兩人，便失聲叫了起來：「樂生博士！」

這年頭，留山羊鬚子的人本來就不多，而阮耀認識的人，留山羊鬍子的人更只有一個，那就是樂生博士！

我立時問道：「那是昨晚甚麼時候發生的事？」

那僕人道：「大約是十二點多，起火之前，半小時左右的事！」

阮耀厲聲道：「混蛋，你爲甚麼不對消防官說，屋子裏有人？」

那僕人著急道：「我並沒有看到他走進屋子，我不知道他在屋子中！」

我吸了一口氣：「半小時前，我曾和樂生博士通電話，但沒有人接聽。」

那警官立時向我，問了樂生博士的住址，派警員前去調查，我和阮耀兩人，都心亂如麻，一起回到了客廳上，阮耀和警方人員辦例行手續，我坐在沙發上，雙手捧著頭，在想著。

如果那被燒死的人是樂生博士，那麼，他是和我一樣，在昨天晚上離開之後又回來的了，不過，他比我早了半小時左右。

他爲甚麼要回來呢，是不是和我一樣，想到了同樣的事情？

我想到這裏，不禁打了一個冷顫！

他是怎樣燒死的，我不知道。

但是，這件慘事，要說和那「神秘力量」沒有關係的話，我也不會相信。

我想到的是，如果我比樂生博士早到，那麼，忽然起火燒死的是甚麼人？

我不禁急促地喘著氣，阮耀送走了消防官，來到了我的面前，在如今這樣的情形下，我們除了相對無語之外，實在一點辦法也沒有！

過了好一會，阮耀才苦笑道：「又死了一個！」

我的身子震動了一下，阮耀的這句話，實在令人震動的，我們一共是四個人，已死了兩個，如果死亡繼續下去，下一個輪到的，不是他，就是我！

我只好自己安慰著自己：「這個死者，未必是樂生博士！」

我這樣說著，實在連我自己也不相信自己的話，當然不能說服阮耀，阮耀只是望著我，苦笑了一下，接下來，我們兩人都變得無話可說了。

過了不多久，那警官便走了進來，我和阮耀一看到他，就一起站了起來。

那警官進來之後，先望著我們，然後才道：「我才去過樂生博士的住所！」

這一點，我和阮耀兩人都知道的，我們一面點著頭，一面齊聲問道：「怎麼樣，發現了甚麼？」

那警官皺了皺眉，道：「樂生博士是一個人獨居的，有一個管家婦。那管家婦說，她昨天晚上離去的時候，博士還沒有回去睡過覺。」

這一點，雖然已在我的意料之中，但是一路聽警官那樣說，我的心還是一路向下沈。

那警官又道：「我們檢查了樂生博士的住所——」

他講到這裏，頓了一頓，然後，以一種疑惑的眼光，望著阮耀：「博士和你是世交？」

阮耀呆了一呆，道：「甚麼意思？」

那警官取出了一張紙條來，道：「我們在博士的書桌上，發現這張字條！」

他一面說，一面將字條遞到我們面前來，我和阮耀都看到，字條上寫著一行很潦草的字：

「阮耀的祖父，我們為甚麼沒有想到阮耀的祖父？」

一看到那張字條，我陡地震動了一下，果然不出我所料，樂生博士是和我想到了同一個問題，才到這裏來，而一到這裏來，就遭了不幸！

那警官道：「阮先生，這是甚麼意思？博士認識令祖父？還是有別的意思？」

阮耀和我互望著：「警官先生，我祖父已死了超過二十年，但是我和樂生博士認識，還是近十年的事情，他不認識我的祖父。」

那警官的神情，仍然十分疑惑：「那麼，樂生博士留下這字條，是甚麼意思？」

警官的這個問題，並非是不能回答的。可是要回答他這個問題，卻也不是一件容易的事，必須將一切經過，原原本本地說出來。

這一切事情，不但牽涉到阮耀家庭的秘密，而且其怪誕之處，很難令人相信，實在還是不說的好，是以，我道：「我看，這張字條，並沒有甚麼特別的意思，樂生博士忽然心血來潮，到阮家的家庭圖書館去，或者是爲了查一些甚麼資料，卻遇上了火災！」

那警官皺著眉，我道：「樂生博士一定是死於意外，這一點，實在毫無疑問了！」

或許是我的回答，不能使對方滿意，也或許是那警官另有想法，看他的神情，他分明並不同意我的說法，而且，他有點不客氣地道：「關於這一點，我們會調查！」

我心中暗忖，這警官一定是才從警官學校中出來的，看來他好像連我也不認識，我只是道：「是，但是照我看來，這件事，如果要深入調查的話，責任一定落在傑克上校的身上。」

那警官睜大了眼，望著我：「你認識上校？」

我笑了起來：「你可以去問上校，我叫衛斯理。」

那警官眨了眨眼睛，又望著手中的字條，他道：「不管怎樣，我覺得你們兩位，對於樂生博士的死，有很多事隱瞞著我。」

我拍著他的肩頭：「不錯，你有著良好的警務人員的直覺，我們的確有很多事，並沒有對你說，但是你也應該有良好的警務人員的判斷力，應該知道我們瞞著你的話和樂生博士之死，是全然無關的！」

那警官眨著眼，看來仍然不相信我的話，我知道，他一定會對傑克上校去說，而傑克上校，一定會來找我和阮耀的。

那警官又問了幾句，便告辭離去，阮耀嘆了一口氣：「事情越來越麻煩了！」

我苦笑著：「還有，你花園中的挖掘工程，火警一起就停頓，你是不是準備再繼續？」

阮耀無意識地揮著手，像是不知道該如何決定才好，過了片刻，他才嘆了一聲：「掘是一定要掘下去的，但等這件事告一段落時再說吧！」

我也知道，勸阮耀不要再向下掘，是沒有用的，而事實上，我也根本沒有勸他不要再掘下去的意思。

我在阮耀沒有開始那樣做的時候，曾劇烈反對過，那是因爲我們對於挖掘這個亭基，會有甚麼惡果，是全然不知道的。

但是照現在的情形看來，好像挖掘亭基，並沒有甚麼特別的惡果，已經有兩層花崗石被掘起來，雖然不知道要挖掘多久，但主持其事的阮耀，和直接參加的工人，也都沒有意外。

樂生博士的死，自然和挖掘亭基這件事是無關的，因爲他是燒死在那幢建築物之內的！

當時，我來回走了幾步，嘆了一聲：「看來，樂生博士是正準備打開暗櫃時，突然起了火，被燒死的，火是怎樣發生的呢？」

阮耀皺著眉，道：「他一定是一起火就死的，他的手竟沒有離開那銅型的虎頭。你可知道他爲甚麼要去而復返，他想到了甚麼？」

我苦笑了一下：「他想到的和我想到的一樣；在你祖父的日記中，可能同樣可以找到這件神秘事件的全部真相！」

阮耀仍是不斷地眨著眼，接著，他也嘆了一聲：「現在，甚麼都不會剩下了，全燒完了，燒得比羅洛的遺物更徹底！」

我苦笑著，搖著頭：「要是我們能將羅洛的遺物全部徹底燒掉，倒也沒有事了！」

阮耀顯得很疲倦地用手抹著臉：「衛斯理，這是不能怪我的，我想，任何人看到一幅地圖上，有一塊地方塗著金色，總不免要問一下的？」

我安慰著他：「沒有人怪你，至少，我絕不怪你，因為你這一問，我們可以漸漸地將一件神秘之極的真相，發掘出來。」

阮耀仍然發出十分苦澀的微笑：「你不怪我，可是唐教授、樂生博士，他們難道也不怪我？」

我沒有別的話可說，只好壓低了聲音：「他們已經死了！」

阮耀抬起頭來，失神地望著我：「如果不是我忽然問了那一句話，或許他們不會死！」

我也苦澀地笑了起來：「世界上最難預測的，就是人的生死，你如果因之而自疚，那實在太蠢了！」

阮耀沒有再說甚麼，只是不斷地來回踱著步，過了好一會，他才道：「我有一個古怪的想法，這件事，是我們四個人共同發現，而且，一直在共同進行探討的，所以我在想，如果已死的兩個人，是因為這件事而死亡的，那麼，我和你——」

他講到這裏，停了下來，口唇仍然顫動著，但是卻一點聲音也發不出來。

我深深吸了一口氣：「你是想說，我們兩個，也不能倖免，是不是？」

阮耀的身子，有點發抖，他點了點頭。

我將手按在他的肩上：「你不必爲這種事擔心，教授的死，是心臟病；博士的死，是在火災中燒死的，我們都可以將之列爲意外！」

阮耀卻愁眉苦臉地道：「將來，我們之中，如果有一個遭了不幸，也一樣是意外！」

我皺著眉，一個人如果堅信他不久之後就會意外死亡的話，那實在是最可怕的事情了，就算意外死亡不降臨，他也會變瘋！

我在這樣的情形下，也實在想不出有甚麼話可以勸他的，我只好道：「如果你真的害怕的話，那麼，現在停止，還來得及。」

阮耀一聽得我那樣說，卻嚷叫了起來：「這是甚麼話，我怎麼肯停止，人總要死的！」他頻頻提及一個「死」字，這實在更使我感到不安，我道：「別管他了，樂生博士沒有甚麼親人，也沒有甚麼朋友，他的喪事——」

第九部：地底深洞

我說到這裏，阮耀又不禁苦笑了起來。

樂生博士的喪事，是羅洛之後的第三宗了，他下葬的那天，到的人相當多，因爲樂生博士畢竟是在學術界有著十分崇高地位的人，可是，他的真正知心朋友，卻只有我和阮耀兩人而已。

樂生博士的喪禮，就由我和阮耀兩人主理，我們的心頭都有說不出來的沈重，等到送葬的人絡繹離去，阮耀俯身，在墓碑之前，將人家送來的鮮花排得整整齊齊，然後，喃喃地不知在說甚麼。

要補充一下的是，從樂生博士死亡到他落葬，其間隔了一天。在這一天中，消防局和警方從事了災場的發掘工作。

的確，如阮耀所料那樣，那幢建築物燒得甚麼也沒有剩下，想要找到一片剩下來的紙片都不可能。消防局的專家，也找不到起火的原因，他們只是說，這場火可能是由於甚麼化學藥品所引起的，溫度極高，而且一發就不可收拾。

阮耀自然知道，在這幢建築物中不可能儲藏著甚麼化學品的，而樂生博士，自然也不會帶著化學藥品進去放火的。

送樂生博士落葬的那天下午，十分悶熱，等到只剩下我們兩個人的時候，我看到一輛警方的車輛馳來，在近前停下。車子停下之後，從車中出來的，是一個身形高大，站得筆挺的人：傑克上校。

傑克上校一直向我走來，來到我的面前，呆了片刻，轉身向樂生博士的墳，鞠了一躬，然後才道：「根據我部屬的報告，樂生博士的死，其中好像有著許多曲折，而你們又不肯對他們說！」

阮耀轉過身來，我先替阮耀和傑克上校介紹，然後才道：「你可以這樣說，但是，這些事，和樂生博士的死，沒有直接關係。」

傑克皺著眉：「就算是只有間接的關係，我都想知道一二。」

我道：「你說得太客氣了，我準備全部告訴你。」

阮耀的心情很不好，他聽得我這樣說，有點不高興地道：「為甚麼要告訴他？」

我委婉地道：「一來，他是警方人員，二則，上校和我合作過許多次，我們兩人在一起，解決過很多不可思議的問題，如果他來參加我們的事，我相信，一定可以使事情有較快的進展！」

阮耀嘆了一聲，攤著手：「隨便你吧！」

我和傑克上校，一起走開了幾步，在一張石凳上，坐了下來。我已經準備將全部事的經過對傑克說，可是我的心中是十分亂，不知該從何處說起才好。我倒絕不擔心傑克上校會不接受我的敘述，這一點倒是可以放心的，傑克上校有很多缺點，但是他也有高度的想像力，他可以接受任何荒謬的故事。我呆了片刻，心想，還是從羅洛的喪禮講起吧！於是，我從羅洛的喪禮說起，這一切的經過，我當然不必在這裏重覆一遍了，我只是不斷地說著。

傑克上校很用心地聽著，當我說到一半的時候，阮耀也走了過來，他不時插上一兩句口，但是並不妨礙我對傑克上校的敘述。

等到我把整件事講完——應該說，等到我把這件事講到樂生博士的喪禮，天色已黑了下來，暮色籠罩著整個墓地，看來十分蒼茫。

等我住口之後，我望著傑克上校，想聽他有甚麼意見，可是，傑克上校卻像是著了魔一樣，只是在喃喃地道：「一個大塘，在一夜之間不見了，是甚麼意思？」

他自言自語，將這句話重覆了好幾遍，我問道：「你以爲是甚麼意思？」

傑克上校道：「我想，就是一個大塘，忽然不見了！」

我瞪大了眼睛，道：「這不是廢話麼？」

上校搖著頭：「一點也不是廢話，我的意思，在那一個晚上，忽然有許多泥土和石塊，將這個大塘填沒了，變成了一片平地！」

我呆了一呆，立時和阮耀互望了一眼。

阮耀點了點頭：「我想也是，大塘消失了，變成了一片平地！」

我道：「我也很同意你的見解，然而，那是不可能的，從記載中來看，吳家大塘十分大，就算動用現在的工程技術，也決不可能將之填沒。我曾經想到過，是由於地震，土地向上拱起，使大塘消失的！」

傑克上校道：「那一定是極爲劇烈的地震，應該有記錄可以追尋。」

我搖著頭：「我寧願相信當時並沒有將這場地震記錄下來，也不願相信另外有地方忽然來了一大批泥土和石塊，將大塘填沒。」

傑克上校皺著眉：「不管是甚麼情形，總之，吳家大塘在一夜之間，變成了平地。」

我和阮耀異口同聲：「這一點是可以肯定的。」

傑克上校又道：「然後，阮耀先生的曾祖父，就佔據了這幅地！」

阮耀的聲調，有點很不自然：「我反對你用『佔據』這個字眼。」

傑克上校道：「可以，我改用『擁有』，你不會反對了吧！」

阮耀沒有再說甚麼，傑克上校又說了下去：「然後，這位阮先生，就在這片土地上建屋，居住下來。」

我點頭道：「是的，在這裏，可以補充一點，就是他在得到這片土地的同時，還得到了巨大的財富，他是陡然之間，變成巨富的！」

這一點，阮耀和傑克上校，也都同意了。

傑克上校又繼續發表他的意見：「他造了一座亭子在花園，也就是在吳家大塘變成的土地上，而在這亭子的基石下，鋪上了好幾層花崗石。」

我點著頭：「阮耀正在發掘。」

傑克上校又道：「而在這個亭子的周圍，有許多處地方，可能有一種神秘的力量，使人的情緒，發生變化，甚至死亡！」

關於這一點，還有進一步商榷的餘地，但是暫時，也可以這樣說，所以我和阮耀都點著頭。

我們一面點頭，一面準備聽傑克上校繼續發表他的意見。

那並不是說傑克上校的腦子比我們靈活，而是我們被這件事困擾得太久了，可能思考方向，已經進了牛角尖，不容易轉彎。而傑克上校卻是才知道這件事，是以他可能會有點新的、我們想不到的意見。

上校皺著眉，想著，那時，天色更黑了，他忽然問道：「你們下過陸軍棋沒有？」

我和阮耀兩人，都不禁呆了一呆，因爲在一時之間，我們實在想不通，他那樣問我們是甚麼意思。而傑克根本未等我們回答，就已經道：「陸軍棋中，有三枚『地雷』，一枚『軍旗』，『軍旗』被對方吃掉就輸了，普通在佈局的時候，總是將三枚『地雷』，佈在『軍旗』的外圍，作爲保護！」

天色更黑了，但是在黑暗之中，也可以看到，傑克上校的臉漲得很紅，那可能是他由於想到了甚麼，而感到興奮之故。

果然，他立即道：「那些地圖上的危險記號，就是『地雷』，其目的是保護地圖上的那塊金色，我認爲所有的秘密，在發掘那亭子的亭基之後，一定可以有答案的！」

阮耀立時道：「我早已想到了這一點！」

傑克上校陡地站了起來：「那我們還在這裏等甚麼，快去召集工人，連夜開工！」

傑克上校的話，倒是合了阮耀的胃口，是以阮耀也像彈簧一樣地跳了起來。

我們三個一起驅車到阮耀的家中，阮耀立時吩咐僕人找工頭，要連夜開工。

反正阮耀有的是錢，有錢人要辦起事來，總是很容易的。半小時之後，強烈的燈光，已將那花園，照耀如同白晝，一小時之後，工人已經來了。

少了樂生博士，多了一個傑克上校。阮耀的性子很急，爲了想弄清楚，究竟花崗石一共有多少層，是以挖掘的方法先盡量向下掘，而不是將每一層的花崗石都挖盡之後，再挖第二層。

這樣的方法，雖然困難些，但究竟有多少層，自然也可以快一點知道。

然而，所謂「快一點知道」，也不是霎時間的事，一直到了第三天下午，才算是弄清楚。花崗石一共有二十層之多！

掘出來的花崗石，每塊大約是兩呎見方，一呎厚，也就是說，到了第三天下午，那花園的一角，亭基之下，已經挖成了一個二十呎深的深洞。

我、阮耀和傑克上校，輪流休息著，傑克上校顯然和我有同一脾氣，對於一切怪異的事，不弄個水落石出，是睡也睡不著的，他拋開了一切公務，一直在阮耀的家中。

到了最後一層花崗石，連續被吊起了四塊之後，兩個工人，在深洞下叫道：「花崗石掘完了！」

那時，我們三人全在，一起問道：「下面是甚麼？」

那兩個工人並沒有立即回答我們，我們只是先聽到一陣「彭彭」的聲響，像是那兩個工人，正在敲打著甚麼，從那種聲音聽來，顯然，在花崗石下，並不是泥土，而是另一種東西。

接著，便是那兩個工人叫道：「下面是一層金屬板！」

我、傑克上校和阮耀三人，互望了一眼。

在二十層花崗石之下，是一塊金屬板，這實在是有點匪夷所思的事，阮耀叫道：「你們快上來，讓我下去看看，是甚麼板！」

那兩個工人，沿著繩，爬了上來，強烈的燈光，照向深洞，我們一起向下看去。

在這裏，我或者要先介紹一下那個深洞的情形，花崗石的頭四層，起去的石塊較多，以下，每一層只被挖出了四塊，是以那深洞是方形的，面積是十平方呎，深二十呎。

當我們一起向下看時，只見底部是一層黑色的東西，看來像是一塊鐵板。

我和阮耀兩人，一起搶著用繩索向下縋去，一直到了底部，我先用腳頓了兩下，發出「彭彭」的聲響來，可見下面是空的，而且，那塊金屬板，也不會太厚。

阮耀道：「下面是空的，拿鑽孔機來，鑽一個孔，就可以用強力電鋸將之鋸開來了！」

我道：「當然，這塊金屬板不知有多大，要將它全都揭起來，只怕不可能。」

我和阮耀，又一起攀了上去，阮耀又吩咐人去準備工具。這時，我和阮耀，都感到興奮莫名。傑克上校，也縋下洞去，看了半晌上來。一小時後，鑽孔機已在那金屬板上，鑽了一個四分之一吋的圓孔，那金屬板大約有一吋厚。

兩個工人，用強力的電鋸，在洞下面工作，電鋸所發出來的聲響，震耳欲聾。我們都在上面，焦急地等著。謎底快要揭開了，在這樣的時刻自然分外心急。約莫又過了一小時，只聽得下面兩個工人，一起發出了一下驚呼。

我們一直在向下看著，看到那兩個工人，已經鋸成了一個四平方呎的洞，我們也知道那兩個工人之所以發出驚呼聲的原因。

那塊被鋸下來的金屬板向下跌了下去，那麼大的一塊金屬板，向下跌去，落地之際是應該有巨大的聲響發出來的。

可是，卻一點聲響也沒有！

那塊金屬板自然不會浮在半空之中不向下跌去，但是一點聲響也聽不到，這證明金屬板下面有不知多深的一個無底深洞在！

我在聽得那兩個工人，發出了一下驚呼聲之後，立時也向下跳去，當我落到了那個被鋸開的方洞之旁時，只看到那兩個工人的神色，極其蒼白，緊貼著花崗石，一動也不敢動。

我等著，想聽那塊金屬板到地的聲音，可是又過了兩分鐘，卻仍然一點聲音也聽不到。

我的手心，不禁在隱隱冒汗，只聽得阮耀在上面不住問道：「怎麼了？」

我抬起頭：「懸一支強力的燈下來，阮耀，你也下來看看。」

那兩個工人，已沿著繩子爬了上去，阮耀也來到了我的身邊，不一會，一支強力的燈，懸了下來，我移動著那燈的支桿，照向下面。

在金屬板之間，被鋸開的那個洞中，燈光照下去，只見黑沈沈地，甚麼也看不到。

我估計有聚光玻璃罩設備的強烈燈光，至少可以射出二百碼遠。

可是，燈光向下面射去，卻根本見不到底，下面是一個黑沈沈的大洞，不知有多麼深！

阮耀望著我，駭然道：「下面怎麼會有這樣的一個深洞？我要下去看看！」

阮耀那樣說，令我嚇了一大跳，忙道：「別亂來，我們先上去，試試這個洞，究竟有多麼深！」

阮耀卻一直凝視著這個深洞，臉上有一種難以形容的神情，從他的那種神情來看，他好像很想縋進那個深洞之中去看一看。

我自然也想進這個深洞中去看一看，在那樣的情形之下，地底有一個這樣的深洞，那實在是一件怪異到了不可思議的怪事。

但是，在望向那個深洞的時候，我心中卻有一種感覺，我感到在這個深洞之中，縱使不會有甚麼九頭噴火的龍，也一定隱伏著無可比擬的危機！

所以，我又道：「要試試這個深洞究竟有多深，是很容易的事，我們先上去再說！」
阮耀點了點頭，我和他一起，攀到了上面，才一到上面，十幾個工人，就一起走了過來。
其中一個工人領班，有點不好意思道：「阮先生，雖然你出我們那麼高的工錢，但是我們……我們……」
阮耀有點生氣：「怎麼，不想幹了？」
那工人領班搔著頭：「阮先生，這裏的事情太怪，老實說，我們都有點害怕。」
阮耀還想說甚麼，我已伸手輕輕推了他一下：「反正已經有結果了，讓他們回去吧！」
阮耀揮著手，一疊聲道：「走！走！走！」
所有的工人如釋重負，一起走了開去，阮耀「哼」地一聲：「地底下掘出了一個深洞來，有甚麼可怕的，真沒有用！」
他一面說，一面叫著僕人的名字，吩咐他們立時去買繩子和鉛鎚，然後，我和阮耀，一起進了屋子。傑克上校聽說在花崗石層之下，是一塊金屬板，而金屬板之下，又是一個深不可測的深洞時，他也瞠目結舌，不知是甚麼現象。
一小時後，測量深度的工具，全都買了來，阮耀將鉛錘鉤在繩子的一端，向深洞中縋下去，繞著繩子的軸轆，一直在轉動著，這表示鉛錘一直在向下落去。

繩子上有著記號，轉眼之間，已放出了二百碼，可是軸轆卻越轉越快。

我只覺得手心在冒汗，看著轉動的軸轆，四百碼、五百碼、六百碼，那簡直是不可能的，在這裏的地形而言，如何可能出現那樣的一個深洞？可是，軸轆繼續在轉，七百碼、八百碼。

傑克上校也在冒汗，他一面伸手抹著汗，一面甚至還在喘著氣。

阮耀站在花崗石上，雙眼一眨不眨地望著下面，繩子還在向下沈著，九百碼、一千碼。

等到繩子放到一千碼時，軸轆停止了轉動。

然而，這絕不是說，我們已經測到這個洞有一千碼深，決計不是，軸轆之所以停止轉動，是因爲繩子已經放盡了的緣故。

阮耀一看到這種情形，就發起火來，對著去買測量工具的那僕人，頓足大罵：「笨蛋，叫你們去買東西，怎麼繩子那麼短？」

那僕人連連稱是，然後才分辯道：「賣測量工具的人說，一千碼是最多的了，根本沒有甚麼機會用到一千碼，我……我立刻再去買！」

看阮耀那種滿臉通紅、青筋暴綻的樣子，他似乎還要再罵下去，但是傑克上校已然道：「不必去買了！」

阮耀大聲道：「爲甚麼？」

傑克上校指著下面：「這是危險地區，我要將這裏封起來，不准任何人接近！」

傑克上校那樣說，雖然使我感到有點意外，但是我卻也很同意他的辦法，因爲一個縋下了一千碼繩子，還未曾到底的深洞，無論如何，是一件很可怕的事。

我正想說話，可是阮耀已然「哼」地一聲：「上校，你弄錯了，這裏不是甚麼公眾地方，而是我私人的產業，你有甚麼權利封閉它？」

傑克上校道：「自然我會辦妥手續，我會向法院申請特別封閉令。」

阮耀仍然厲聲道：「不行！」

傑克上校冷冷地道：「封閉令來了，不行也要行，再見，阮先生！」

傑克上校的臉色很蒼白，他話一說完，立時轉過身，大踏步向外走去。

阮耀的臉色也極其難看，他厲聲道：「我不要再見到你，上校！」

傑克上校只不過走開了五大步，他自然聽到阮耀的話，但是他卻只是停了一停，並未曾轉過來，接著，一逕走了開去。

阮耀頓著足：「豈有此理！」

他又向那僕人瞪著眼：「還不快點去買繩子！」

那僕人連聲答應著，奔了開去，我吸了一口氣：「阮耀，我有幾句話說！」

阮耀轉過頭來，望定了我，我道：「我倒很同意傑克上校的辦法！」

阮耀大聲道：「他無權封閉我的地方，不必怕他！」

我道：「我的意思，並不是由他來封閉，而是我們自己，將掘出來的花崗石放回去，就讓這個深洞，一直留在地下算了！」

阮耀聽了我的話，先是呆了一呆，接著，便在鼻子眼中，發出了「嗤」地一聲：「衛斯理，虧你還說你自己對甚麼神秘的事情，都非要弄個水落石出不肯停止，現在，這件事沒有結果，你就要放棄了？」

我不理會他那種輕視的口氣，只是道：「是的，你要知道，世界上有很多事情，不會有結果的！」

阮耀揮著手：「那你也走吧，哪兒涼快，就到哪兒耽著去，別在我這裏湊熱鬧。」

他這樣的態度，我自然也很生氣，我大聲道：「那麼，你準備怎麼樣？」

阮耀道：「不勞閣下過問，沒有你，世界上很多人都活得很好。」

我不禁大是恚怒，厲聲道：「好，那麼再見！」

阮耀冷冷地道：「再見！」

我「哼」地一聲，轉身就走。當時，阮耀當著他的僕人，用這樣的態度對待我，我又不是一個有著好涵養的人，自然會感到難堪，惡言相向，拂袖而去，也是很自然的事情。而更主要的是，當時，我絕未曾想到，阮耀趕走我，可能是故意的，他早已打定了主意想做甚麼，只不過嫌我在一旁，會阻止他，所以他才將我趕走的。

如果當時我想到了這一點，那我決不會走，一定會留下來和他在一起的！

當時，我憤然離去，回到了家中，還大有怒意，我下了決心，這件事，就這樣算了，我決不再過問，也不再去想它。

然而，要我不再過問容易，要我不去想它，卻不是一件容易的事。

我在休息了一會之後，和好幾個著名的地質學家通了電話，其中一位的話，可以代表許多對本地地質學有研究的人的意見。

當他聽到我在電話中說，吳家塘的地方，出現了一個深不可測，至少超過一千碼的洞穴時，他第一句話就道：「這是不可能的。」

我道：「我不是問你是不是可能，而是這個深洞已然實際上存在，我問你，這個深洞是如何形成的，和在這個深洞之下，可能有著甚麼？」

那位地質學家發出了幾下苦笑聲：「你似乎特別多這種古怪問題，老實說，我無法回答你，除非我去看過那個地洞。」

我嘆了一聲：「沒有人可以去探測這個地洞，它實在太深了！」

那位地質學家道：「其實，以現在的科學而論，還是很容易的，根本不必人親自下去，只要縋一具電視攝影機下去，每一個人，都可以在電視螢光屏上，看到深洞底下的情形了！」

我本來是想請教這個深洞的形成，是不是有地質學上的根據的。

可是這時，那位地質學家卻提供了這一個辦法！

我略呆了一呆，立時想到，這個辦法，對普通人來說，自然比較困難，但是以阮耀的財力而論，可以說世界上沒有甚麼困難的事的！

如果我在和阮耀分手之前，想到了這一點的話，我們也不會吵架了！

我略想了一想，心忖我和阮耀吵架，也不是第一次了，明天和他通一個電話，一樣可以將這個辦法，提供給他去實行的。

我在電話中又問道：「那麼，你作一個估計，這深洞之下，會是甚麼？」

那位地質學家，笑了起來，道：「我是一個地質學家，不是科學幻想小說家，照我來看，這一帶的地質構成成分是水成岩，如果有一個深洞，那麼，唯一的可能，是一種地質的中空現象形成的，不過——」

他講到這裏，略為猶豫了一下，才道：「不過照情形來說，地下水會湧上來，那個深洞，事實上，應該是一個很深的井。」

我苦笑著，道：「沒發現有水，至少，我們看不到任何水。」

我見問不出甚麼來，只好放棄，躺在床上，竭力想將這件事忘記，但那實在是十分困難的事，所以一直快到天明，我才有點睡意。

而就在我在半睡眠狀態之中，電話鈴突然響了起來。

在那樣的情形之下，電話鈴聲，特別刺耳，我翻了個身，抓起電話聽筒來，我聽到的，不是語聲，而是一陣急促的喘氣聲。

一聽到這一陣急喘的聲音，我陡地怔了一怔，睡意全消，忙問：「甚麼人？甚麼事？」

電話中的聲音，十分急促：「衛先生？我是阮先生的僕人！」

我認出了電話中的聲音，那就是阮耀要他去買繩子的那一個。

而這時，我一聽得他說出了自己的身份，我立時料到，阮耀可能出事了，因爲如果不是阮耀出事，他的僕人，是決不會在清晨時分，打電話給我的！

我連忙問道：「怎麼樣，阮先生出了甚麼事？」

那僕人並沒有立時回答我，只是連連喘著氣，我連問了兩次，那僕人才語帶哭音：「阮先生……他……他不見了！」

我陡地一呆：「不見了，甚麼叫不見了？」

那僕人道：「他進了那個洞，一直沒有上來。」

我嚇了老大一跳，整個人都在床上，震了一震，我早就已經料到，阮耀可能會做出一些甚麼古怪的事情來的，但是我決想不到，他竟然會鹵莽到自己下那個深洞下面去！這真是想不到的事！

剎那之間，我心亂到了極點，不知說甚麼才好。

那僕人在電話中又道：「衛先生，請你立即來，我們真不知道怎麼才好了！」

或許是由於這件事，太使人震驚了，是以我也無緣無故發起脾氣來，我對著電話大聲吼叫：「現在叫我來，又有甚麼用？」

那僕人急忙道：「阮耀先生在下去的時候曾經說過，要是他不上來的話，千萬要我們打電話給你！」

我吸了一口氣：「他是甚麼時候下去的？」

那僕人道：「你走了不久，已經有四五個鐘頭了！」

我厲聲道：「爲甚麼你們不早打電話來給我？」

那僕人支支吾吾，我嘆了一聲：「好，我立即就來，你們守在洞口別走！」

那僕人一疊聲地答應著，我放下了電話，只覺得全身有僵硬的感覺。

這件事，我在一開始的時候，已經說過，有許多次，根本全然是由於偶然的機會而發生的，要不是那幾次碰得巧的話，根本甚麼事也不會發生。

第一次的偶然，當然是羅洛的那隻書櫥，向下倒去的時候，是面向著上，第二次偶然，則是散落開來的眾多文件之中，偏偏那份文件落到了阮耀的手中，而阮耀偏又問了這樣的一個問題。

要是那時，根本沒有人去睬阮耀，也甚麼事情都沒有了，要是那時，我不將這份地圖留起來，而一樣拋進火堆中，也甚麼事情沒有了。可是現在，唐教授死於「心臟病突發」，樂生博士死於「意外的火災」，阮耀又進了那個深洞，生死未卜，只怕也凶多吉少！

本來是一件微不足道的事，可是一層一層擴展起來，卻越來越大，不可收拾了！

我一面迅速地想著，一面穿著衣服，當我衝出門口的時候，我又已想到，羅洛這傢伙在臨死之前，立下了這麼古怪的遺言，可能他早已知道，在他的遺物之中，有一些東西是十分古怪的，我又聯想到羅洛的死因，是不是也是由於這幅地圖？

當我駕著車向阮耀家疾馳之際，我心中亂到了極點，朝陽升起，映得我眼前生花，好幾次，由於駛得太快，幾乎闖禍。

我總算以最短的時間趕到了現場。

我首先看到，有一個很大的軸轆在洞邊，縋下去的繩索標記是三千碼，洞旁還有一個僕人，手中拿著無線電對講機，滿頭大汗，不住在叫著：「阮先生！阮先生！」

他叫幾聲，就撥過掣，想聽聽是不是有回音，可是，卻一點聲音也沒有。

在洞旁的僕人很多，可是每一個人都亂得像是去了頭的蒼蠅一樣，我大聲道：「只要一個人說，事情開始時是怎樣的？」

那買繩子的僕人道：「我又去買了繩子回來，阮先生叫我們將一張椅子綁在繩上，他帶著強力的電筒，和無線電對講機，向下縋去。」

我吸了一口氣，望著那黑黑黝黝的洞，那僕人又道：「開始的時候，我們都可以看到下面閃耀的燈光，也可以和阮先生通話，可是漸漸地，燈光看不見了，但一樣可以通話，等到繩子放盡之後，阮先生還和我們講過話，可是聲音卻模糊得很，沒有人聽得出他講些甚麼，接著，就完全沒有聲息了！」

我怒道：「那你們怎麼不扯他上來？」

那僕人道：「我們是立時扯上繩子來的，可是繩子的一端，只有椅子，阮先生已經不在了，我有一面在對講機呼喚他，又怕他找不到椅子，是以又將椅子縋了下去，可是到現在，一點結果也沒有。」

我頓著腳：「你們也太糊塗了，既然發生了這樣的事，就該有人下去看看！」

第十部：陷入無邊黑暗之中

所有的僕人，聽得我那麼說，面面相覷，沒有一個人開口。

我心中更是憤怒：「你們之中，沒有人敢下去，也該報警，等警方人員下去！」

那僕人苦著臉：「阮先生吩咐過，不准通知警方人員，只准我們通知你！」

我簡直是在大叫了：「那麼，爲甚麼不早打電話給我？」

我在這樣大聲吼叫了之後，才想到，現在，我別說大聲吼叫，就算我將這十幾個僕人，每人都痛打一頓，也是無補於事的了。

是以，我立時道：「現在，還等甚麼，快將繩子全扯起來！」

這些僕人，聽命令做事情手腳相當快，兩個僕人立時搖著軸轆，繩子一碼一碼被扯上來，我在那深洞的旁邊，來回走著，又從僕人的手中取過那具無線電對講機來。

那是一具性能十分好的無線電對講機，在十哩之外，都可以清楚地聽到對方的聲音，我對著對講機，叫著阮耀的名字：「你一定可以聽到我的聲音，阮耀，不論你遭遇了甚麼，就算你不能說話，想辦法弄出一點聲音來。好讓我知道你的情形！」

我撥過掣，將對講機貼在耳際，我只希望聽到任何極其微弱的聲音。

但是，卻甚麼聲音也聽不到！

這種情形，對無線電對講機而論是很不尋常的，幾乎只有一個可能會形成這樣的情形，那便是另一具對講機已遭到徹底的損毀！

我試了五分鐘，便放棄不再試，因爲阮耀如果有辦法弄出任何聲響的話，那麼我一定可以聽到聲音的了。

現在，情形照常理來推測，最大的可能是在三千碼之後，還未曾到底，但是阮耀卻跌了下去，他可能再跌下幾百碼，甚至更深，那當然是凶多吉少了。

然而，一連串的事是如此神秘莫測，誰又能說不會有出乎意料之外的事發生？

我望著那兩個搖著軸轆的僕人，看到繩子已只有二百多碼了。

也就在這時，一輛警車駛到，傑克上校帶著幾個警官，大踏步走過來，上校一面走，一面叫道：「阮耀，你來接封閉令！」

我聽得傑克上校那樣叫著，不禁苦笑了起來！

要是現在，阮耀能出現在我們眼前，那就好了！

傑克上校一直來到近前，才發現阮耀不在，而且，個個人的臉色都很古怪，他呆了一呆，直望著我：「怎麼，發生了甚麼事？」

我用最簡單的話講述了所發生的事，傑克上校的面色變得難看之極，這時，繩子已全被絞上來，那張椅子也出現在洞口。

那張椅子，是一張很普通的有著扶手的椅子，在兩邊的扶手之間，還有一條相當寬的皮帶。照說，一個成年人坐在這樣的一張椅子之上是不會跌下去的，但是，阮耀卻不在了！

傑克連聲道：「狂人，阮耀是個瘋子！」

我望著傑克上校：「上校，我馬上下去找他！」

上校尖聲叫了起來：「不行，我要執行封閉令，誰也不准接近這裏！」

我仍然望著他，道：「上校，我一定要下去，他可能只是遭到一點意外，並不曾死，正亟需要我的幫助，我一定要去！」

傑克上校大聲叫道：「不行！」

我堅定地道：「如果你不讓我下去的話，將來在法庭上作證，我會說，阮耀的不幸，是由於你的阻撓！」

傑克上校氣得身子發抖，大聲道：「你這頭驢子，我是爲了你好！」

我攤著雙手：「我知道，我也是沒有辦法，我不能眼看著阮耀出了事，而我甚麼也不做，我可以帶最好的配備下去，甚至小型的降落傘。」

傑克呆了片刻，才大聲叫了起來。

傑克上校這時叫的，並不是不讓我下去，而是大聲在吩咐他的手下，去準備我下深洞要用的東西，真的包括準備小型降落傘在內。

洞外的各人，一直十分亂，我坐上椅，帶著一切配備，準備進入深洞之際，已然是兩小時之後的事了，傑克緊握著我的手，望了我半晌，才道：「你仍然是一頭驢子，不過的是頭勇敢的驢子。」

我苦笑著：「你錯了，我一點也不勇敢，只不過是一頭被抬上架子的驢子！」

傑克上校道：「那你可以不必下去。」

我吸了一口氣：「如果阮耀死在這張椅子上，他的屍體已被扯了上來，那我一定主張立時封閉洞穴，而且從此不再提這件事，可是現在，我們不能確知阮耀的生死，他可能在極度的危險之中，極需要幫助，所以我不能不下去！」

傑克上校嘆了一口氣：「是的，有時候，事情是無可奈何的。」

他略頓了一頓，又道：「你檢查一下應帶的東西，電筒好用麼？」

我按了一下使用強力蓄電池的電筒，點了點頭，他又道：「對講機呢？」

我再試了一下對講機，雖然在這以前，我已經試過好幾次。

傑克上校又將他的佩槍，解了下來給我，道：「或許，你要使用武器！」

我接受了他的佩槍，但是卻苦笑著：「如果下面有甚麼東西，那麼這東西，一定不是普通的武器所能對付的，你說是不是？」

傑克上校也苦笑著：「我只能說，祝你好運！」

傑克上校後退了一步，大聲發號施令，我扶著椅子的扶手，椅子已在向下縋去。

我抬頭向上看，上面的光亮，在迅速地縮小，我在對講機中，聽到上校的聲音，他在道：「現在，你入洞的深度是一百五十碼，你好麼？」

我用強力的電筒，四面照射著，那洞並不很大，略呈圓形，直徑大約是四十呎，洞壁的泥土，看來並沒有甚麼特別之處。

我抬起頭，乃然可以看到洞口的光亮，我回答道：「我很好，沒有甚麼發現。」

我的身子，繼續在向下沈著，傑克上校的聲音，不斷從對講機中傳來，告訴我現在的深度，當他說到「一千碼」之際，他的聲音有點急促。

我回答他道：「直到如今爲止，仍然沒有意外，這個深洞好像沒有底一樣，洞壁已不是泥土，而是一種漆黑的岩石，平整得像是曾經斧削一樣！」

我一面和傑克上校對話，一面不斷地用有紅外線裝置的攝影機拍著照。

我在對講機中，可以清晰地聽到傑克上校的喘氣聲，他在不斷報告著我入洞的深度，一直到兩千碼的時候，他停了一停：「你覺得應該上來了麼？」

我道：「當然不，阮耀失蹤的時候，深度是三千碼，而且現在，我覺得十分好，甚麼意外也沒有，甚至連呼吸也沒有困難。」

我聽得傑克上校嘆了一聲，接著，我的身子又向下縋下去，傑克上校的語聲聽來一樣清晰，我已到了兩千八百碼的深度了！

這個深度，事實上實在是不可能的，但是我的的確確深入地底達到了這個深度，而且，向下看去，離洞底，似乎遠遠得很！

我對著對講機，道：「繩子只有三千碼，一起放盡了再說。」

傑克上校，是照例會立時回答我的。

可是這一次，在我說了話之後，卻沒有他的回答，而我坐的椅子，也停止不動了。

我無法估計和傑克上校失去聯絡的正確時間，但是到兩千八百碼的時候，我還聽到他的聲音，現在，椅子不動了，一定已放到了三千碼。

在這兩三分鐘的時間中，我實實在在未曾感到有任何變化，但何以對講機忽然失靈了呢？

我用電筒向下照去，看到了洞底。

洞底離我只不過兩碼左右，我發出了一下叫呼聲，湧身跳了下去。

當我落到洞底之際，我又對著對講機，大聲叫道：「上校，我已來到了洞底！」

可是我仍然沒有得到回答，我抬頭向上看去，根本已無法看到洞口的亮光了！

而且，我看到縋我下來的那張椅子，正迅速地向上升去。

我大叫著：「喂，別拉椅子！」

我的語聲，在這個深洞之中，響起了一陣轟然的回音，但是我的話並沒有用，那張椅子還在迅速向上升著，轉眼之間，已經出了我手中電筒所能照到的範圍之外！

縋我下來的椅子，為甚麼會向上升去，這一點，我倒是可以想像得到的，那自然是傑克上校在上面，突然發覺失去了聯絡，所以急急將椅子扯上去的。

我大聲叫了幾下，回聲震得我耳際直響，我知道叫嚷也是沒有結果的，而且我想到，現在我既然在洞底，那麼，阮耀的遭遇，可能和我一樣，我應該可以找得到他的了。

我用電筒四周圍照著，可是，電筒的光芒，卻在迅速地減弱。

這又是絕對沒有理由的事，蓄電池是可以供應二十四小時之用，但是在半分鐘之內，電筒已弱得只剩下昏黃的一線，緊接著，完全沒有了光芒，漆一樣的黑暗，將我圍在中心。

我急促地喘著氣，迅速地移動身子，向前走著，不一會，我雙手摸到了洞壁。

雖然在如今這樣的情形下，我摸到了洞壁，對我說來，毫無幫助，就算我是一隻壁虎，我也沒有可能沿著三千碼的洞壁爬上去的。

但是無論如何，那總使我心頭產生一種略有依靠之感。

我勉力使自己鎮定下來，想著該怎麼辦，我已無暇去想及對講機何以會失靈，電能何以會消失了，我只是想，我應該怎麼辦？

而就在那時候，我覺出我手所按著的洞壁，在緩緩移動。

那是一種十分緩慢的移動，但是我確然可以感覺得到：洞壁在動，或者，與其說是「移動」，不如說洞壁是正在向內縮進去，好像我按著的，不是堅硬的山石，而是很柔軟的東西一樣。

剎那之間，我整個人都震動起來。

而幾乎是同時地，我所站的洞底，也開始在動，洞底在漸漸向上拱起來。

我完全像是處身在一個恐怖無比的噩夢之中一樣，我拚命按著電筒，希望能發出一點光亮，使我可以看到眼前的情形。

但是，我眼前還是一片黑暗，而移動在持續著。

我不知各位是不是有過這種噩夢的經驗，在極想要光亮的時候，所有的燈，全都無緣無故地失靈，只剩下黑暗，在黑暗中冒冷汗。

然而，噩夢的夢境雖然可怖，在遍體冷汗之後，就會駭然醒來，而一醒了之後，一切可怖的夢境，就會成爲過去。但是我這時，卻並不是身在夢境，而是實實在在地在這種可怖的境地之中！

要命的也就在這裏，洞底的移動越來越劇烈，我已無法站穩身子，突然之間，我立足之處，拱起了一大塊，我整個人向前，仆了出去。

本來，我是站在洞壁之前的，在我的身子向前仆出去之際，我雙手自然而然地按向前，希望能按在洞壁上，將身形穩住。

可是，我一按卻按了個空！

在我面前的洞壁消失了，我的身子向前直仆了下去，接著，我便翻滾著，一直向下跌了下去，那是一種很難形容的感覺，我感到，我不是在一個空間之中向下落下去的，我像是在一種極稀薄的物質之中下沈，那種物質的阻力和水彷彿相似，但在水中我可以浮動，現在我卻只能向下墜去。

而且，我的呼吸，並未受到干擾，我只是向下落著，我發出驚叫聲，我自己可以聽到自己的驚叫聲，聲音聽來很悶，像是包在被窩中呼叫一樣！

那是一段可怕之極的時間，這段時間究竟有多長，我不知道，因為沒有一個人，可以在這樣的情形下，還有足夠的鎮定去計算時間，和計算自己下落了多麼深。

謝天謝地，下落停止了。

我跌倒在一堆很柔軟的東西之上，眼前仍然是一片黑暗，當我手扳著那柔軟的東西，開始站起來時，卻又覺得那堆柔軟的東西，在迅速地發硬。

我站定了身子，我算是想像力相當豐富的人，而且，在我知道了阮耀在下了這個深洞而未曾上來之後，我也曾作過種種的揣測。

然而，現在，我卻無法想像，我究竟是身在何處，那種不能想像的程度，是根本連一點設想都沒有！

我站著，濃重地喘著氣，接著，我又發現腳下所站的地方在移動。

這次，是真正的移動，我像是站在一條傳送帶上一樣，被輸送向前。

在這樣的情形下，我只好聽天由命了，我作了最後一番努力，想和傑克上校通話，但是對講機一直失靈，我仍然不知道向前移動了多久，總算好，雖然仍然在極度的黑暗之中，但我漸漸聽到了一種聲響，我細辨著這種聲響，那像是淙淙的水聲。

在如今那樣的處境之中，就算聽到了水聲，也足以使我產生了一些信心，我立時想到，我在縋下洞底之後，所遇到的一切，我既然在「動」，那麼，一定有一種力量在使我「動」。

而這種使我「動」的力量，看來又絕不像是自然的力量！

固然，假設在這樣深的地底，有甚麼人在控制著一種力量使我「動」，那是很難想像的，然而，事實的確如此，的確是有力量在使我移動！

我勉力鎮定心神，大聲道：「我已經來了，不管你們是甚麼樣人，請現身出來！」

我的聲音，已不再有沈悶的感覺，我知我是在一個大空間之中，而且，淙淙的水聲，也越來越響亮，而我也停了下來。

當我的身子，停止而不被再移動之際，我可以感到，有水珠濺在我的身上，我慢慢蹲下身子，伸手向前，我的手立時觸到了一股激流，我忙縮手回來，又向著黑暗叫道：「我想，這裏一定有人，或許，我用『人』這個名稱，不是十分恰當，但這裏一定有可以和我對答的生物，請出聲，告訴我該怎麼辦？」

在我講完了這幾句話之後，我起先根本未曾抱著任何得到回答的希望。

但是，我的語音才靜止，在淙淙的水聲之中，我聽到我的身後，響起了一下如同嘆息一般的聲音。

我立時轉過身去，四周圍仍然是一片漆黑，然而，我卻感到，除了我之外，黑暗中，還有甚麼東西在。

這種感覺，可以說是人的動物本能之一，不必看見，也不必觸摸到，而真真實實，有這樣的感覺。

我吸了一口氣：「誰，阮耀，是你麼？」

我再度聽到了一下類似嘆息的聲音，接著，便像是有一樣東西，向我撲了過來——這也是一種動物本能的感覺，我感到有東西向我撲過來，我連忙雙手伸前，想這件東西不致撞向我的身上。立即地，我雙手碰到了這東西，而且將他扶住。

當我一扶住這件東西之後，我立時覺出，那是一個人！

我陡地一怔，那人的身子還想跌倒，我將他扶住，我摸到他的手，他的手腕，也摸到了他的手腕上戴著一隻手錶。

我手一震，又碰到了那人腰際的一個方形物體，我著實吃了一驚，那是一具無線電對講機，我也立時知道，我扶著的是甚麼人了，那是阮耀。

我立時又伸手去探他的鼻息，他顯然沒有死，但從他身體的軟弱情形而言，他一定是昏迷不醒的。

我扶著他，定了定神：「多謝你們將我的朋友還給我，你們是甚麼——」

我本來想問「你們是甚麼人」的，但是我卻將最後這個「人」字，縮了回去。

我沒有得到任何回答，但是，我卻第三度聽到了那一下嘆息聲。

接著，我站立的地方，又開始移動，我又像是在傳送帶一樣，被送向前去。

我在被送出相當時間之後，阮耀發出了呻吟聲，我忙道：「阮耀，你怎樣？」

我聽到了阮耀的喘息聲，他像是夢遊病患者一樣，在黑暗中問我，道：「你是甚麼人？」

我道：「我是衛斯理，我下洞來找你，你覺得怎麼樣？」

阮耀挺了挺身子，就在這時，我們的身子，向上升去，像是在一種甚麼稀薄的物體之中一樣。

阮耀一直濃重地喘著氣，過了不多久，所有的動作全停止了。

我和阮耀都站著，突然，有一樣東西，向我們撞了過來，我立時伸手抓住那東西，剎那之間，我不禁狂喜地叫了起來，道：「阮耀，我們可以上去了！」

我抓住的，是一張椅子！

我忙扶著阮耀，坐上椅子，我則抓住了椅子的扶手，等了大約半小時，椅子開始向上升去。

我可以料得到，椅子是傑克上校放下來的，他一定是希望能有機會將我再載上去。

只不過，在這段時間內，不論我向阮耀發問甚麼問題，他只是不出聲。

在椅子開始上升去之後不多久，我就聽到對講機中，傳來上校急促而惶急的呼叫聲，他在叫著我的名字，不斷地叫著。

我立時回答道：「我聽到了，上校，我沒有事，而且，我也找到了阮耀！」

傑克上校的聲音又傳了出來，我聽得他一面吩咐人快點將我們拉上去，一面又道：「你究竟怎麼了？在下面逗留了那麼久！」

我只好苦笑著：「爲了要找阮耀，我在洞底——」

我才講到這裏，阮耀突然低聲道：「甚麼也別說！」

阮耀的聲音極低，我呆了一呆，立時改口道：「我在洞底昏迷了相當久，我想阮耀一定也和我一樣，不過現在沒有事了！」

椅子繼續向上升，我已可以看到洞口的光亮，我大口地喘著氣，不一會，我們已經升上了洞口，當光線可以使我看到眼前的情形時，我第一件事，便是向阮耀看去。

只見阮耀的臉色，出奇地蒼白，但是他的雙眼卻相當有神，只不過神色，充滿了疑惑。

傑克上校著實埋怨了我們一頓，又宣佈誰也不准接近洞的附近，才行離去。

我和阮耀，一起進了屋子，阮耀先是大口喝著酒，然後才道：「你遇到了甚麼？」

我略想了一想：「我甚麼也沒有遇到，但是我覺得下面有東西。」

阮耀在我的酒杯中斟滿酒，自己又喝了一大口，聽我講述我在洞底的遭遇。

等我講完之後，他才道：「那麼，我和你不同，衛斯理，真是無法相信，但卻是事實！」

我登時緊張起來，道：「你見到了他們？」

阮耀呆了一呆，但是他顯然明白我的問題。這個問題，在別人來說，是很難明白的，然而我從阮耀的神情上，我看得出，他明白我所指「他們」，究竟是甚麼？

當然，即使是我，在發出這一個問題的時候，我也不知道「他們」代表著甚麼，但是可以肯定的是，在那深洞之下，一定有著甚麼——（我想不出該用甚麼名詞），這種「甚麼」，有一種超特的力量，使我在洞底被移動，遇到了阮耀，又和他一起能離開。

阮耀在聽了我這個問題之後，變得很神經質，他握著酒杯的手，在微微發抖，他道：「沒有，我沒有見到他們，我的意思是——」

他講到這裏，略頓了一頓，顯然是不知道該如何說下去才好。

我提示他，道：「你的意思是，你未曾見到任何人，或是任何生物？」

阮耀不住地點著頭：「是的，但是我卻見到了一些不可思議的東西。」

我登時緊張了起來：「是甚麼？」

阮耀皺著眉，有點結結巴巴：「我所見到的，或者不能稱爲東西，只不過是一種——現象——」

我性急起來：「不必研究名詞了，你在洞底，究竟見到了甚麼，快說吧！」

阮耀吸了一口氣：「還是從頭講起，你比較容易明白，我縋下深洞，開始所遭遇的一切，和你一樣，我在黑暗之中，不由自主地移動著，等到靜止下來之後，我聽到了流水聲。」

第十一部：洞底所見

我點著頭，道：「那就是我也到過的地方，那裏一定是一條地底河道。可是你見到了甚麼？」

阮耀又吸了一口氣，道：「我站著，在我的面前，忽然出現了一片光亮。」

我怔了一怔，道：「一片光亮，那麼，你應該看清楚你究竟是在甚麼地方了？」阮耀搖著頭，道：「不，只是在我的面前，有一片光亮，方形的，大約有六呎乘八呎那樣大小，在那片光亮之中，是一片黑暗——」

我用心地聽著，可是我實在無法明白阮耀所說的話，他說「有一片光亮」，那還比較容易理解，但是，甚麼叫作「光亮之中，是一片黑暗」？而且，既然他曾看到一片光亮，那麼，何以他不能看清自己存身的環境！

我有點不耐煩，大聲道：「你鎮靜一點，將經過的情形，說清楚一些！」

阮耀苦笑著：「我已經說得夠清楚了。」

我搖著頭：「可是我不明白你所說的那種現象，你可以作一個比喻？」

阮耀又喝了一口酒，想了片刻，才道：「可以的，那情形，就像一個漆黑的房間中，看電影，那一片光亮，就是電影銀幕，只不過四周圍一點光也沒有，除了我眼前的這片光亮！」

阮耀那樣說，我自然可以想像當時他所見到的情形是甚麼樣的了。

我點了點頭：「那麼，剛才你所說的，甚麼光亮之中一片黑暗，又是甚麼意思？」

阮耀瞪著眼：「我們看電影銀幕上有時不是會出現夜景，看來一片漆黑的麼？我看到的，就是這樣的情形，一片光亮，光亮中一片漆黑！」

我勉強笑了笑，由於我看到阮耀的神情，相當緊張，是以我講了一句笑話：「你的意思是，在你我相遇的那地方，有人放電影給你看？」可是我的笑話卻失敗了，因爲阮耀仍然瞪著眼，顯然他一點也不覺得好笑。

他一本正經地道：「所謂電影，那只是一種比擬。事實上，那當然不是電影，有可能是放映錄影帶，總之，那是一項過去發生過的事的記錄，根據我以後在那片光亮中次第看到的現象，我甚至可以斷定，那是一個飛行記錄，信不信只好由你了！」

我在椅上，挺直了身子：「你還未曾將以後你看到的說出來，怎知我不信？」

阮耀道：「起先，那片光亮中，是一片黑暗，有很多奇形怪狀，看來像是岩石一樣的東西，有的在閃光，有的在轉動，我只覺得那一片黑暗，深邃無比，好像是……」

我道：「根據你所說的情形，像是外太空。」

阮耀立時道：「一點也不錯。我認爲，那是一艘太空船在太空的航行中，由太空的窗口，向外記錄而得的情形。」

我皺著眉，點了點頭。

阮耀道：「那種現象，持續了相當久，接著，我看到了……看到了……」

他講到這裏，略頓了一頓，喘著氣，望著我：「你不要笑我！」

我忙道：「我爲甚麼要笑你？你看到了甚麼？」

阮耀面上的肌肉，在微微跳動著，他道：「我看到了土星，由於那個大環，所以我可以肯定，那一個巨大的星球是土星。你要知道，那片光亮中的一切，在不斷移動著，所以，就像是我自己，坐在一艘漆黑的太空船中，在太空船中飛行一樣，我看到了木星，我的感覺是，在距離木星極近的範圍之內，迅速地掠過！」

我沒有笑，一點也沒有，只是望著阮耀，問了一個事後令我自己也覺得莫名其妙的問題，我問道：「那艘太空船飛得很快？」

阮耀也不笑我這個問題，他道：「是的，很快，從我看到土星起，到又看到木星，大約是五十分鐘。」

我呆了一呆，陡地站了起來。

阮耀道：「三十分鐘，或者更久些，或者不到，但無論如何，總在這麼上下。」

我吸了一口氣：「我想你弄錯了，你憑一個大環，認出了土星，憑甚麼認出木星來的？」

阮耀失聲叫了起來：「憑它的九個衛星，你以為我連這點天文知識都沒有？」

我仍然搖著頭：「我還是以為你弄錯了，木星和土星間的距離，是四萬萬零三百萬哩左右，沒有一個飛行體，能夠在半小時的時間內，飛越這樣的距離，就算以光的速度來行進，也要將近一小時。」

阮耀的聲音變得十分尖：「我不知道正確的時間，但是我知道，那是半小時左右。」

我揮著手：「好了，不必再爭論了，接著，你又看到了甚麼？」

阮耀望了我半晌，才道：「接下來，大約在半小時之後，我在火星旁邊經過——我的意思是，在那片光亮之中，我先看到了火星，火星迅速地變大，然後掠過它，真的，那是火星。」

我沒有再說甚麼，我們兩人都呆了半晌，我才道：「照你那麼說來，這艘太空船，經過了土星、木星和火星，它是正向地球飛來了？」

阮耀道：「是的，在經過水星之後不久，我看到了地球——我當然認得出地球來，在見過的那些大星球之中，地球是最美麗的！」

我急忙道：「以後，你又看到了甚麼？」

阮耀的神情，顯得很悲哀，他道：「你一定不會相信我的，我——」

我按住他的肩頭，兩人一起喝了一大口酒：「只管說！」

阮耀道：「我看到地球，那太空船，一定在飛向地球，地球的表面越來越清楚，我看到了山脈河川，越來越快，我相信太空船已衝進了地球的大氣層，我看到了建築物，那些建築物，全是舊式的，大約是一百年之前的建築物，是一個相當大的湖泊——」

我失聲道：「一個塘！吳家塘！」

阮耀的聲音顯得很急促：「可能是吳家塘，我的印象是，這艘太空船直墜進了吳家塘之中，之後，眼前一片漆黑，甚麼也看不到了。」

我急快道：「你還見到甚麼？」

阮耀道：「沒有，我只聽到了幾下猶如嘆息似的聲音，接著，神智就有點不清起來，後來，當我又有了知覺的時候，已經在你的身邊！」

我又呆了半晌，才道：「阮耀，聽了你的敘述之後，我有一個假設，不知你同意不同意？」

阮耀有點失神地望定了我，我道：「首先我們假定，你看到的現象，是一艘太空船飛行時記錄下來的！這艘太空船是以光的速度，或超過光的速度在進行的！」

阮耀又點著頭。

我吸了一口氣：「太空船自何處起飛，我們不知道，你看到的是自土星以外的太空開始，它可能是自天王星飛來，也可能自更遠的地方，太陽系之外，爲了節省時間，所以才將接近地球的那一段，放給你看！」

阮耀點頭，表示同意。

我再道：「太空船不會自己飛行，其中一定有『人』在控制著——」

我才講到這裏，阮耀便叫了起來：「他們現在還在，住在地底，他們到了地球之後就不走了，一直住在地底，現在還在！」

我無意識地揮著手：「也有可能是他們想走也走不了，我想這艘太空船，直墜進了吳家塘之中，這個深洞，可能就是太空船高速衝撞所形成的，而深洞形成，地形當然起了變化，必然會有大量的泥土湧上地面來，於是，吳家塘被填平了！」

阮耀喃喃地道：「不錯，吳家塘在一夜之間消失，就是這個原因。」

我在呆了片刻之後，又道：「在洞底，我也曾聽到類似嘆息的聲音，那種聲音，一定是他們發出來的，他們無法和我們作語言上的交通，所以，就將這一段飛行記錄給你看，好讓你明白，他們是從極遙遠的地方來的，他們一直生存在地底！」

阮耀的神情，像是天氣冷得可怕一樣：「那麼，接下來的一切，又是怎樣發生的呢？」

我有點不明白：「甚麼接下來的一切？」

阮耀道：「我曾祖何以有了這片土地？何以在那條通道之上，鋪了那麼多花崗石？何以我們家會成了巨富，羅洛怎麼會知道這個秘密，繪製了地圖？教授和博士，為甚麼會死？」

阮耀一口氣提出了那麼多問題來，這些問題，我一個也無法回答。

我只好苦笑，而就在這時，外面傳來幾個僕人的呼叫聲，一個僕人出現在門口，大聲道：「阮先生，許多水湧了上來！」

阮耀叱道：「甚麼許多水湧了上來？」

那僕人道：「那個深洞，深洞裏有水湧上來，一直湧到了洞口！」

我和阮耀互望了一眼，一起向外奔去，奔到了花園，來到了深洞的邊上，向下望去，只見那深洞，看起來已像是一口井，全是水，水恰好來到了洞口，還在向上湧著，像一個小型的噴泉，然而，水位卻不再上升，看起來很有趣。

在這樣的情形下，可以說，任何人都無法再下到這個深洞的底部了！

我和阮耀兩人，呆呆地望了好一會，我才道：「他們一定是不願意再有人去騷擾他們。」

阮耀點著頭，神情很有點黯然。

在接下來的一個月中，阮耀令工人在那個深洞之旁，用掘出來的花崗石，圍成了一道牆，如果站在牆頭，向下看去，就像是一隻其大無比的碗，碗底卻有著一個不斷在冒出水的噴泉。

我並沒有將我和阮耀在洞底的遭遇告訴傑克上校，傑克上校來過幾次，看著那噴泉，也沒有甚麼話好說，看來，他對這件事已不再感興趣了！

阮耀一再和我討論當日他提出的那些問題，但是一直沒有結果——並不是說，這些問題一直沒有結果。在兩個月之後，才算有了一些答案。

在那天之後，約莫過了兩個多月，晚上，忽然有一個膚色很黝黑，神情很堅毅，約莫三十來歲的人，按我家的門鈴，要找我。

我並不認識他，但是我也從不拒絕來見我的陌生人，我讓他進來，請他坐下之後，他道：「我姓吳，吳子俊，是一艘貨船的船長。」

我打量著他，可以看得出，他的確像一個極有經驗的資格的海員。

我道：「吳先生，你有甚麼指教？」

吳子俊略停了片刻，搓著手，道：「衛先生，我來得很冒昧，但是我必須來找你，你認得一個大冒險家，羅洛先生？」

我揚了揚眉：「認識，他死了！」

吳子俊嘆了一口氣：「真想不到，航海這門職業有一點不好，就是你離開一處地方之後，再回來時，往往已面目全非了！」

我心中十分疑惑，問道：「吳先生，你向我提起羅洛，是為了甚麼？」

吳子俊道：「我和羅洛是好朋友，我上次離開的時候，曾託他查一件事情——」

我不出聲，等著他講下去，吳子俊攤了攤手：「這件事說起來也很無聊，已經是一百多年前的事了，我只不過想弄清楚事情的經過，沒有別的意圖。」

我呆了片刻，一百多年之前的事，羅洛，這個人又姓吳，難道——在我還未曾開口之際，吳子俊又道：「事情發生在我曾祖父那一代——」

我急不及待地問道：「令曾祖父的名字是——」

吳子俊望了我一眼：「我曾祖父叫吳慧。」

我不由自主，閉上了眼睛。吳慧，這個名字，雖然我只是第一次聽人提起，但是我對這個名字，卻一點也不陌生，這位吳慧先生，就是在阮耀的曾祖父的日記中，曾數次出現的神秘人物！

當我又睜開眼來的時候，吳子俊望著我，神情顯得很訝異。

那當然是因為我剛才忽然閉上了眼睛，神情顯得很怪異的緣故。

我定了定神：「你再說下去，羅洛並不是私家偵探，你為甚麼會託他去查事情？」

吳子俊道：「因為他認識一個靠遺產過日子的花花公子，阮耀。」

當他提及阮耀的名字之際，出現在他臉上的，是一種極其不屑的神情。我還沒有說甚麼，他又道：「你一定會問我，事情和那個阮耀，又有甚麼關係，是不是？」

我點了點頭。

吳子俊皺著眉，道：「有一次，我無意之中，找到了一批文件，那批文件……可以說十分有趣，也十分古怪，它是一些日記，一些信劄，是我曾祖父留下來的，這批文件中，可以看出，目前阮耀的那一大片產業，原來是一個塘，叫吳家塘，是屬於我曾祖父的。後來，好像曾發生了一些奇怪的事，這個塘，變成了平地，我曾祖父在日記中說，他立時請了一個好朋友，姓阮的——阮耀的曾祖父——一起來看，後來，不知怎麼，土地就變成阮家的了，阮家而且立即發了大財，我曾祖父就鬱鬱而終了！」

我大聲道：「那批文件呢？」

吳子俊道：「我交給了羅洛。」

我忙道：「你沒有副本留下來？」

吳子俊睜大了眼：「副本？我根本沒有想到這一點，我也不想追回那片產業來，我只不過想弄明白文件中所載的一個大塘，怎麼會變成平地而已，羅洛看了這批文件之後，他答應代我查。如果你要看那些文件，聽說負責處理羅洛遺物的就是你，我一找就可以了！」

我苦笑了起來，道：「處理羅洛遺物的一共有四個人，羅洛的遺命是，將他所有一切東西，全都燒掉，一點也不剩了！」

吳子俊訝異地道：「為甚麼？」

我道：「吳先生，羅洛曾認真地為你調查過這件事，他曾偷進阮家的家庭圖書館之內，找到了阮耀曾祖父的日記——」

我講到這裏，停了下來。

吳子俊極有興趣地道：「是麼？他已有了結果了？結果怎麼樣？」

我不禁苦笑了起來：「結果，他繪成了一幅地圖，一幅地圖。」

我重複著「一幅地圖」，吳子俊卻感到莫名其妙，我站了起來，道：「吳先生，這件事以後的發展，你是無論如何料不到的，我想，我們兩人不應該單獨談，我想請一個人來一起談。」

吳子俊揚著眉，道：「好啊，請甚麼人？」

我望著他：「阮耀！」

吳子俊立時皺起了眉，他的這種反應，早在我的意料之中，因爲他第一次提到阮耀的名字之際，就是一副看不起的神情。

我補充道：「阮耀，是一個很有趣的人，你見了他，一定不會討厭他的，而且，這件事的發展，和他有最直接的關係，非找他來不可！」

吳子俊攤著手：「好，如果你堅持，那麼，我也不反對。」

我立時走過去打電話，叫阮耀立即到我這裏來。在二十分鐘之後，阮耀匆匆趕到。

阮耀一到，我先替他和吳子俊互相介紹，並且立即說明了吳子俊的身份。

阮耀呆了半晌，才道：「吳先生，真太好了，我想你或者可以幫助我們，解答一些疑團。」

我將剛才吳子俊的講話，重覆了一遍，阮耀的反應，也在意料之中，他顯得很憤怒：「羅洛真不是東西，他爲甚麼不一早就來和我商量？」

我道：「自然，這是羅洛的不對，或許是他認爲其中有產業的糾紛在內，所以才秘密進行的！」

阮耀「哼」地一聲：「笑話，這片產業，在我來說，算得了甚麼？」

吳子俊的臉色也變得很難看，他也冷冷地道：「在我來說，更是不值一顧！」

我忙道：「我們現在不是談論這些，我們是爲了解決疑團而相聚的，吳先生，你聽我講事情發展的經過，阮耀，我有說漏的地方，你來補充！」

阮耀勉強地笑了笑，於是，我又從羅洛的死講起。

阮耀一直沒有出聲，吳子俊也保持著沈默，一直等我說完，吳子俊才神色異樣地道：「這是不可能的！」

我呆了一呆，還沒有出聲，阮耀已經道：「你這樣說是甚麼意思，衛先生是在撒謊麼？」

吳子俊站了起來，氣呼呼地道：「我可沒那麼說，不過，外太空有人到地球上來，嘿，這是第九流科學幻想小說慣用的題材。」

我望著他，做了一個手勢，令他坐了下來：「吳先生，讓我講幾件和我們的事完全無關的事實，給你聽聽，或者你會改變觀念。」

吳子俊坐了下來，冷冷地道：「說。」

我道：「一八九一年，美國伊里諾州，摩里遜德里市，有一位吉普太太，在替她的爐灶加煤的時候，有一塊煤跌在地上，跌碎了，在煤塊之中，有一條金鍊，一起跌了出來。」

吳子俊道：「一條金鍊，有甚麼稀奇？」

我道：「金鍊是不稀奇，但是，專家的估計，煤的形成，是上千萬年的事，那條金鍊在煤的中間，自然有著更長的歷史！」

吳子俊眨著眼，道：「你想說明甚麼？」

我作著手勢，道：「我想說明，金鍊是不會自然形成的，它在煤塊中間，只有兩個可能，一、是外太空的『人』到地球時留下來的；二、是地球的『上一代』人留下來的，我所指的『上一代』，是指地球上曾有過一次大毀滅，我們現在這些人是經過了大毀滅之後，又漸漸進化而成的！」

吳子俊不出聲。

我道：「還有第二個例子，四十年前，科學家大衛・保利斯德爵士，曾對英國巴富郡，京哥第斯的石礦場，進行了研究。」

吳子俊和阮耀兩人都望著我，等我說下去。

由於我平時堅信浩瀚無邊的宇宙之中，一定在其他的星球上，有著高級的生物，也懷疑我們這一代人類、這一代地球上所有的生物，都不是地球上的第一代生物，因爲地球的歷史，和我們這一代人類的歷史相比較，距離實在太遠了。

所以，我平時很注意一些不可解釋的事情的報導，這時，我根據我以往閱讀到的記載，隨便舉出幾個例子，是再容易不過的事。

我略停了一停之後，道：「大衛‧保利斯德爵士研究的那個沙石礦，估計已有一萬萬年的歷史，吸引他加以特別研究的原因，是因爲在開採出來的石頭中心，竟發現了一些平頭的鋼釘！」

吳子俊皺著眉，不出聲。

我又道：「還有第三個例子，一八五二年，美國『科學化美國』雜誌，報導一件怪事，有一個五吋高、刻上花紋的銀鈴，這個銀鈴，是從一塊數百噸重的大石中被發現的，這塊石頭的形成，至少是幾億年前的事情了。」

吳子俊好像有點呼吸困難，他解開了領帶的結，吸著氣：「這說明甚麼？」

我道：「就是說明，在很久以前，地球上還沒有人類的時候，有人到過地球。很久以前有人來過，現在也一定會有人來，因爲地球之外，其他所有的星球之中，有的星球是可能有人的！」

吳子俊搖著頭：「這種事，對我來說，始終是十分無稽的！」

阮耀顯然對這位吳先生並沒有甚麼好感，他冷冷地道：「我們沒有一定要你相信！」

吳子俊立時對阮耀怒目而視，我搖著手：「別緊張，還有一件有趣的事，是最近的例子，十年前，在中國西藏的邊界，卑仁祖烏拉山脈，發現了一個侏儒部族，這個部族，叫杜立巴族。」

吳子俊打岔道：「你越說越遠了！」

我微笑著：「杜立巴族人住在洞穴裏，在他們居住的洞穴中，有許多石質的圖片，上面刻滿了世人難明的文字，這些文字，據杜立巴族人自稱，是記載著他們的祖先，大約在一萬二千年之前，從太空降落在地球，當時他們的頭，比現在細，身體很小──」

吳子俊笑了起來：「所有的落後部落，大都有類似的傳說！」

我笑了笑，道：「或許是，但是，科學家卻在杜立巴人居住的洞穴附近，發掘出一些骸骨來，那些骸骨，頭大，身體小，和地球人不大相同！」吳子俊不再出聲，他點了一支煙，用力吸著。

我拍了拍他的肩頭：「這些，或者對你的要求，沒有甚麼幫助──」

吳子俊揿熄了煙：「你是說，我托羅洛先生調查的事，他已經有了眉目！」

我道：「是，我想是的，但是因爲這件事，太神秘了，所以當他臨死之際，他不想任何人再接觸這件事，是以才吩咐我們將一切燒掉的！」

吳子俊又深深地吸了一口氣：「你……認爲他們現在……還住在地底深處？」

我和阮耀望了一眼，都點了點頭。

吳子俊叫了起來：「那你們怎麼不去通知有關當局，將他們找出來！」我攤了攤手：「爲甚麼要那樣，他們在地底，和我們一點沒有妨礙，我相信，他們是十分和平的『人』，這一點，從我和阮先生兩人，安然回到地面上，就可以得到證明。」

吳子俊道：「可是，這件事已死了兩個人，教授和博士——」

我皺著眉：「他們的死，我相信一個的確是出於心臟病發，一個是意外！」

吳子俊挺了挺身子：「好，那麼我告辭了！」

他站了起來，走向門口，他走到門口之後，才轉過身來，指著阮耀：「可是，我不明白，何以他的曾祖父，會忽然成了鉅富！」

阮耀看來很怕人提到這個問題，他也陡地站了起來。

我立時道：「關於這一點，在阮先生曾祖父的日記之中，一定有詳細的記載，可惜，這些日記被羅洛取走，又被我們燒掉了，可能永遠成了一個謎。」

吳子俊道：「你有甚麼推測？」

我皺著眉：「我的推測是，當時，阮先生的曾祖父，和令曾祖父，都曾見過他們——就是那些來自太空的人，那些太空人，一定曾告訴了他們一些致富的知識，或者給了他們一些十分值錢的東西。」

吳子俊點頭道：「很合理，但為甚麼我的曾祖父，會憂鬱而死？」

阮耀怒道：「那誰知道？」

吳子俊冷笑道：「我知道，你的曾祖父，用了卑鄙的手段，搶奪了他的所有！」

阮耀一聲怒吼，衝過去想去打吳子俊，但吳子俊已然拉開門，「砰」地一聲將門關上，走了！

阮耀怒叫道：「流氓！」

我安慰道：「阮耀，他的出現，至少使我們對事情有了進一步的瞭解，現在，那深洞中滿是水，一定是地底的那些人，不希望再有人下去了。」

阮耀呆了半晌，才道：「你以為他們究竟是甚麼人？」

我搖著頭：「不知道，永遠沒有人可以知道了！」

阮耀攤著手，作一個無可奈何的神情。

我也攤開了手，同樣無可奈何。

真的，世上並不是所有事都有一定答案的，這件事，能夠有這樣的結果，已經是很不錯的了，是麼？

尾聲

或許，還有一些疑問，是必須一提的，例如那些花崗石的石基，是在甚麼情形之下，由甚麼人砌上去之類。但關於這一方面的事，卻只能憑推測來解決了。

我的推測是，阮耀的曾祖父，見過「他們」，「他們」給了阮耀曾祖父若干好處（是阮家突然暴富的原因），而阮耀的曾祖父，就答應替「他們」封閉這個深洞，使「他們」的存在，永不被人發現。而「他們」也有某種力量，來保護「他們」自己，羅洛可能知道這一點的，所以在他的地圖上，才會有若干危險的記號。

如果不是吳子俊的委託，如果不是羅洛的深入調查，那麼，這件事可能永遠沒有人知道了，我最不明白的是，何以羅洛在臨死之前，要將一切都保守秘密。

我所能作的推測，也到此爲止。

（完）

叢林之神

序言

「叢林之神」這個故事，是百分之百的悲劇，它寫了個能「預知未來」的人。

一般都以為，人有預知未來的能力，一定是非同小可，快樂無比的了。但實際情形如何，卻也難說得出，一樣可以作為悲劇來處理，這故事中有關具有預知未來的人的心態，所作的描述，一直在引用著：就像看一張連分類廣告都看完了的舊報紙一樣，日子的苦悶，會使人想到不如死亡！

真是悲劇中的悲劇，但是偏有那麼多人在嚮往這種能力。

倪匡

第一部：參加俱樂部後的怪行為

閣下或許社交活動十分頻繁，交遊廣闊，見多識廣，但是我可以保証，閣下一定未曾聽過一個俱樂部，叫作「叢林之神崇拜者俱樂部」。

五花八門的俱樂部十分之多，是大城市的特色，有的俱樂部，名稱實堪發噱，例如「怕老婆俱樂部」、「見過鬼俱樂部」、「七副象牙俱樂部」等等。比較起來，「叢林之神崇拜者俱樂部」這個名稱，還是十分正常的，可以顧名思義。

如果要顧名思義的話，那麼，自然要想而知，「叢林之神崇拜者俱樂部」，是由一些崇拜「叢林之神」的人所組成的。

這個俱樂部組成的目的，自然也在於對這個「叢林之神」講行崇拜。

不論甚麼事情，一和「神」有了關係，神的味道多了，就總不免有點神神秘秘的氣氛，這個俱樂部，也是一樣，我知道有那樣的一個俱樂部，就是在一種很特異的氣氛下發生的事。

那天晚上，天氣非常冷，是一個罕見的陰冷的天氣，參加了一個宴會，從有暖氣設備的建築物中走了出來，在門口一站，一陣寒風吹來，就有被浸在冰水中的感覺，我連忙豎起了大衣領子，匆匆向我的車子走去。

我走了不多幾步，便聽到身後有腳步聲傳來，那腳步聲分明是在跟著我！

我吸進了一口寒風，突然轉過身來，我是在根本未曾停止的情形下轉過身來的，是以跟在我後面的那個人，一個冷不防，幾乎直撞進了我的懷中。

我証實他是在跟蹤我，那自然也不必對他客氣，我立即伸手，抓住了他的大衣前襟。

當我抓住了他的大衣前襟之際，我不禁略略一呆，我抓到的，是觸手十分柔軟的絨料，那種絨料，是駝馬毛織成的，十分名貴，那樣質地的一件大衣，至少要值一萬美元以上。

那也就是說，我抓住的那人，就算是一個歹徒，他也一定不是普通的歹徒。

我一抓住了他的衣襟，也立時瞪大了眼。

那人掙扎了一下，叫：「請放手，我是……沒有惡意的，衛先生！」

我也看清了那人，他是一個中年人，戴著金絲邊眼鏡，樣子很斯文。

但是我卻也不放手，因為電影中的歹徒雖然全是滿面橫肉，一望便知的傢伙，但實際生活中的歹徒，可能就是那樣的斯文人。

我冷笑一聲：「你為什麼跟著我？」

他道：「我……我知道你是誰，只不過想和你談一下，真的，我絕沒有惡意，你看，這是我的名片！」

他伸手入懷，我連一翻手，抓住了他的手腕，道：「我來替你拿！」我的手伸進了他的大衣袋中，摸出了一隻法國鱷魚皮的銀包來，同時我也肯定了他的懷中並沒有槍械，是以我也放開了。

他的手有點發抖，或許是因爲冷，或許是因爲心情緊張。當他將名片送到我的面前之際，我看到了名片，又是一呆。

那名片上印著他的銜頭：恒利機構（東南亞）總裁，他的名字是霍惠盛。

恒利機構是一個實力非常雄厚的財團，屬下有許許多多產業，那是人人皆知的，而這位霍先生，也正是商界上十分聞名的人物。

我這時，也認出他正是那位大名鼎鼎的實業家，我抱歉地一笑：「對不起。」

霍惠盛苦笑道：「那是我不好，我應該在你一出門時，就叫你的。」

我道：「你也在那個宴會中？」

他道：「是的，人家告訴我，你就是衛斯理，和很多很多稀奇古怪的經歷有關。」

我攤了攤手，「或者你可以那樣說，莫非你也有什麼稀奇古怪的事？請到我的車上，我們慢慢地傾談，你的意思怎樣？」

「好！好！」霍惠盛滿口答應著。

我走向前去，打開了車門，我們兩人一齊坐了下來，進了車中，倒沒有那麼冷了，我翻下了大衣的領子：「請你開始說！」

霍惠盛道：「事情和我的兒子有關，我只有一個獨子，你知道——」

「我知道，令郎是一個十分出色的醫生。」我立時接了上去，「你那麼富有，令郎卻和一般花花公子不同，年紀雖然不大，但已大有成就了。」

霍惠盛道：「多謝你的稱讚，但是……但是近來卻著實爲他擔心。」

「發生了甚麼事？」

「他……他參加了一個俱樂部。」

我聽了，不禁笑了起來：「你未免太緊張了，就算他參加了俱樂部，吃喝玩樂，那也不是什麼大不了的事，怕什麼？」

「不，不，你弄錯了，我不是怕他揮霍，老實說，我的財產，別說是只有一個兒子，就是十個兒子來揮霍，也是用不完的。」

我呆了片刻，才道：「那麼問題在什麼地方？」

「那個俱樂部，衛先生，不知道你聽人家講過沒有，叫作『叢林之神崇拜者俱樂部』。」

我重覆了一句：「叢林之神崇拜者俱樂部？」

「是的，名稱很古怪。」

正如霍惠盛所言，我經歷過許多許多稀奇古怪的事情，也知道很多很多莫名其妙的古怪會社和俱樂部，但是我卻未曾聽到過有一個俱樂部是稱作「叢林之神崇拜者俱樂部」的。所以，我蹙起了雙眉：「很抱歉，我未曾聽過這樣一個俱樂部，那俱樂部是幹什麼的？他們崇拜一個神，叫叢林之神？」

「我也不清楚。」霍惠盛回答我：「我只不過是在一個偶然的機會之中，自我兒子的口中得知他參加了一個那樣的俱樂部，當我問及他的時候，他卻說這俱樂部的成員，人人都要對俱樂部中的一切，絕對的保守秘密，即使是親如父子夫妻，也絕不能洩露，是以他不能告訴我，也請我以後別再問他！」

霍惠盛講到這裡，略頓了一頓，嘆了一聲：「我們父子兩人的感情十分好，從來是無所不談的，但這次，他居然對我有了秘密。」

我笑了一下：「霍先生，令郎已經是一個成年人了，他有一點屬於他自己的秘密，也不是什麼過分的事情，對不？」

我雖然那樣勸著霍惠盛，但是我心中也不免有一點神秘之想。世上的確有那樣的俱樂部的，有的俱樂部甚至規定會員在不論何種情形下，都不能退出，有一篇很著名的恐怖小說，就說一個俱樂部，會員即使在死了之後，他的鬼魂也一定要出席俱樂部的周年大會的！

霍惠盛道：「但是，我發覺他有一些十分古怪的行動，所以使我擔心。」

「什麼古怪的行動？」

「第一，他將大半天時間，花在俱樂部中，而不從事他應該從事的醫療工作，他的病人越來越少，他的聲譽在下降，而且，最近有兩次，十分普通的病症，他也作出了錯誤的判斷。他變得十分神經質，很容易受震動，又常常喝酒。他因爲過度的神經質，甚至使他不能對病者施手術，那全是近大半年來的事。」

霍惠盛越說，聲音越是低沉。

我用心聽著，然後回答他：「照你所說情形看來，似乎有一件十分嚴重的事在困擾著他。」

「你說得對，但那是什麼事？」

「現在我自然不知道，你且說說，第二件反常的事，又是什麼？」

「他需要用大量的款項。」霍惠盛回答著：「他自己名下的存款十分多，那是我在他小的時候，就替他存進去，他自十五歲起，就可以自由支用，但是最近，他不但用完了自己的錢，而且，還繼續向我要了三次錢，那三次要錢的數字，加起來超過了兩千萬美元。」

我望著霍惠盛，他忙道：「我自然拿得出來，再多我也拿得出，但是不知道他拿錢去做什麼了，我看不到他將錢用在什麼地方！」

「你爲什麼不問他？」

「我自然問過他，他的回答便是和他加入的『叢林之神崇拜者俱樂部』有關，接下來便說，那是他的秘密，叫我不要再問。」

我將手放在汽車的駕駛盤上．沈思著。

就霍惠盛敘述的情形來看，他兒子一定有著十分重的心事，他可能是在什麼地方做錯了事，被人抓住了把柄，是以在受著勒索。是以他一方面需要鉅款，一方面還心神不安，時時恐怕秘密會揭露出去。他是一個醫生，是不是他和女病人之間有了什麼糾葛呢？

當然，那只不過是我的猜想，所以，我並不曾將我的想法說出來。

而霍惠盛又已道：「我請過了好幾位私家偵探，去調查那個俱樂部究竟是怎麼一回事，但是都無功而返，其中甚至包括最著名的郭大偵探在內。」

聽到「郭大偵探」四字，我不禁笑了起來。別人口中的「郭大偵探」，就是我口中的「小郭」，以前是我進出口公司的職員。

「他們怎麼說？」

「他們根本找不到那俱樂部在何處！」

「那不可能，」我大聲叫了出來：「任何一個飯桶偵探，都可以因跟蹤令郎，而獲知那個俱樂部的所在的，怎會不知道俱樂部的地址？」

霍惠盛苦笑著：「那是事實，我也不知道那些偵探是幹什麼的。」

我點了點頭：「霍先生，你的意思是……」

霍惠盛很誠懇地道：「衛先生，我聽得很多人提起過你。郭大偵探也說起過，你對一些古怪的事，都可以探索出一定的結果來，所以我想請你……」

我不等他講完，便道：「霍先生，你弄錯了，我不是私家偵探。」

霍惠盛忙道：「自然，我知道，我也決不是……雇你，我是想請你幫幫我忙，我只有一個兒子，我想要知道他究竟遭到了什麼困難。」

我本來想拒絕霍惠盛的要求的，但是他剛才所說有關他兒子的一切，卻又的確十分古怪，至少我可以到小郭那裏，暫時瞭解一下這件事。

是以我在考慮了一下之後，道：「我不能確切答應你，但是我可以替你去調查一下這件事，如果有了眉目．我如何與你聯絡？」

霍惠盛忙道：「衛先生肯答應幫忙，那實在太好了，我想一定會有結果的，每天辦公時間，我一定是在辦公室之中的。」

我點頭道：「好，我會來找你。」

我打開了車門，讓霍惠盛下車，霍惠盛向前走出了十來步，一輛大房車已緩緩駛到了他的跟前，穿制服的司機下車，將車門打開，恭而敬之地讓霍惠盛上了車，駛走了。

我又想了片刻，才駕著車回家去。

我是在想，一個人有了錢，並不是一定沒有煩惱，窮人的煩惱，全是因爲沒有錢而起的，於是以爲有了錢，一定可以沒有煩惱了，但是事實上，有錢人的煩惱，一樣是說不完，解決不了的！

我回到家中之後，並沒有多花精神去想那件事，因爲根據霍惠盛聽說的那些資料，我根本無從想起，我只好假定他被人勒索，那也沒有什麼好多想的。

第二天，我睡到中午時分才起來，一點鐘，我已到了小郭的事務所中。

小郭一看到了我，便大表歡迎，拋開他的幾個顧客不理，將我迎了進去。

我吸著他遞給我的上等古巴雪茄：「向你來打聽一件事情。」

小郭連連點頭。

我道：「大財主霍惠盛，曾委託過你跟蹤過他的兒子，是不是？」

小郭一聽，便皺起了雙眉：「是。」

我又道：「而你的跟蹤，竟沒有結果？」

小郭的雙眉，蹙得更緊，又道：「是。」

我嘆了一聲：「小郭，這是怎麼一回事，跟蹤一個人，要找一個俱樂部的所在地，卻會無功而回，你不如改個名字叫做飯桶算了！」

小郭忍受著我的譏嘲，只是紅了紅臉：「我很難解釋，我相信失敗的不止我一個人。」

「怎麼一回事？」

「他，霍景偉，像是有天眼通一樣。」

「天眼通？」我感到疑惑。

「是的，不論我如何化裝，如何進行隱蔽的跟蹤，但是他都能向著你直走過來，指斥你跟蹤他，使你的跟蹤，難以繼續。」

我不信小郭所說的話，我臉上自然也現出不相信的神色來。小郭苦笑著：「你不信，可以去試一試，他真是一個怪人。」

我的興趣更濃了，我雙眉一揚：「是麼？」

小郭笑了一笑：「我不敢說你一定不成功，但是他一定可以認出你，而且知道你是幹什麼的，令得你的跟蹤不能繼續。」

我點頭道：「好，我倒要試一試，你有他的資料麼？給我參考參考！」

小郭道：「好，請到資料室來。」

小郭的偵探事務所，規模已非常大，有一個十分完善的資料室，全部是電腦管理的。我跟著他來到資料室中，他在控制臺前坐了下來，迅速地按下了幾個鈕掣，燈光黑了後，一幅牆上立時懸下銀幕，也出現了一張照片，和真人同樣大。

那是一個約莫三十歲左右的人，很瘦削，雙目深陷，目光有神，衣飾合身，看來和霍惠盛有幾分相似，他就是霍惠盛的獨子霍景偉了。

小郭繼續按著鈕，全是霍景偉的照片，有正面的，有側面的，也有遠攝鏡頭拍下的特寫。看了十幅那樣的照片之後，我已經毫無疑問，可以在一千個人之中，一眼便認出他來了。

小郭繼續放出別的照片，那是霍景偉離家時拍的，那又是霍景偉在車中拍的，這又是霍景偉在他的醫務所中，還有便是他在家中的時候。

看來，霍景偉一定是一個十分孤獨的人，因為在所有的照片中，只看到他一個人，而從來不見到他和別人在一起。

我看了足足半小時，才道：「請你告訴我，他的生活習慣如何？」

「他和他父親住在一起，那是一幢三層洋房，他是住在三樓的，那個房間……」小郭講到這裏，銀幕上已映出一幢洋房來，照片只有一個箭頭，指著一個很寬大的露臺，露臺上擺著很多熱帶植物。

我「唔」地一聲：「有近鏡麼？」

「有，我們買通了女傭，請她將窗簾拉起來，我們用遠攝鏡頭拍下了那些照片。」

銀幕上的照片，換成是一間很大的書房，今我吃了一驚的是，在書房的正中央，是一隻作勢欲撲的美洲黑豹，皮毛閃閃生光！

我忙指著照片中的那只黑豹問道：「那是什麼玩意兒？是活的？」

「不，那是一隻美洲黑豹的標本，他在半年之前，曾遊歷南美洲，那是他在南美洲獵獲的東西，據女傭說，他十分喜歡那黑豹。」

我皺起了眉，那種黑豹，在南美某些地方，是被視爲魔神的化身的，也是一些黑暗的邪教所崇拜的神之一，出現在霍景偉的書房中，多少有點神秘的意味。

我又問道：「他曾遊歷過南美洲？那是他和那個什麼『叢林之神崇拜者俱樂部』發生關係之前，還是之後的事，你可知道？」

小郭呆了一呆：「不知道。」

我不客氣地批評他：「小郭，你的工作做得太大意了，這一點十分重要，你怎麼可以忽略？」

小郭的臉紅了起來，他足有半分鐘不出聲，然後才道：「是的，那是我的疏忽，但當時我受的委託，只是查出那俱樂部是怎麼一回事；以及弄清他在俱樂部中做些什麼而已。」

我不願使他太難堪，是以忙用話岔了開去：「再換幾張照片看看。」

小郭又按動掣鈕，銀幕上出現另一張相片，那是一間臥室，也很大，看不出有什麼異樣的地方來，只不過看出，牆上所掛的一些圖畫，有很多是一些圖騰，那可能也是他南美洲遊歷的結果。

小郭又翻看了其他的許多照片，全是和霍景偉有關的，我們在資料室中，大約過了半小時才離開，小郭送我到他事務所的門口，問：「你的計劃是……」

「我現在就去找他。」

「你現在找不到他，現在他就在那個俱樂部中，而沒有人知道那俱樂部是在什麼地方，你要跟蹤他，必須在明天早上，當他離開家到醫務所去的時候，或者是他離開醫務所，到俱樂部的時候。」

我點了點頭：「好，那我可以到明天才開始跟蹤，今天剩下的時間。我想可以從各方面去瞭解一下那個俱樂部。」

第二部：驚人的預知能力

小郭笑著道：「你不妨去努力一下。」

從小郭講這句話時的神氣看來，他像是料定了我不會有什麼結果一樣。當然，那時我還根本未曾開始行動，自然也不會和他爭什麼。

但是我在暗中卻已下定了決心，一定要將事情弄一個水落石出！

因爲如果我弄不出什麼結果的話，那麼，我就變得和小郭以及那些束手無策的私家偵探一樣了！

我和小郭揮著手，離開了他的事務所，整個下午，我都在家中，用電話和我所認識的朋友聯絡，當然，我聯絡的對象，全是見多識廣的人。我問他們的問題是：你聽說過一個俱樂部，叫做「叢林之神崇拜者俱樂部」嗎？而我得到的回答，也是千篇一律的：沒有！

一直到我的手因爲撥電話而發酸了，我一面埋怨著何以電話機上的號碼，不採用按鈕的方法，而要採取轉盤的方法，一面放下了電話聽筒，伸了一個懶腰。

（一九八六年按：當寫這故事的時候，竟然沒有按鈕電話！真有點難以想像，現在，電話多有採用微電腦的了！）

整個下午，我可以說一點收獲也沒有；但是我至少知道了一點，那便是這個「叢林之神崇拜者俱樂部」的會員，一定十分之少，少得在我所認識的朋友之中，竟也沒有人知道它的存在！

第二天，我起了一個早，駕車來到了霍家的大花園洋房之前，找了一個適當的地點，停了下來，用望遠鏡向三樓觀察著。

我恰好看到霍景偉拉開窗簾，探頭向窗外，像是在深深地吸著氣。

我可以清楚地看到他那張瘦削的臉，和他那雙似乎充滿著異乎尋常的智慧的眼睛。

我這是第一次直接看到霍景偉，他給我的第一個印象便是：他是一個個性十分倔強，但又是聰明絕頂的人。

在我的處世經驗中，我知道那樣的人是極難應付的。

然後，我又看到他在他的臥室中，走來走去，接著，我看到了一件十分奇怪的事。

我看到他向房門走去，由於角度的關係，我看不到他走過去作什麼，但是當他又在窗口出現的時候，他手中拿著一疊報紙。

我的望遠鏡倍數十分高，我可以看到他手中所拿報紙的大字頭號標題，那是今天的報紙。

當然，他走向門口，是去取報紙的。但是接著，奇怪的事便發生了，他拿了報紙在手，竟不是展開報紙來看，而是臉上帶著一個十分難測的神情。

霍景偉接連幾個快動作，將那幾份報紙全都撕碎，拋進了字紙簍！

我當時真呆住了，實在不知道那是什麼意思！

因爲看他的情形，分明是剛起身，他絕不可能已看過那些報紙，而今天的報紙我是已看過的，著實有好幾段哄動的新聞。

然後，他的臉上，現出了一種極其沈鬱的神情來，像是長嘆了一聲。

從他那時臉上的這種神情看來，我倒可以肯定一點，他的心中一定有十分沈重的心事。這大概就是我要找的答案了，他的心中，究竟是有什麼心事呢？

在接下來的十分鐘之內，我看他穿衣服，他的動作懶洋洋地，似是他對一切都十分厭倦，但是卻又不得不去做一樣，帶著一種無可奈何的情緒。

又過了十分鐘，我看到他的車，駛出了大鐵門，我連忙也發動了引擎，準備開始我的第一站跟蹤。

我知道，這時他離家，是到他的醫務所中去的，本來這一段跟蹤，沒有什麼多大的意思，我可以直接到他的醫務所門口去等他的。

但是我卻想知道，他在離家到醫務所的那一段路程中，是不是會有什麼神秘人物和他接頭呢？

到現在爲止，所有神秘的事情，似乎還只是和霍景偉一個人有關，如果能找出另一個和事情有關的人來，那麼，要瞭解整件事的真相，自然也容易得多了。

我也知道，從這裏到他的醫務所去，他一定要走那一條斜路下去，我的車子就停在斜路上，等他的車子駛下去之後，我可以毫不費力地跟上去。

他的那輛車子，並不是什麼特別名貴，在駛出了鐵門之後，也的確如我所料，是順著斜路，在向下駛去的。但是，就在我準備以上去之際，另一件乍一看來是不可思議的事又發生了。

他的車子在順斜路駛下了之後，突然轉過頭，向斜路之上，直衝了過來！

那條斜路並不是十分長，而他向上沖來的速度，卻又十分高，所以在轉眼之間，他的車子，已衝到了我車子的前面，兩輛車子的車頭，「砰」地撞了一下。

他打開車門，跳了下來，直趨我的車身，用一種十分卑夷不屑的神色著我。

在那樣的情形下，我實在是尷尬極了，我只好自己安慰著自己，他從來也沒有見過我，他也不知道我是在跟蹤他，我大可以不必心虛。

我連忙鎮定地道：「先生，你的駕駛術未免太差了，我的車在這裏，你看不到？」

霍景偉冷笑一聲：「那只不過是給你的一點教訓，畜牲！」

他竟然口出粗言，這不禁令得我發怒，我也打開車門，走出車來，卻不料我才走出車，胸前一緊，便被他劈胸抓住了我的衣襟。

我本來是可以輕而易舉地掙脫，而且令得他直滾下那條斜路去的，但是我卻並沒有那樣做，因爲我想看看他這個人，神經究竟不正常到何等程度。

他抓住了我的衣襟，厲聲罵道：「狗！你看來是一個人，爲什麼做狗才做的事？」

我保持著鎮定：「請你講清楚一些。」

霍景偉「哼」地一聲：「跟蹤只是獵狗的工作，那是獵狗的天性，現在你來跟蹤我，那算是什麼？你只是一頭狗！」

在剎那間，雖然他罵得我十分不留餘地，我是應該大怒的，但是我卻並沒有發怒，那是因爲我心中的驚訝，超越了憤怒。他怎麼知道我是來跟蹤他的？

看來小郭的話沒有錯，他的確有本領使得任何跟蹤者難以跟蹤下去！

因爲他給我的打擊，是突如其來，我根本不知道如何對付他才好，用「手足無措」四個字，來形容我此時的情形，實在再恰當也沒有了。

而霍景偉也根本不給我有定過神來的機會，他「呸」地一聲，現出十分不屑的神態，進了他自己的車子，駕著車走了。

一直到他的車子駛下了斜路，我才從極度的狼狽之下，定過神來。

我相信任何人在那樣的情形下，都一定要垂頭喪氣地回去，放棄跟蹤了。但是我卻不。你說那是我的優點也好，是我的缺點也罷，總之我要做的一件事，就算明知做不到，我也還是要做下去的。

我也駕車，駛下了斜路。

當然，霍景偉的車子已不見了，但是我也不著急，因爲我知道霍景偉是到他的醫務所去的，我也知道他醫務所的地址。

我回著車，來到了他的醫務所，他的醫務所在一幢大廈之中。我先將車子停在大廈底層的停車場中，在停車場，我找到了霍景偉的車子。

我再打一個電話到他的醫務所中，電話自然是護士接聽，我只問了一句：「霍醫生是不是到了？」在得到了肯定的答覆之後，我便放下了電話。

在小郭那裏，我是知道霍景偉離開醫務所的確切時間的，我至少可以有三小時的活動時間，但是爲了小心起見，我卻坐在我的車中等著。

等到時間差不多了，我才離開了自己的車子，花了兩分鐘時間，弄開了霍景偉的車子的行李箱，躺了進去。躺在行李箱中，自然不是一件十分愉快的事，但是爲了要弄明白霍景偉的那個「叢林之神崇拜者俱樂部」究竟是在什麼地方，也只好委屈一下了。

當我躲到了汽車行李箱中之後，不過十分鐘，我就聽到有腳步聲，接近了汽車。霍景偉很準時，他離開醫務所了，自然是要到那俱樂部去。

我屏住了氣息，只聽得車門打開的聲音，車子向下沈了一沈，接著，便是車門關上的聲音，然後，車子引擎，也已發動，車子向前駛去。

我心中暗舒了一口氣，因爲我的跟蹤，可以說是成功了，霍景偉非帶我到那俱樂部去不可了。

但是，車子才一發動，就又停了下來。

我的心中剛在想，事情只怕不妙了，眼前突然一亮，行李箱蓋打了開來，而當我抬頭向前看去時，我卻只有苦笑！

滿面怒容，站在我面前的，不是別人，正是我要跟蹤的霍景偉！

如果說早上在斜路上，我的尷尬、狼狽是十二萬分，那麼此際，當我看到了霍景偉的時候，我的狼狽，真是三十萬分也不止！

我沒有別的辦法可想了，我只有不等霍景偉開口，便突然從行李箱中，跳了出來，揮拳向他的下頦便擊了出去，那一拳的力道，著實不輕，我不想求勝，只想奪路而逃的話，也是十分容易的事情。

但是今天可以說是我最倒楣的一天了，我那一拳狼狽地揮出，霍景偉的身形，就在我出拳的一剎間，向旁閃了開去。

我一拳擊不中他，便已吃了虧，我的腰際，也不知受了什麼東西的重重一擊，令得我仆跌在地，而我的後腦，立時再受了一下重擊。

那一下重擊，使我陷入了半昏迷的狀態之中，我聽得他罵了我一聲，也聽得他的車子駛走的聲音，我的身子在地上掙扎著，等到我站起身來時，他的車子，早已去得無影無蹤了。我摸了摸後腦，腫起了一大塊。我不禁埋怨起小郭來，我想他一定也受過同樣的遭遇，只不過他因為要面子，所以才不和我說。

小郭不和我說不打緊，卻是害苦了我！

我的手按在後腦上，來到了我自己的車子中，駕車回到了家中。

幸而白素到外地旅行去了，要不然，我這個做丈夫的那樣狼狽回來，真不知如何向她解釋，才可以維持丈夫的尊嚴了。

我用毛巾敷著腦後受傷的地方，仔細想著我今天進行的一切，我覺得絕沒有什麼不對之處，但是，我卻失敗得如此狼狽！

我唉聲嘆氣，坐立不安，就在那時，電話鈴響了起來。我猜那一定是小郭打來的電話，而我實在難以對小郭說什麼。所以我不去接聽。

但是，電話鈴卻一直響著，響了四五分鐘之久，吵得我拿起電話來，粗聲粗氣，「喂」了一聲。

出乎意料之外，我聽到的，卻是霍景偉的聲音！

他先是冷笑了一聲，然後道：「衛先生，希望你能停止你今天的那種無聊舉動，要不然，你所遭受到的更不妙！」

我呆了片刻，才道：「多謝你的警告，但是我不是那種未曾被人恐嚇過的人。」

霍景偉道：「自然，我知道很多關於你的事，如果我提供一點消息，來交換我的自由，你同意麼？」

我道：「我不明白你的意思。」

「你愛你的妻子麼？」他忽然問。

我怒道：「你想對她怎麼樣？」

霍景偉道：「你誤會我的意思了，你應該知道尊夫人現在在什麼地方，快設法通知她，叫她別乘搭那班飛機，一定要通知她！」

我只感到莫名其妙，喝道：「你在胡說些什麼？如果你想說什麼，請你痛痛快快地講出來！」

霍景偉倒居然答應了我的要求：「好的，我說得明白一些，但是你得仔細聽著。尊夫人將會在今天稍後的時間，乘搭一班飛機，這架飛機會失事，機上的人會罹難，你必須找到尊夫人，通知她，叫她切切不可搭乘那一班飛機！」

我不等他講完，便已哈哈大笑了起來。

我實在忍不住好笑，這傢伙，他以爲他自己是什麼，是先知麼？還是那一切，全是他的「叢林之神」告訴他的？我一面笑，一面道：「多謝你，真要多謝你了！」

霍景偉的聲音，卻還是十分正經：「我別笑，我的忠告是誠意的。」

他叫我不要笑，但是我卻笑得更起勁，那實在是必然的事，我一面說，一面笑著。

我問霍景偉道：「霍先生，你是如何預知飛機失事的？是你在你那叢林之神面前，用扶乩的方法得知的麼？」

我的嘲弄，雖然令得霍景偉發怒了，他大喝道：「別管我，你不信就算了！」

我也大聲回答他：「我當然不信，而且我將繼續跟蹤你，一定要找出你那個巫教的巢穴來！」

我那樣說，是很有點跡近無賴的，我因爲跟蹤不成，遭到失敗，是以我改用口頭上的威協，來使得霍景偉精神受到困擾。

那自然不是君子所爲，但是我失敗得如此狼狽，我卻也非要出一口氣不可。

霍景偉顯然被我激怒了，他罵了一聲，放下了電話。我的心情比較輕鬆了些，我走到了陽臺上，拿起了報紙想看，可是只翻開了報紙，我卻又將之放了下來，走回了屋中。

我發現我自己，是在心神極之不寧的情形之下！

我其實很知道自己爲什麼會心神不寧，但是我卻不願意承認這一點。我實在是因爲霍景偉的那個電話，而心神不寧的！

但是，我心中在想，那不是很好笑？，難道我竟相信了他的話？相信白素會搭上一架出事飛機，而在飛機失事中罹難？

不，那當然是不可能的，如果我竟然那樣想，那實在太可笑了！

我搖著頭，決定找一些什麼事來消遣，還是想想明天如何再開始跟蹤的好，明天我可以化裝成一個……但是，我卻無法想下去，因爲我的思想無法集中！

我在室中來回踱著，好幾次，在不知不覺中，來到了電話之旁，有一次，甚至已拿起了電話，但是我還是強迫自己，將電話放了下來。

我根本認爲霍景偉的那種警告，是極其可笑的！

但是，我的心中，卻又十分矛盾，我想到：萬一事情真如他所說的那樣呢？就算我相信了他的話，只不過想起來覺得滑稽而已，事實上是不會有什麼損失的，我知道白素在哪裡，住在什麼地方，我要和她通一個長途電話，可以說是輕而易舉的事。

我終於拿起了電話來，並且立即叫接長途電話，幾分鐘之後，我就聽到了白素的聲音。

一聽到了她的聲音，我便不禁鬆了一口氣，我道：「你玩得開心麼？你下一遊覽的節目是什麼？」

從她的聲音聽來，可以聽出她十分高興，她道：「我現在很高興，這裏的風景十分美麗，你的電話還好及時趕到，再遲五分鐘，我就接不到了。」

「爲什麼？」我心中怦地一動。

「我要趕到機場去，搭飛機到另一處著名的名勝去遊玩，咦，你怎麼啦？」

她講話講到一半，突然問起我怎麼了，那是因爲我一聽得她說立時就要去搭飛機，而陡地吸進了一口涼氣之故。我忙道：「你聽我說，取消這次旅行！」

她的聲音訝異到了極點：「爲什麼？」

「別問爲什麼？」實在連我也說不出是爲了什麼來，我總不能告訴她，因爲有人預言，那架飛機會出事：「總之你聽我的話！」

她大聲叫：「我不喜歡你那樣無緣無故地干涉我的行動。」

我的聲音之中，充滿了焦急：「你千萬要聽我的話，取消這次飛行，我實在是有緣故的，不過這緣故我現在很難解釋，好吧，我告訴你，有人預言，那一班飛機會出事！」

白素笑了起來：「那是什麼人？」

我嘆了一聲：「看在夫妻情分上，你改搭下一班機，怕什麼？」

或許是我的話說得重了些，提到了夫妻情分，是以她軟了下來，嘆了一聲：「好吧，嫁了給你這樣的人，有什麼辦法，三天兩天有古古怪怪的念頭，神經不健全都吃不消。」

我聽得她已答應了，才放下心來：「可是我總還是一個好丈夫吧！」

她笑著：「再見！」

我放下了電話，自己對自己苦笑，因爲我終於還是相信了霍景偉的話。

霍景偉如果是在胡說八道，那麼那班飛機，自然什麼意外也不會發生，那麼，我一定得接受她的嘲弄，以後我再說什麼，她也可能不相信，那實在是一個惡果。

當我想到這裏的時候，真想叫她照原來的計劃去旅行算了。

但是我終於沒有那麼做。

接下來的半個下午，我精神恍惚，我竭力想找出我跟蹤失敗的原因，但是卻一無頭緒。

到了傍晚時分，我正坐在安樂椅上沈思，電話突然響起來。我走過去，才拿起電話來，就聽到了白素的聲音，她在叫了我一聲之後，突然哭了起來！

我大吃一驚：「什麼事，發生了什麼意外？」

白素仍然在哭著，但是她一面哭，一面道：「那班飛機，失事了！」

我宛若在頭頂被人重重擊了一下，立時失神落魄地道：「那麼，你沒有事？」

白素嗔道：「你怎麼了？我聽了你的話，沒有搭那一班飛機，怎會有事？」

她的聲音，聽來有一點發抖，別說是她，就是我也發覺自己的聲音很不正常，我忙道：「你要是想哭，就痛痛快快地哭一場，哭好之後，立即回來。」

她一面哭，一面道：「我可以立即回來，但是……我仍然搭飛機回來麼？」

「當然是，別傻，飛機失事是每兩萬次飛行之中才有一次，你快回來。」

「可是……可是上次在東京，兩架飛機就是連接著失事的，我看還是搭船回來的好。」

女人有時，就是不可理喻的，當女人不可理喻的時候，與之講話，實在是沒有用的，也必須用不近情理的話來對付她。

所以我道：「你放心好了，如果你要搭的那架飛機會失事的話，那人一定會再警告我的。」

白素忙問道：「那人是誰？那……救了我的是誰？」

我道：「你回來再說，你去搭最快起飛的那班飛機趕回來，去和航空公司交涉，無論如何要替你找到機位，快回來，我等著你通知我搭何班機回來。」

我放下了電話，心頭實在亂得可以。

霍景偉的預言，竟然實現了，那班飛機真的失事了！霍景偉究竟是一個什麼樣的人？他是傳說中那種有著超自然的力量，能夠預見災禍的人？對於能預見災禍的人，有著不少記載，但是從那些記載來看，似乎還沒有一個像霍景偉那樣，可以預見得如此之準確的！

我不知道這時候霍景偉在什麼地方，雖然我渴望與他交談，但是我卻無法找到他。

而當我使自己鎮定下來之際，我更發現了一點，我的跟蹤、似乎和霍景偉的預知能力有關的，他不但能預知飛機失事那樣的大事、而且也能預知小事情，他能預知我躲在斜路上的一端在跟蹤他，他也能預知我躲在他汽車的行李箱中，他甚至預知我會向他一拳擊出，所以他能及時避了開去！

他是一個能預知一切的人，我甚至已想到了他為什麼將才送來的當天報紙，看也不看就撕去，因爲報上登載的任何事，他早已知道了！

但是，我又不禁自己問自己：世上真有那樣的人？可以預知一切的事，可以在一件事還未發生之前，就「看到」或「感到」那件事？

我在房間中毫無目的的走來走去，走得還非常之快，等到電話鈴聲令我靜下來之際，我才發現自己竟那樣走了一個鐘頭之久！

第三部：化敵為友因參神

而我卻一點也不渾身疲倦，由此可知，在那一小時之中，我的思緒，亂到了何等程度！

我拿起了電話，仍然是白素的長途電話，她告訴我，她已在機場，飛機在十分鐘之後起飛，也就是說，午夜之前，我可以見到她了！

在和她通了這次電話之後，我到我熟悉的報館中去坐了一會，有關飛機失事的電訊剛到，那架飛機是撞中了山峰爆炸的，機上所有人無一倖免。

我離開了報館之後，便直赴機場，在機場等候了相當久，白素要乘搭的那班飛機，總算準時到達了，當她從閘口中走出來時，我衝向前去，我們擁抱在一起。

有很多人好奇地望著我們，但是我敢擔保，所有望著我的人之中，沒有一個知道我們夫妻兩人，幾乎陰陽路隔，再也不能見面了。

而當我將白素擁在懷中之時，我格外感激霍景偉，是他救了我們，我應該答應他的任何要求，不再與他為難才是，我替妻抹拭著她見到我時又流下來的眼淚：「走，我帶你去見一個人。」

「就是那個警告你飛機會失事的人？」

「是的。」

我替她提著行李，出了機場，駕車直向霍景偉的住所駛去，當我駛上斜路，來到了花園洋房的大鐵門前，我發現燈火通明。

而且，我的車子才一停下來，就看到一個身形瘦而長的人，向外走來。那人正是霍景偉，他顯然是預先知道我們會來了！

我們下了車，霍景偉已來到了鐵門之前，拉開了鐵門，我們走了進去，我介紹道：「這位是霍先生，這是我的妻子白素，她的性命是你一個電話救回來的。」

霍景偉聽了我那樣的介紹，臉上卻現出了一個十分苦澀的微笑來，他只是道：「請進來。」

我們跟著他，一齊走了進去，他並不在客廳中招待我們，而帶著我們直上三樓，到了他的書房中，一進他的書房，白素便被那隻黑豹標本嚇了一跳。

我則早知道他的書房之中有著那樣的一隻黑豹的，所以並不感到意外，我道：「我們才從機場來，是特地來感謝你的。」

霍景偉道：「不必謝我，我在電話中提到的事，你可肯答應麼？」

我立即道：「當然答應，事實上，我是受了令尊的委託，才對你的行動加以注意的，現在，我可以回絕他，而且絕不跟蹤你。」

白素並不知道我們在講什麼，但是她是一個有教養的女人，決不會在兩個男人交談之際插言的，她只是睜大了眼睛，聽著。

霍景偉道：「謝謝你，那我就很高興了！」

我看出他不想和我多談什麼，而我到這來的目的，也已經達到了，所以，我望了白素一眼，我們兩人一齊站了起來：「我們告辭了。」

霍景偉也不加挽留：「好，我送你們出去！」

他先一步走向書房門口，但是在他到了門口的時候，他卻站定，問：「衛先生，據說，你曾見過許許多多怪異的人？」

「你可以那樣說，也可以說那只是我想像出來的。因為很多人一提及別的星球上的生物，還在當那只是在科學幻想小說中才存在的玩意兒！」

「你見過從其他星球來的人，或是高級生物，也有過許多稀奇的經歷，但是你……可曾……」霍景偉猶豫了一下：「可曾見過像我一樣的人？」

我反問道：「你的意思是說，對未來的事情有預知能力的人。」

霍景偉像是被人道中他的隱私一樣，面色蒼白地點了點頭。

我道：「沒有見過，我看見過怪得不可思議的透明人和支離人，但是未曾遇到過像你這樣的人。」

霍景偉嘆了一聲，我趁機道：「霍先生，你好像很不開心？其實，一個有了像你這樣的能力，應該覺得十分開心才是的。」

霍景偉苦笑著，並不出聲。

他臉上那種痛苦和無可奈何的神情，絕不是做作出來的，而是他的內心的確感到了痛苦。

我也沒有再問下去，我們之間，呆了片刻，他忽然伸手在我的肩頭上，拍了一下：「明天中午，你到我的醫務所來，好麼？」

這個邀請，對我來說，簡直是喜出望外的！

我連忙答應著：「好，當然好。」

「那麼，明天見，恕我無禮，我不送你們下去了。」

「別客氣！」我說，和白素一起下了樓，和他分了手。

到了車中，白素才向我提出了一連串的問題來，我將事情的始末，詳詳細細地講給她聽，她聽了之後：「我想，他明天會帶你到那俱樂部去。」

「我希望如此。」

「你認為他沒有惡意？」

「當然不會有惡意，你沒有看出來麼？他雖然有著超人的能力，但是卻一點也不快樂，他甚至沒有一個可以和他談話的人，我想，他幫助過我，我也可以幫助他，我相信他一定有過十分奇特的遭遇！」

白素靠在我的身上：「如果他真需要幫助的話，那就應該好好地幫助他。如果不是他，我們……我們現在怎樣了？」

我不敢想，真的不敢想，我忙道：「別去想它了，事情不是已過去了？」

我將車子開得快些，白素也不再提起失事的飛機了。

第二天，中午時分，我走進了霍景偉的醫務所，一位負責登記的護士小姐用好奇的眼光望著我，那大概是不論用怎樣的眼光打量我，我都不像是一個病人的緣故。

我走向前去：「我和霍醫生有約，我姓衛。」

「衛先生，霍醫生吩咐過了，他請你一到就進去。」

我點了點頭，推開診症室的門，霍景偉抬起頭來：「你來了，我們走吧。」

我忙道：「你沒有病人了？」

霍景偉搖頭苦笑：「沒有，我的病人全去找別的醫生了，他們都以為我自己應該去找醫生。」

我不知道該如何說才好，因爲從霍景偉的神情來看，他的心境，實在是陷在極度的愁苦之中，那種愁苦，並不是我不切實際的三言兩語能起到安慰的作用的，所以我反而什麼也不說的好。

我們一起出了診所，到了車屋中，他才又開了口：「對不起，昨天我打痛了你。」

我摸了摸後腦，高起的一塊還未曾消退，但是我卻笑著：「不必再提起了。」

他打開車門，讓我坐進去，他自己駕著車，駛出了車房，一駛到街道上，他就道：「所謂『叢林之神崇拜者俱樂部』，那是因爲老頭子對我不正常的行動有懷疑，是我自己捏造出來的，實際上，那地方，只有我一個和一個守門的老頭子。」

我用心地聽著，保持著沈默。

他轉過頭，看了我一眼：「你不問我那是什麼地方？」

「那是什麼地方？」

「那是一個供奉『叢林之神』的地方，也是我崇拜『叢林之神』的……廟堂。」

這樣的回答，說是深奧莫測，自然可以，但是何嘗又不能說語無倫次？

我再問：「『叢林之神』是什麼神？」

「等你到了之後，你就可以看到了。」

「那麼，你崇拜它的目的是什麼？」

霍景偉呆了半晌，才道：「你是知道的，我對未曾發生的事，有預知的能力。」

我忙道：「是，那是一種超人的力量。」

霍景偉又苦笑起來，他一定時時那樣的苦笑，因爲他臉上因苦笑而引起的那兩條痕，已十分深刻，他不但苦笑，而且還嘆了一聲。

我沒有再出聲，又過了半晌，他才又道：「我崇拜『叢林之神』，就是想它將我這種能力消失！」

霍景偉的話，不禁令我大大訝異！

那實在是不可思議的，因爲一個人有了對未來的事預早知道的超人能力，那實在是等於他已擁有了全世界，他可以在三四天內，就變成第一巨富，他可以趨吉避凶，他可以要什麼有什麼，他應該是最快樂的人，那只怕是世界上每一個人夢寐以求的一種超人的能力！

但是，霍景偉有了這種力量，反而不要，要去求那個什麼「叢林之神」，使他這種力量消失。

那「叢林之神」，是什麼東西？

我還未問出口，霍景偉又道：「我之所以要請『叢林之神』給我消除這種特殊的能力，是因爲我這種能力，就是它賜給我的。」

我真是越聽越糊塗了，如果我不是確知霍景偉的確有預知能力的話，那我一定將他當作一個神經極不正常的人來看待了。

我又呆了片刻，才道：「可是……」

但我的話還未曾說完，他已經道：「到了！」

我向外看去，看到他將車子轉進了一條彎路，剛才，因爲我只顧得和他談話，而他的談話內容，又吸引了我全部的注意力，是以我完全未曾注意他將車子駛到什麼地方來了。

這時，我才看到車子已經駛上了山，在駛向一條小路，那條路很窄，很陡峭，在路口就有一道鐵門，掛著「內有惡犬」的招牌，顯然整條路都是屬於霍景偉的。

當車來到門口的時候，霍景偉按下車中的一個掣，無線電控制開關的門就自動打開。

霍景偉將車子駛進去，那時，還看不到有房子，直到駛上的那段斜路轉到了一條較爲平坦的道路上，我才看到有一大片整理十分好的草地，和一幢舒服優雅的平房。

霍景偉將車停在草地之旁，道：「你看這裏如何？」

我走出車子，四面望了一下，那地方真是幽靜極了，尤其是在第一流的大城市之中！

我由衷地道：「太好了！這裏實在太好了。」

霍景偉總算笑了一下，這是我第一次看到他笑，他道：「這裏花了我不少錢，因爲我要找一個幽靜的地方來供養『叢林之神』，而如果我的預知能力消失了，我會將它送回去，你如果喜歡這裏，我可以將這所房子送給你！」

我忙道：「我卻不敢接受這份禮，實在太重了，我……可以知道那『叢林之神』，是由什麼地方來的麼？」

「它是從巴西來的。」

「噢，」我並不表示奇怪：「是你上次南美旅行狩獵時帶回來的？」

霍景偉又蒙上了痛苦的神色：「如果我知道這次旅行會有那樣的結果，我一定不會去，只是可惜我那時候並沒有預知的能力。」

我又問：「在巴西的什麼地方？」

「聖大馬爾塔山，在巴西的中心部分，是亞拉瓜雅河的發源地，我想你聽說過？」

我不禁驚呼了一聲：「天，那地方，在地圖上還是一片空白，那是真正的蠻荒之境，只怕除了當地的土人之外，絕沒有外人進去過！」

「你幾乎可以那麼說，那地方，是凶殘無比的獵頭族柯克華族的聚居地，柯克華族有許多分支，都居住在巴西的中心部分，那是世上最不爲人所知的神秘地區，其中的一切，全是原始的——我們先別談這些，請先進來，瞻仰一下叢林之神！」

我的好奇心，已經被他的話逗引到了沸點，但是我知道，那一定是一個極長的故事，所以我耐著性子，不去問他，只是和他一起走了進去。

在落地玻璃門之前，是三兩級石階，在我們走上石階之際，我看到一個老者，自屋中走了出來，叫了霍景偉一聲。霍景偉道：「這是老傭人，他是看著我長大的，對我很好。」

他一面說著，一面已移開了玻璃門，走了進去。

那是一個起居室，佈置得很幽雅，牆和地上，全是米色的，色調十分柔和。

他直向前走去，我自然跟在後面，一直來到了一扇門前，他才站著。

然後，只聽得他深深地吸了一口：「希望你看到了室中的情形，不要吃驚。」

我聽得他那樣說，知道那「叢林之神」，一定在那間房間之中了。

而他特地那樣警告我，可知那神像，一定十分猙獰可怖。這本也是我意料之中的事，因爲我已知道，那神像是他從巴西的蠻荒之地帶回來的，總不能希望他從蠻荒帶回來一尊維納斯神像。

我道：「我知道了，我不至於那麼膽小。」

霍景偉道：「我不是說你會駭怕，我是說，你看到了之後會吃驚。」

他說得一點也不錯，他是一個有預見能力的人，他知道我，一定會吃驚的，而我的確吃驚了！

那房間中，空無一物，只有在房間的正中，有一根大約五尺高的圓柱，那圓柱大約有一尺直徑，作一種奇異的灰色，很柔和。

我吃了一驚，道：「這是什麼？」

霍景偉道：「這就是『叢林之神』。」

我大踏步走向前去：「霍先生，我希望你不是在和我開玩笑！」

霍景偉苦笑著：「我寧願是和你開玩笑！」

我望了他一眼，沒有再說什麼，便趨前去看那圓柱。我在第一眼看到那根圓柱時，第一個印象便是那是高度工業技術下的產品，因為它的表面，是如此之光滑，它的形狀是如此之標準。

但是我也想到，那可能是手工的結果，或許那是精工製成的一個圖騰。

然而，當我來到近處，一面撫摸著它，一面仔細審視它之際，我卻認定了那是工業製品，它好像是金屬的，又好像是一種新的合成膠，我試圖將它抱起來，它十分重。它是一個整體，在它的表面，找不到絲毫的裂縫和駁口，也找不到別的瑕疵，它的表面是完整的銀灰色，看來使人感到很舒服。

我看了足有五分鐘，卻得不出什麼結論，我轉過頭來：「我不明白，完全不明白。」

霍景偉道：「自然，在沒有將其中的經過和你講明之前，你是不會明白的。」

「那麼，請你講一講。」

「自然，這就是我請你來的目的，請出來，這裏連椅子也沒有。」

我又跟著他走了出去，來到了一個小客廳之中，坐了下來，他自酒櫃取出了一瓶酒，送到了我的面前，那瓶酒的瓶塞都陷了下去，酒色深紅，瓶口連著一本用三種文字寫成的小冊子，証明這瓶白蘭地酒，是西元一八零二年，拿破侖在就任「終身執政」時裝人瓶中的。

那自然是稀世的美酒，可知霍景偉真的想和我好好談談，不然，他不會那樣招待我的。

我忙道：「這酒太名貴了，正是拿破侖風頭最盛時候的東西。」

霍景偉用瓶塞鑽打開酒瓶：「如果拿破侖有預知能力，知道他會被人困在一個小島上而死的話，他一定不會覺得當終身執政有什麼高興。」

我略呆了一呆，我聽得出霍景偉的弦外之音，是想說預知能力，並不是什麼值得高興的事，像拿破侖就是，如果他早知會死在厄爾巴島上，他一生之中，還會享有做皇帝的樂趣？

但是我卻不同意他的看法。

所以我道：「你的講法很有問題，如果拿破侖有預知能力，他就不會進攻俄國，也不會去打滑鐵盧的那一仗，那樣，他就可以避免失敗了！」

霍景偉望了我半晌，才緩緩地道：「你似乎還不明白，我是說他有預知的能力，而並沒有說他有改變將來發生事實的力量。」

我呆了片刻：「我現在明白了，你是說，拿破侖就算有預知能力，他還是一樣要失敗，一樣要死在小島，只不過他早知道這一點而已，對不對？」

霍景偉點著頭：「對，他就像是在讀歷史一樣，而他自己就是歷史的主角，你想想，他做人還有什麼樂趣？他等於是在看一部早已看過了幾千遍的電影，一切都會發生，他沒有力量改變，他必須接受一切；他沒有了希望，因爲終極的結果，他全知道了，他雖然坐在皇帝的寶座上，但卻和困在小島上無異！」

霍景偉一口氣講到這裏，才略停了一停。

我明知道我是不該那樣講的，但我還是說，我道：「你的意思是，你現在正在那樣毫無樂趣的情形下生活著的？」霍景偉面色灰敗地點著頭：「人生的最大樂趣都是希望，但我沒有希望，我早知道會有什麼了！」

第四部：沒有明天的人

我不出聲，因爲那是難以想像的，而且是十分可怕的一件事。

霍景偉又道：「人人都有明天，對每一個人來說，明天是新的一天。有許許多多新的事在等待著，而事先他絕不知道，就算他明天要死了，只要他不知道，他今天仍是興高采烈的，但是我……」

他講到這裏，用手捧住了頭，很用力地搖著，他臉上那種痛苦的神情越來越甚，終於，自他的遲疑中，掙扎出了一句話來，道：「我是個沒有明天的人！」

我仍然沒有出聲。

並不是我不想講話，而是我覺得在那樣的情形下，我根本沒有什麼話可以說！

霍景偉發出了一連串的苦笑聲，然後才道：「這種痛苦，你是想像不到的。你想想，我現在在年紀還輕，本來我有美好的前途，可是現在，對以後的一切，我卻全知道了，我甚至知道我將在哪一年哪一月哪一天，什麼時候，停止呼吸。我現在過日子，就像是在看著一張連分類廣告都看了好幾遍的舊報紙，在我的生活之中，找不到任何新的東西！」

他又停了下來，然後，他神經質地笑了起來：「你說預知力量是十分令人羨慕的，但是我親身體驗的結果卻是：那是最痛苦的事！」

我直到這時，才想起有話可說來：「你的話也不盡然，你說你無法改變已知的事實，但實際上，你卻是可以的。」

霍景偉瞪大了眼，望著我。

我摸著自己的腦後，腫起的那個高塊：「譬如說，昨天在車房中，你能避開我的一擊，那是由於你事先知道我的一擊之故。」

霍景偉苦笑道：「是的，這一類細小的故事，可以改變，但是我不能改變自己的命運。我就不能使你停止追蹤我，我也不能使我在你的面前，保留我的秘密，我明知那飛機會失事，但我只能在失事前，救一個人或救幾個人，但不能挽回那架飛機失事的命運！」

我安慰著他：「你能夠在小事上改變自己的遭遇那也夠好的了，從小處著眼，你每一次都可以在馬場上滿載而歸，你可以獲得暴利，你可以盡情享受，來渡過你的一生。」

「盡情享受！」他無限感慨地重覆著我的話，「請問，一個死囚，在臨刑之前，有什麼心情去享受他照例可以享受的那豐富的一餐？」

我聽得他那樣說，不禁嚇了一跳：「你……莫非知道自己的死期十分近麼？」

霍景偉搖著頭：「不！」

我忙道：「那你爲什麼會有臨行刑前的感覺？每一個人都要死的，照你那樣說來，每一個都沒有享受任何快樂的心情了？」

霍景偉嘆息著道：「你似乎還不明白，每一個人都知道自己會死，但是卻不知道什麼時候會死，未知數即使是一個極小的數字，也比已知數是一個極大的數字好得多，人所以活著，拼命追求成功，追求享受，追求一切，全是因爲人雖然知道會死，但卻不知道什麼時候會死！」

霍景偉其實已解釋得十分清楚了，我也明白了其中道理，那實在很簡單，我不知道自己什麼時候會死。不知道自己什麼時候死，死亡就是一件十分遙遠，根本不值得去爲它擔心的事情。但如果知道自己什麼時候死，就算死亡是一百年之後，在心理上，便也是一種極沈重的負擔，逼得人無時無刻不去想念它！

而且，從霍景偉的話中，我也想到，一個對未來發生了一些什麼全都知道的人，生活之乏味，實在是可想而知的事！

我也不禁嘆了一聲：「那樣說來，你就算能令你的預知能力喪失，也是沒有用的，因爲你已經知道一切事！」

霍景偉道：「我希望的是能夠在使我的預知能力消失的同時，也令得我的記憶，喪失一部分，將這一切，當作一場惡夢一樣。」

我道：「那麼，你就應該去找一個十分好的腦科醫生，而不應該常崇拜一根柱子。」

「那不是柱子，」霍景偉急忙分辯：「那是『叢林之神』，是神！」

我感到他的話十分滑稽，我已看到過那「叢林之神」，那分明只是一根柱子！

但是我卻不去和他爭辯，我只是又道：「那也一樣沒有用，你應該知道你是不是能夠使你的預知能力喪失的，因爲你現在有預知能力！」

霍景偉抬起頭來：「是的，我知道。」

「你知道什麼？」

霍景偉的話說得十分慢，幾乎是講一個字，便停上一停：「我知道我不能，我將會在有預知能力的情形下死去，我不妨明白地告訴你，我的死法是……我實在忍不住那乏味的日子，我會將我自己的生命，像一張舊報紙那樣，毫不吝嗇地抛去！」

我大吃一驚：「你會自殺？」

霍景偉反倒被我的神態，逗得笑了起來：「那有什麼大驚小怪的？抛掉一份新報紙，才是值得奇怪的事，但是我的生命，卻是一份舊報紙！」

「就算舊報紙，也有重讀價值的。」

「但是我已讀過千百遍了，我實在覺得太乏味了，真是太乏味了！」我沒有再說什麼，他也不說什麼。

一片沈寂，我甚至可以聽到我和他兩個人的呼吸聲，然後，在足足五分鐘之後，我才道：「你明知會那樣，又何必再崇拜『叢林之神』？」

「那是我希望奇跡出現，雖然我明知那是絕無可能，我要在絕望中掙扎，當我掙扎到難以再掙扎下去時，我就會——」

我打斷了他的話頭：「你且說說探險的故事。」

「說我遇到『叢林之神』的經過？」

「是的。」

「那是一個很長的故事了，故事的開始，是我們幾個人，想到南美洲去行獵，尋求生活上的一些刺激，我說的那幾個人，是我的好朋友。」

「他們現在在哪裡？」

「他們很好，也不知道我發生了意外，因爲他們一到了南美，立時被南美女郎的熱情熔化了，他們在巴西的幾個大城市中，有數不清的艷遇，但是卻一點奇遇也沒有，因爲他們根本沒有到叢林去。」

「你一個人去了？」

「是，我雇了三個第一流的嚮導，和九個腳伕，連我一共是十三個人。」霍景偉苦笑了一下，「十三真是個不祥的數字。」

我沒有說什麼，霍景偉道：「我們十三個人深入叢林，從偌蘭市出發，溯著亞拉瓜河向上走，第三天，我們便已到了不見天日的叢林中，第五天，一個嚮導死在毒蜥蜴之下，三個腳伕逃走，第七天，我打中了一隻黑豹，但是另兩個腳伕卻被毒蛇咬傷，另一個腳伕被吃人樹纏住，拉出來時，已奄奄一息，不及急救就死了。」

霍景偉在講那段經歷時，他的口氣，十分平淡，敘述也十分簡單。

但是我卻已聽得心驚肉跳了！

我吸了一口氣：「吃人樹？」

「是的，吃人樹！」

「就像我們平時在蠻荒探險電影中看到的那樣？」

「當然不是，是一種高大的樹，在樹枝上，有許多籐一樣的長鬚倒垂下來，那種長鬚，一碰到有生物經過，便會收縮，將生物吊了起來，在吃人樹上，全是白骨。那種長鬚在擄獲了食物之後，就會分泌出一種劇毒、腐蝕性的毒汁來，那土人死得十分慘。」

我吸了一口氣：「那地方……實在是魔域！」

「你說得對，真正是魔域，人置身其中，就像是在一個永遠沒有完的噩夢之中一樣，吃人樹雖然可怕，但是比起以後兩天又有兩個土人死在食肉青蠅之下來，那可差得實在太遠了。」

我的聲音，聽來和呻吟聲已差不多：「食肉青蠅？」

「是的。嚴格來說，食肉的並不是青蠅本身，而是它的蛆，這種青蠅，有大拇指大小，它有本領將卵產在生物的肌肉之內。蠅卵在肌肉內孵化成蛆，蛆就以生物的肉爲食糧，那只不過是一夜功夫，當我們發現兩個土人死亡時，他們——」我陡地跳了起來，搖著手，叫道：「別說了！快別說了！那令人惡心！」

霍景偉用一種奇怪的眼光望著我，過了半晌：「衛先生，我以爲你是一個有著各種各樣怪異經歷的人，是不會因爲這些情形而害怕的。」

我自己也覺得有點慚愧，但是我實在不想聽下去，在那種原始叢林之中，實在是什麼樣怪誕的事都有。

我道：「你說得對，我有各種各樣的怪異經歷，但是我未曾到過那樣的地方！」

霍景偉道：「好，那我說得簡單些，等到我們遇到了獵頭族的時候，已只剩下兩個人了，一個是我，一個就是嚮導，幸而那嚮導和酋長是相識的，要不然，我們兩個人的人頭，就會掛在屋簷之下了。我們在獵頭族的村落中住了三天，說出來你或者不信，獵頭族的印地安少女，個個都有世界小姐的美好身材，而且她們，幾乎是裸體的，那真使人留戀。」

我苦笑了一下，就算他所說的是真，我也決計不相信世人有人爲了美色，而甘願冒著吃人樹、食肉蠅、毒蜥蜴的危險而到那樣的魔域中去的。

霍景偉又道：「我第一次聽到『叢林之神』，便是在那個部落中。那個部落的一個巫師，宣稱他有預知能力，早知道我們要來，他甚至說出了我們一路上的經過，每一個人死亡的情形，他還說了很多預言，他說明天，在他們村落的北方，有一個人會死於意外，這個人的死，會令得全世界都感到意外。」

我大感興趣，道：「他說的那個人是什麼人？」

霍景偉道：「他當時說出了那人的名字，是約翰・甘迺迪，我聽得自那個巫師的口中講出這個名字來，心中已是十分奇怪，因爲那樣的一個未開化的部落中的巫師，是不可能知道美國總統的名字的，當然我雖奇怪，但並不相信他的話。當時，我們幾乎已拋棄了所有的行囊，但是還保留著槍枝和收音機，而第二天，在收音機中，我就聽到了美國總統被刺的報告！」

他手有點發抖，所以點燃一支煙，也花了不少時間，他吸了幾口煙，才繼續道：「當我聽到了收音機的報告之後，我無法不承認那巫師的確是有預知能力的了，我找到那巫師，去問他爲什麼會有那種力量，我當時的想法，和你一樣，認爲我如果也有了那樣的力量，那我可以說是世界上最幸福的人了！」

我有點急不及待地問：「那巫師怎麼說？」

「巫師起先不肯說，後來我答應將一柄十分鋒利的小刀送結他——他們落後得還停留在石器時代，他才告訴我。」

霍景偉驚嘆地說：「巫師說那種力量，是『叢林之神』賜給他的，他還帶我去看『叢林之神』，據他說，『叢林之神』是他的祖先發現的，自從他的祖先發現『叢林之神』後，他們的一家，便世世代代，成了這一族的巫師，有無上的權威，我跟著他爬上了山峰，在一片密林之中，看到了『叢林之神』。」

「就是那圓柱？」我問。

「是的，你也看到過了，就是那……圓柱。它豎立在密林之中，有一半埋在地下。在那樣的地方，密林之中，看到那樣的一根圓柱，這的確使人感到奇怪，那巫師又做著手勢，告訴我，在月圓之夜，將頭放在圓柱之上，就可以獲得預知力量了。」

我忍不住又問：「巫師的話是真的？」

霍景偉嘆了一聲：「是真的，那晚恰好月圓，我將頭放在柱上，起初我的眼前出現許多許多夢幻一樣的色彩，像是置身在夢境之中，那時，我已感到有很奇妙的變化，會在我的身上發生，而當我不知在何時站起身子時，我便有了預知的能力，我已經知道我會偷走那『叢林之神』！」

霍景偉又停了一停：「那是兩天之後的事，我偷偷帶著那嚮導，上了山，將那根圓柱從地上挖了出來，兩人合力逃了叢林，我給了那嚮導一筆十分豐富的報酬，將圓柱運了回來，而從那時起，我已開始覺得，有預知能力，實在是一件十分痛苦的事！」

霍景偉熄了煙，攤著手：「我的經歷，就是那樣，聽來很簡單，是不是？」

我站了起來，來回踱著，霍景偉的故事，聽來的確不很複雜，但是卻令人有一種難以形容的奇異之感。

過了好一會，我才道：「今晚也是月圓之夜，照你所說，如果我將頭放在那圓柱上……」

霍景偉忙搖手道：「千萬別試！」

我心中十分亂，我當然不是想有預知能力，但是那圓柱和月圓，又有什麼關係？

而且，未曾發生的事，一個人如何能知道？那似乎沒有科學的解釋，即使是抽象的解釋，也難以找得出來！

我呆了好一會，才問：「那圓柱在月圓之夜，會有什麼變化？」

「沒有什麼變化，只不過平時，頭放在上面，沒有什麼感應，但如在月圓，就會使人的腦部，有一種極奇妙的感應，我沒有法子形容得出，而我也不想你去體驗那種感應。」

我揮著手：「那麼你認爲那圓柱是什麼東西？」

霍景偉呆了一呆，像是我這個問題，令人感到十分意外一樣。我等著他的回答，過了好久，他才道：「那是『叢林之神』，不是麼？」我又好氣，又好笑：「『叢林之神』這個稱呼，是獵頭部族的巫師，才那樣稱呼它的，它當然不是神，怎會有那樣的神？」

霍景偉反倒覺得我所講的，是十分怪誕的話一樣，反問我道：「那麼，你說這是什麼？它自然是神，不然何以會有那樣的力量？」

我搖著頭：「當然那不是神，但是我卻不知道那是什麼，你沒有試圖將它鋸開來，或是拆開來看看，或是交給科學家去檢查。」

霍景偉苦笑了起來：「在那樣荒蠻地方發現的東西，交給科學家去檢查？這不是太……可笑了麼？我連想也未曾那樣想過。」

我道：「但那是值得的，一定要那樣，才能有一個正確的結論，我想去請一批科學家來……」

我講到這裏，突然停了下來。

因爲在剎那之間，我想到了一點，我想到我去請科學家，實在也沒有用的！

因為我請來的那批科學家，就算對那圓柱，有什麼結論，那是未來的事，而霍景偉對未來的事是有預知能力的，他應該早知道那個結論了。

而他卻不知道那是什麼，由此可見，請科學家來，也是解決不了問題的。

我講話講到一半，突然停止，霍景偉也不覺得奇怪，他只是自顧自地苦笑著：「現在總算好，有一個人知道我的事了。」

我總覺得他的每一句話中，都充滿了悲觀和絕望，那自然是他一點也覺察不到人生樂趣的結果。

我沈默了片刻，才道：「我想再去看看那圓柱。」

「可以的，我在這裏休息一會。」

我自己一個人走了出去，來到了那根圓柱之旁。除了色澤方面十分奇怪之外，那圓柱實在沒有什麼出色的地方。我試著將頭放在圓柱頂端，微凹進去的那地方，也絲毫沒有異特的感覺。

我試著將它抱起來，平放在地上，來回滾動了幾下，那圓柱一定是實心的，因為它很沈重，但如果它是實心的，又何以會有那樣神奇的力量？

我取出了隨身攜帶的小刀，在那圓柱上用刀切割著，但是我非但不能割下任何小片，連痕跡也未能留下來，那圓柱是極堅硬的金屬。

然而，如果是極其堅硬的金屬，那似乎重量又不應該如此之輕！

我仔細察看了足有一小時之久，才又將之抱了起來，豎放在那裏。

我不知道霍景偉什麼時候來到房間之中的，我聽到了他的聲音，才轉過頭去，他道；「那究竟是什麼，你研究出來了沒有？」

我搖了搖頭。

他道：「所以我說它是神，『叢林之神』。」

我緩慢地道；「不是，我初步的結論是：那不是地球上的東西。」

霍景偉緩緩地吸進了一口氣，他一定是第一次聽到人那樣講，所以他臉上神情的古怪，簡直是難以形容的，他道：「你真會那樣講！」

我道：「你是早知我會那樣講的了？是的，那不是地球上的東西，你別覺得奇怪，整個宇宙……」

我的話還未曾講完，便被他打斷了話頭，他道：「我知道，我知道你的理論，你的理論是：宇宙是無邊際的，像地球那樣的星球，在宇宙中，不知有多少萬億顆，其他星球中也有高級生物，那是毫無疑問，決計不值得懷疑的事！」

我點頭：「正是那樣，地球人以爲自己是宇宙中唯一生物，那樣的觀念實在太可笑了，因爲地球人甚至根本不知宇宙是什麼，也不知宇宙有多大，地球人對宇宙，還在一無所知的情形之下，怎可以抱定那樣的觀念，去對待整個宇宙？」

霍景偉道：「我全知道，你還會告訴我，那圓柱可能是許多許多年之際，外太空星球上的生物留在地球上的，那時候，地球上可能還是三葉蟲盤踞的時代，是不是？」

我正想說那些話，是以我不得不點頭。

霍景偉嘆了一聲：「對於這些問題，我實在沒興趣，我只是不想我自己有預知的能力！」

他激動的揮著手，面色蒼白。

我望了他片刻：「那麼，你還有一個辦法可行，你是醫生，你可以和著名的腦科專家商量一下，替你的腦部進行一次手術，除去你腦中的若干記憶，或者使你變得愚鈍些！」

霍景偉苦笑著，我見過他無數次的苦笑，但是卻以這一次最淒苦。

他問我：「我的預見能力，一直到我死爲止，在我死了之後，又會有什麼事發生，我不知道了，你可知我預見我自己是怎麼死的？」

我張大了口，但我沒有出聲。

我自然是在問他，他預知他自己如何死的？

霍景偉道：「我預知我將死在腦科手術床上，因爲我的想法和你的提議一樣，最後我想用腦科手術來除去我的記憶和預知能力，結果，手術失敗，我死了……」

這一次，連我也爲之苦笑起來！

命運實在對霍景偉開了一個大玩笑，也可以說，那是一個惡作劇！

霍景偉也知道自己會如何死去，但是他卻一定要那樣做，因爲他活得乏味，他想要改變目前的情形，但結果卻換來死亡。

他無法改變那樣的事實，雖然他早已知道會如此！

我實在沒有什麼好說的了，我只是望著他，他也只是望著我。

這時，我至少已知道何以他的神情如此之頹喪，也知道何以他總是苦笑了！

過了好一會，我才道：「那麼，你可知道……那是什麼時候的事情？」

霍景偉搖著頭：「在七十二小時之外的事，我雖然知道，但是對於確切發生的時間，我卻不能肯定，所以我也不知道那是什麼時候的事。」

我安慰著他：「其實那是不可能的，你明知會死於腦科手術，你可以不施行手術！」

「但是我又希望我能夠藉腦科手術而摒除我的預知能力！」霍景偉回答。

現在那樣的情形，倒使我想起了「夜行人的笑話」來了：有人深夜在街頭遊蕩，警察問他：「你為什麼還不回家？」那人說：「因為我怕老婆罵。」警察又問：「你老婆為什麼罵你？」那人回答是：「因為我深夜不回家！」

現在，霍景偉的情形，也正好相同！

又呆了好一會，我才抱歉地道：「我實在很難過，我也不能給你什麼幫助，那真是很遺憾的一件事，請你原諒我。」

霍景偉攤開了手：「我沒有理由怪你的，那是命運的安排，是不是？」

我甚至不敢去看他，因為我覺得他實在太可憐了！

他也沒有再說什麼，就駕車送我離開了這幢優美的別墅，我們在市區分了手，我回到家中，將霍景偉的一切經歷，詳細向白素說了一遍。

說完之後，我不勝感慨：「有很多事，得不到的人夢寐以求，但是得到了之後，卻絕不會有想像中的那樣快樂，反倒會帶來痛苦！」

白素沒有說什麼，我則繼續表示著我的意見，道：「世上人人都想發財，以為發了財之後，快樂無窮，但真發了財之後，才知道不是那麼一回事。想做皇帝的人真當上了皇帝，也會發覺做皇帝也不一定好。哪一個人不想自己有預知能力，但是誰又知道，一個有了預知能力的人，竟是如此痛苦！」

執。

白素微笑地望著我，她是好妻子，盡管她有時不同意我的見解，但是她卻也很少和我爭執。

當天，我在十分不愉快的精神狀態下度過，第二天，我突然想到，高明的催眠術，對於增進記憶和消失記憶，有一定的作用，何不叫霍景偉去試一試。

可是當我想設法和霍景偉聯絡的時候，他卻已經離開本埠了。

我問不出他的行蹤來，只好作罷了。

第五部：難以形容的感覺

事情到這裏，似乎應該告一段落了，但是卻不。

在足足半年之後，我才又看到了霍景偉的名字，那是一則很短的新聞，刊在不受人注意的地位上，標題是「名醫霍景偉因腦病逝世！」

霍景偉死了，我連忙看新聞內容，內容說霍景偉因爲腦部患病，在瑞士進行腦科手術，就在手術的進行之中，不幸逝世云云。

霍景偉在腦科手術進行中死去的，那和他在半年之前所預知的，完全吻合！

看到了這些消息之後，我呆了半晌，著實替霍景偉難過，他已死了，他可能是世上唯一有預知能力的人，但卻明知會死，也希望他的預知能力會消失！

霍景偉已經死了，事情更可以告一段落了。

但是卻不，一個月之後，我接到一個律師的通知，說我有一筆遺產，是價值相當高的物業，叫我去辦手續轉名，領取一切鑰匙，成爲業主。

當我才接到那樣的通知之際，簡直莫名其妙！

我還以爲是那律師弄錯了，一再拒絕，直到那律師說出了贈與人的名字來，我才明白那是怎樣一回事，那是霍景偉！

當他在半年多以前，帶我到那別墅去的時候，他曾說過要將那極其優美的房子送給我，當時我也未曾想到他是當真的，而且還記得！對那幢房子，我自然有興趣，因為那是極之優美的一幢房子，但是對那房子的那根圓柱，我卻更有興趣，是以我連忙趕到了律師事務所。

等到我辦好了一切手續，離開律師事務所的時候，天色已近黃昏了。我的手中多了一隻牛皮紙袋，袋中放著的是十幾柄鎖匙。

律師事務所的職員告訴我，屋子事實上是不必用鎖匙，就可以進去的，因為有人看守著，看屋子的人，是霍景偉生前雇用的，叫做殷伯，他不但看屋子，而且還代替霍景偉養狗，那十幾柄鎖匙的移交，只不過是象徵著屋子已換了主人而已。

那位殷伯，我也是見過的，只不過已沒有什麼特別特別的印象了。

我離開了律師事務所之後，駕車一直來到了那別墅的大鐵門之前，上次我來的時候，霍景偉是用無線電控制來開門的，我只得停下車，按了幾下喇叭。

這時天色已相當黑了。

我才按了兩三下喇叭，門柱上的燈便亮了起來，接著便是一陣犬吠聲，殷伯已走了出來，拉開了鐵門，我駛進去，從車中探出來：「我姓衛，霍醫生將這幢房子送給我了！」

「我知道，」殷伯的聲音極沈鬱：「霍先生在臨走之前，曾對我說過的。」

「殷伯，你可以繼續留在這裏，我會和霍先生一樣待你的。」

「謝謝你，衛先生。」殷伯彎著腰說。

我請殷伯上了車，和他一起到了屋子前。走進屋子，我道：「殷伯，請你開亮所有的燈，我想好好地看一看屋子的每一個角落。」

殷伯答應著，走了開去，不一會，連花園中的水銀燈也亮了起來，全屋大放光明。

我從客廳中慢慢踱了開去，一間一間房間踱著，想起半年多前、我和霍景偉在這裏相會的情形，實在是不勝唏噓了。

我在最後，才踱到了那間放著那圓柱的房間之前，意外地，我發現門鎖著。

在我一間一間房間踱來踱去之時，殷伯一直很有耐心地跟在我的後面，我發現房門鎖著，自然立時轉過頭去望他，殷伯忙道：「這間房間，霍先生說供著神，他一直是鎖上門，不讓我進去的。」

我沒有再說什麼，從牛皮袋中取出了那串鎖匙來，一一試著，試到了第六柄，就將門打了開來。

那房間中自然未曾著燈，也正因為如此，所以我一推門進來，發現滿屋都是月光，這才想到今天是農曆十五，正是月圓之夜。

由於我想到了是月圓之夜，我的心中立時起了一種十分神秘的感覺，我已經按到電燈開關了，但是我手卻又鬆了開來。

我向房間中央的那根圓柱看去，圓柱依然放在那裏，月光可以照到它。在月光下看來，它的色澤，更是極之柔和，除此之外，也沒有什麼異狀。

我慢慢向那圓柱走去，殷伯忽然叫道：「衛先生，你別走過去。」

我回過頭來：「爲什麼？」

殷伯道：「霍先生曾經告訴我，那是『叢林之神』，每當月圓，它就顯靈，千萬不能走近，今天是十五，你……還是別走過去的好。」

我笑了一下：「不要緊，你看它不是和平時一樣麼？不會有事的，你放心好了！」

殷伯臉上的神情，十分焦急：「衛先生，你別怪我多嘴，這……神……我看十分邪門，霍先生本來好端端的，自從供起了這個神之後，他就失魂落魄，年紀輕輕就死了！」

殷伯當然不會明白那究竟是怎麼一回事的，我當然也不會費精神去和他解釋，所以我只是微笑著，仍然向前，走了過去。

我來到那柱旁，伸手去撫摸那柱子。

當我的手一碰到那柱子之際，我整個人，突然震了一震，在剎那間，我產生了一種難以形容到了極點的，怪異之極的感覺！

那種感覺真是難以形容的，好像那柱子是帶電的，但實際上卻又不是那種觸電的感覺，我只感到在那不到百分之一秒的時間中，有什麼東西從那柱中傳進了我的身體之內。

但是傳進我體內的卻比電還要不可捉摸，總而言之，我根本講不出那究竟是什麼感覺來！

在那極短的時間中，我好像想起了許多事，但是那究竟是一些什麼事，我卻又全然說不出來，那可以說是一種極其混亂，極其不能解的許多怪異的念頭。

我像是觸電一樣，立時縮回了我的手來，並且向後連退出了三步。

我那時的臉色，一定十分蒼白難看，是以站在我身後的殷伯失聲問道：「衛先生，你怎麼了？霍先生曾說那神像是……不可觸犯的！」

殷伯的話，令得我從那極度的怪異之感中，又回到現實中來。

我使勁搖了搖頭，想弄清楚剛才究竟是怎麼一回事，但是我卻無法設想，我早已說過，那是混亂之極的一種感覺，就像你做了一個極之怪誕不可思議的夢，在夢醒的時候，或者還可以記得十分清楚，但是到第二天早上，就什麼也想不來了。

但是我卻可以肯定一點，那便是：如果我要再體驗一下那種怪異的感覺，那麼，我只要再伸手去碰碰那根柱子就可以了。

我深深地吸了一口氣，向殷伯揮了揮手：「這裏沒有你的事了，請你出去。」

殷怕雖然聽到了我的吩咐，可是他還是遲疑著不肯走出去。

我又道：「你出去，我要獨自一個人在這裏，在你出去的時候，請你將門關上。」

殷伯開始向外走去，但是當他來到門口的時候，他還是停了一停：「衛先生，你千萬不要去觸犯那神像……不然是不會有好結果的！」

我自己也不知道我何以會有那麼大的脾氣，因爲我從來不是那麼大脾氣的人，我突然大聲呼喝道：「你出去，別來管我！」

殷伯給我突如其來的呼喝，嚇了一跳，趕忙退了出去，將門關上，屋中只剩下我一個人了。

我又深深地吸了一口氣，我之所以一定要將殷伯趕出去是因爲我已知道了那根圓柱，的確有著一種奇異的力量之故。

我不想殷伯也知道這件事，因爲那是超乎人的想像之外的，殷伯如果知道了之後，一定駭異莫名，不知會做出一些什麼事來！

我定定地望著那圓柱，又慢慢地伸出手去。

我那時的情形，就似是將手伸向一個明知有電的物體一樣，當我的手指來到離那圓柱極近的時候，我要鼓起勇氣，然後才能碰到那圓柱。

和剛才一樣，我突然一震，有了一股極之奇異的感覺！

但由於這一次，我是有了準備的，和第一次那種突如其來之際的情形不同，所以我比較可以體味那種奇異之感。我感到在剎那間，我的思想突然靈敏了起來，我想到了許多事。

雖然我的手指觸模到那圓柱，仍然是極短的時間，但是在那短短的一剎間，我所想起的事，卻多得連我自己也吃驚。

用一句最簡單的話來說，就是我的思想或記憶，在那剎間突然變得靈敏了！

我呆了片刻，決定將我的手完全放上柱去。

我的動作十分緩慢，那是由於我心情緊張的緣故，因爲我不知道在我將手全放了上去之後，會有什麼樣的怪異感覺產生。

等到我的手完全放到了那圓柱上之後，我突然有了一種被催眠的感覺，我的人已不再站在那間房間的中心，而是在一個虛無飄渺的地方，是在一個十分難以捉摸的境界之中。

我也無法知道自已在那境界中幹什麼，我的腦中只是一片混沌，什麼也不能想，連我自己也不知道過了多久，突然，我聽到了一陣電話鈴聲。

那陣電話鈴聲將我從那種失魂落魄的情形之中，拉了回來，我猛地一掙，轉過身來，剛才的一切如同做了一場夢一樣，

而當我「醒」了過來之後，我已聽不到那陣電話鈴聲了，我略呆了一呆，連忙拉開了門，我拉開了門之後，看到殷伯站在門口不遠處，我突然聽不到電話鈴聲，以爲是殷伯已在接聽電話了，可是殷伯卻沒有，他站在那裏未曾動過。

我有點不滿：「殷伯，剛才電話響，你爲什麼不去接聽？」

殷伯睜大了眼望著我，用一種大惑不解的神情道：「沒有啊，衛先生！」

我更是不滿：「什麼沒有，剛才我明明聽到的！」

我的確是聽到的，因爲那陣電話鈴聲將我從如同被催眠的境界中驚醒過來的，我是實實在在聽到那陣電話聲的，所以我才那樣責問他。

可是殷伯卻仍然堅持著：「沒有電話聲，真的沒有，很少人打電話來的！」

我還想再說什麼，但就在這時，電話鈴響了起來。

電話鈴聲，聽來全是一樣的，但這時，當我聽到了那一陣電話鈴聲之際，我全身都震了一震！

那電話鈴聲，我認得出來，就是我剛才聽到的那一陣，電話鈴一響，殷伯便走了過去接

聽，那証明他的耳朵，一點也不聾。

那也就是說，他堅持說沒有聽到電話鈴聲，是真的沒有聽到。

而我在將手按在圓柱上之際，卻又的確聽到了電話鈴聲！

唯一的解釋便是：當我聽到那一陣電話鈴聲之際，聲音是並不存在的，聲音直到現在才來，是在四分鐘或者五分鐘之後。

而我在五分鐘之前，便已聽到了五分鐘之後的聲音。

我有了預知的能力！當我推斷到了這一點之際，我只感到全身都有一股極度的寒意！

我的預知能力是在當我的手扶住了那圓柱之際產生的。現在，當我離開那圓柱之際，我並不知道以後會發生什麼事，我也不知道那電話是誰打來的。

由此可知，那圓柱的確有著一種神奇的力量，使人可以有預知的能力！

我還可以進一步說，當月圓之夜，那圓柱才會有這種神秘的力量產生！

剛才，我只不過是將手放在圓柱上，便有了那樣的結果，如果我將頭放上去的話，那我一定和霍景偉一樣了！

我心頭怦怦亂跳著，爲了要証明我的論斷是不是正確，我連忙走進了房間中，再度將手放在那圓柱之上。而當我手才一接觸到圓柱時那種茫然的、難以形容的感覺，又發生了！

我只覺得在似真非真、似夢非夢的境界中，聽到了殷伯的聲音，殷伯在對我說：「衛先生，是你太太打來的電話，請你去聽！」

我陡地一怔，是白素打來的電話，我當然立即要去聽的，我連忙轉身出去。

可是我才走出一步，我就呆住了。

房間中只有我一個人，殷伯並不在房間中！

但是剛才，殷伯的聲音，卻在我的身前，殷伯決不可能在半秒鐘之內，就在我的跟前消失！那麼我剛才聽到的聲音是——

我才想到這裏，房門推開，殷伯向我走來，道：「衛先生，是你太太打來的電話，請你去聽。」

那就是我剛才聽到的話；現在我又一字不易地聽了一遍，而且正是殷伯所講的，而殷伯在講這句話的時候，又正好是在我身前！

事實上，殷伯只講了一次，但我卻聽到了兩次！

在殷伯還未曾推門進來向我講話之際，我便已聽到了他的話，或者說，我便已知道了他要講什麼。

那是預知能力！

在那剎間，我心緒的煩亂實在是難以形容的，但是我還是立刻走了出去。

我來到電話邊，拿起電話：「素，是你麼？」

白素道：「是啊，你在什麼地方，在幹什麼？」

「你是怎知道這裏的電話的？」我問。

「我知道你到律師事務所去，打電話去查問，律師事務所的人說你到一幢花園洋房去了，是他們將電話號碼告訴我的，究竟是怎麼一回事？」

「霍景偉將他的一幢別墅送了給我，我現在就在他的別墅之中，你有什麼事？」

「有三個人從歐洲來找你，說是霍景偉吩咐他們來見你的，你能立即回來麼？」

又是和霍景偉有關，我不知道那幾個是什麼人，但是可想而知，他們一定有相當重要的事！

是以我立時道：「我立即就來。」

我就下了電話，在那一剎間，我的心中，突然起了一股極度的好奇心。

我現在從電話中，知道有三個人來找我，是從歐洲來的，但是我卻不知道他們是什麼人，來找我究竟是爲了做什麼？

然而，如果我將手放到那圓柱上去呢？我是不是可以知道他們的身份和他們來找我的目的？

這實在是一種十分難以遏制的衝動，好奇心是人的天性，如果我可以未曾見到他們三人之前，就知道他們的身份，和他們來找我的目的，那不是很有趣的事麼？

所以我立即向那圓柱走去，當我來到那圓柱旁邊的時候，我甚至絕不猶豫，立即將手按上了圓柱，那圓柱的神奇力量，實在是使人吃驚的，我像是被一種極大的旋轉力，轉出了房間……

我駕車疾駛，我回到了家中，我看到客廳中坐著三個客人，一個人是山羊鬍子的老者，他像是法國人。

我向他們走去，那時候，我的心中還是明白，那是我預知的事，是現在還沒有發生的。也不知爲什麼緣故，當我一想到這一點時，我的好奇心突然消失了。我像是一個要在噩夢中掙扎醒來的人一樣，一面我還聽得那山羊鬍子在自我介紹道：「我是史都華教授！」另一方面，我的身子已在不斷搖動，終於，我猛地退出了一步，我的手已經離開了那圓柱，在感覺上，我「回」到了房間中，雖然我明知我其實是一直在房間中，根本未曾離開過。

我的呼吸變得十分急促，我匆匆走出了房間，將房門鎖上，駕車回家，當我走進我自己的家的客廳時，我看到三個客人坐著。

我實在是第一次看到他們，但是他們對我來說，卻一點也不陌生。

我想向那山羊鬍子直衝過去，先叫出他的名字，他一定會十分驚訝，那麼事情和我預見的就有所不符。但是我還未曾來得及照我想的那樣去做，史教華教授已站了起來，正如我所預見的那樣，他向我伸出手來：「我是史都華教授！」我忙道：「幸會，幸會！」

史都華又介紹其餘兩位，他指著那神情嚴肅的那個道：「這位是勒根醫生。」我又和勒根醫生握手，第三位果然是法國人，他是歇夫教授。

當我們重又坐下之後，史都華教授道：「我們四個人，有一個共同的特點，我們都認識霍景偉。」

我點頭道：「是的。」史都華道：「我們也都知道，霍有一種神奇的力量！」

我又點頭道：「是。」

史都華嘆了一聲道：「那其實是不可能的事，但是我們都知道那是事實：霍有預知能力！」

我第三次點頭，史都華道：「那也就是說，我們四個之間，可以真正地就霍的事而交換意見，相互之間，不必存有什麼隔膜，你同意麼？」

我第四次點頭，表示同意。

史都華不再說什麼，望向歐夫教授，歐夫教授的話有著濃重的科西嘉島的口音：「我是一個研究玄學的人，我先得解釋一下，所謂玄學，其實一點也不『玄』，只不過是要弄明白一些還未曾有確切解釋的事情的一門科學而已。」

史都華進一步解釋道：「是的，例如在兩千年以前，人還不知爲什麼會打雷閃電，那時如果有人在研究何以會有雷電，那麼他就是在研究玄學了！」

我贊賞地道：「說得好，這是對玄學的最好解釋！」

歐夫很高興：「所以，玄學的研究者，幾乎要具有各方面的知識，才能有研究的結果，我在開始的時候，研究鬼魂，但後來放棄，轉而研究預感，我曾搜集過許多有預感的例子……」

我打斷了他的話頭道：「教授，霍景偉的情形，不是預感，簡直是預知！」

「是，他的情形很特殊，但是淸晰的預知，是從模糊的預感進一步衍化而來，我想你一定不反對我那樣的說法？」

我不表示反對，歐夫又道：「在每一個人的一生中，幾乎都有一次或一次以上的預感，預感到某一件事會發生，而大多數是不幸的事。有的預感，還十分強烈，世紀初，芝加哥大地震發生之前，就有好幾個人，有同樣的預感，當他們有預感的時候，還根本沒有發生地震！而一般來說，人在生物之中、還是預感能力最差的生物，有很多生物的預感能力比人更強。」

「你說得對，」我接口道：「但是，霍的預知能力，卻不是與生俱來的。」

「是，」史都華說：「但我們先要研究何以人會有預感，才能進一步去推測，是什麼力量，使得霍有了預知能力的。」

我沒有再出聲。

歇夫再道：「人何以會有預感，這實在是一個不可解釋的謎，我們必須將預感和心靈感應分開來，心靈感應固然微妙，但是可以解釋。」

第六部：超越光速的理論

我笑了起來，道：「心靈感應也不易解釋。」

歇夫道：「對，但我們可以將心靈感應歸諸於腦電波的作用。而心靈感應是在甲地發生一件事，乙地的某人知道了，腦電波是無線電波，無線電波的速度和光迎近似，可以在一剎間傳到另一個人的腦中。當然細節不會那樣簡單，但總可以講得通。可是，預感卻不同，預感是對一件還未曾發生的事有了感覺，那件事根本還未曾發生，如何能被人感到？」

歇夫的問題提了出來，我、史都華和勒根三人，都答不上來，默不作聲。

白素也在一旁聽我們的討論，這時，她忽然道：「歇夫教授，如果人在超越光速的速度中進行，那麼他就可以回到過去，或到達未來，超越了時間的限制，對不對？」

「理論上是那樣，」歇夫回答：「但是愛因斯坦卻已証明沒有東西可以超過光的速度，任何速度以光速爲極限，超過光速，物體的重量會變成無窮大，那是一件絕不可能的事。」

「我想，我想，」白素遲疑著，她的神態和語氣都十分文靜，但是她所講的話，卻是驚人之極，她道：「我想愛因斯坦錯了！」

「愛因斯坦錯了？」我、勒根醫生和史都華教授三人，不約而同叫了起來。

白素的臉紅了起來，但是我從白素臉上的神情上可以看出來，她並不認爲她自己講錯了，也就是說，她真認爲愛因斯坦錯了！

在我們叫了一聲之後，歇夫突然站了起來，揮著手，神情嚴肅。他大聲道：「各位，不要大驚小怪，我剛聽到了一個驚人的結論，在玄學之中，是可以允許任何驚人的、違反過去知識的結論的，夫人，請你繼續發表下去！」

白素的聲音仍然很鎮定：「愛因斯坦認爲光是最快的，沒有比光更快的東西；我認爲他錯了，因爲我認爲還有比光更快的。」

「那是什麼？」我們幾個人同聲問。

「是腦電波！」白素回答。

我們都不出聲，因爲直到現在爲止，人對於腦電波，可以說一無所知，「腦電波」只不過是一個名詞而已。

「正因爲腦電波比光快！」白素侃侃而談，「所以人的思想，才能超越時間，所以人才能有預知！不然，就無法解釋何以幾乎每一個人，一生之中都有過預感，預感是超越時間的，而只有超越光速，才能超越時間！」

白素的那一番話，令得我們四個人聽了之後，都無法反駁！

我們呆了足足有一分鐘，歇夫才叫了起來：「衛先生，你有一個了不起的太太！」

他一面叫，一面衝過去，張開雙臂，想去擁抱白素，史都華連忙將歇夫拉住：「歇夫，你不要以爲世界上所有的人全是法國人！」

歇夫的雙臂張開著，他呆了一呆，才放下手臂來，但仍然嚷著：「太了不起，太了不起了！夫人，你的見解，解決了預感之謎！」

我皺起了眉，道：「教授，你那樣說，未免太過兒戲一些。」

「一點也不，」歇夫叫著：「除此以外，你還能解釋人爲什麼有預感麼？」

我瞪大了眼，歇夫那樣問我，簡直是豈有此理，我自然不能解釋預感之謎。但是那也絕不能反証白素的見解是正確的！

我還未曾回答，史都華教授點頭道：「這是一個十分大膽的假定，但是科學的進步，都是從大膽的假定而來的，愛因斯坦自然是一位偉大的科學家，但是時代不斷在進步，一定要有一天，打破愛因斯坦的結論，科學才能有更進步的發展！」

史都華教授的話，我倒是同意的。

白素翻了我一眼，像是在說別人都同意她的說法了，我反而不同意。

她又道：「由於霍景偉曾因預知有一次飛行失事而救過我，所以我曾思索過預知能力這件事。預知能力不是人人都有的，但是預感的經驗，卻人人都有，所以我認為腦電波比光快，可以超越時間，但是人的腦電波，一定十分微弱，預感都是十分模糊，不能肯定的，就是因為人類的腦電波力量太弱的緣故。」

各人都屏氣靜息地聽著。

我也料不到在那樣的討論中，白素竟然會成了主要的發言人！

她頓了一頓，又道：「但是一定有一種力量，可以令得人的腦電波加強，如果腦電波像是無線電波，那麼，這種力量，就如同作用於無線電波訊號擴大儀，霍景偉所以有這種預知力……」

她才講到這裏，我已首先叫了起來：「『叢林之神』！」

我急急地道：「霍景偉將他的一所屋子給了我，『叢林之神』就在他那屋子中……」

我將我在那圓柱旁所發生的事，用十分簡單的話，敘述了一遍。

白素興奮地道：「我的猜想不錯了，那圓柱有一種力量，能使人的腦電波力量加強，所以才能使人清楚地知道未曾發生過的事！」

「夫人，」一直未曾開口的勒根醫生這時開了口：「我是腦科專家，在人的腦子之中，其實沒有一個發射電波的組織！」

歇夫怪叫了起來：「醫生，你別希望在人腦中找到一座電台，你是腦科專家，你對人腦究竟知道多少，思想究竟自何產生？記憶儲藏在什麼地方？腦細胞的全部結構怎樣？每一個人的腦在結構上全是相同的，何以各人的思想互異？」

那一連串的問題，令得勒根面色發青！

勒根呆了半晌才道：「是，人類對腦的知識，實在太貧乏了。」

歇夫老實不客氣地道：「那麼就請你不要說腦中沒有發射電波的組織那樣的笑話！」

勒根點了點頭：「你說得對，教授。」

史都華已道：「衛先生，帶我們去看那圓柱。」

我站了起來，我的神情一定十分嚴肅，因爲我看到其餘各人的神情，也同樣地嚴肅。

我們的神情嚴肅，是因爲我們的心中，正想著一件可以說還未曾有人想過的事。我們所想的是：有比光更快的速度，而那種速度存在於人腦。而人的腦電波又可以因爲某種力量的感染而達到十分強烈的地步，一到那地步，人就可以有清晰的預知能力！

想想看，如果那種神秘的感染力量普及了起來，每一個人都有預知力量之後，那將如何？

那可以說是人類的末日到了，因爲在那種情形下，每一個都失去了生活的興趣，人已超越了時間的限制，那不知變成什麼的怪物了！

那實在是一個無法再深想一層的事！

我站了起來之後，深深地吹了一口氣，然後道：「我可以帶你們去看那圓柱，各位也可以將手放在那圓柱之上，各位便可以獲得短暫的預知能力——今晚是月圓之夜，我已經試過了，但是，我想各位一定不會像霍景偉那樣的將頭放在那圓柱上的。」

他們各人都呆了一呆：「不會的。」

我道：「好，請跟我來。」

我們一起走了出去，上了我的車子，等到我們又來到了那別墅的門前時，夜已很深了，我按了半分鐘喇叭，才將殷伯按醒，殷伯睡眼朦朧地開了門，車子直駛了進去，停在石階之前。一分鐘之後，我們幾個人，已全在那圓柱之旁了。他們（包括白素在內）都還是第一次看到那圓柱，是以他們的臉上，都有一種十分奇異的神情。

他們繞著那圓柱，仔細地觀察著，口中則不斷地道：「太奇妙了，真太奇妙了！」

史都華教授首先抬起頭來「讓我首先來試一試可好？」

歐夫忙道：「不，讓我先來！」

我皺了皺眉：「我們不應該像小孩子一樣地爭執，既然是史都華教授先提出，就讓他先試好了，教授，你將手輕輕放在圓柱上，你就會有那種神妙的感覺了，你不必放得太久！」

史都華點著頭，他伸出手，慢慢地向那圓柱之上放了下去，他的神情和動作都十分之莊嚴，真像是他在膜拜什麼神祇！

我們幾個人的神情也很緊張，一起望著史都華，只見他的手終於按到了圓柱上，在他的手碰到圓柱之前的一剎那，他的動作十分異特，看來竟然像是那圓柱之上，有一股極大的吸力，將他的手硬吸了過去一樣！

接著，在史都華教授的面上，便現出了一種極度怪異的神情。

那種神情實在是難以形容的，不像笑也不像哭，和在沙漠之中，因為缺乏水份而渴死的人，臨死之際面上所起的抽搐差不了多少。

我知道他那時候的感覺，因為我曾經歷過，他那時候一定如同踏在雲端上一般，他可以親眼「看」到一些事，「聽」到一些聲音，而那些聲音，全是現在還未曾發生，但是將會發生的。

我們自然無法知道他預見了一些什麼，我們每一個都屏住了氣息，房間中靜到了極點，甚至可以聽到各人腕上手錶行走的「嘀答」聲。

我們看到史都華面上的神情，突然之間他大喝了一聲，身子陡地一震，他的手，也在那一剎間，離開了那圓柱。

當他的手才一離開圓柱的一剎間，他仍然是茫然的，但是隨即，他顯然已完全清醒過來了。

我忙問：「教授，你見到什麼？」

但是史都華教授卻並不回答我，他只是望定了歇夫，歇夫的行動也十分異特，只見他像犯了罪的人一樣，怕別人逼視，他向後退去。

史都華已厲聲罵了起來：「歇夫，你是一個卑鄙的臭賊，你——」

他陡地揮起拳來，重重的一擊，打在歇夫的臉上，那一拳的去勢十分沈重，打得歇夫整個人都跌在地上，但是史都華的餘怒未息，又趕了過去，重重地在他的身上踢了一腳。

那一剎間發生的事，實在是令得我們每一個人都感到莫名其妙的。

我和勒根醫生兩人根本還來不及喝止，歇夫已在地上一個翻身，隨著他的翻身，更驚人的事出現了，他的手中已握定了一柄槍。

他近乎瘋狂地叫道：「你們都別動，別以爲我不會開槍，你們都別動！」

史都華教授卻全然不聽警告，仍然向前衝了過去，歇夫一面後退，一面連發了三槍。

那三槍將史都華的身子射得「砰」地倒在地上，他的身子在地上滾了幾滾，勉力撐了起來，但是立即又跌倒。我們的耳朵剛被槍聲震得喪失了聽覺之後，恢復了聽的能力，就聽得史都華教授道：「這……就是我剛才看到的……我看到……歇夫……殺……了我！」

鮮血自他的口角湧出，他才講完這一句，就沒有了聲音！

史都華死了！

我連忙踏前一步，但是我的身子才一動，歇夫便已怪叫了起來；「別動，誰都別動！」

歇夫剛才已射死了史都華，他不會在乎多殺一個人的，在那樣的情形之下，我自然只好站立不動。勒根醫生問道：「歇夫，你爲什麼？你爲什麼要那樣做？」

歇夫面上的肌肉扭曲著：「那圓柱能使人有預知能力，我要有預知能力！」

我道：「霍景偉就是有預知能力而死的。」

歇夫叫道：「那是他，只有他這種蠢才在有了偉大的預知能力之後，還會感到痛苦，我和他不同，我有了預知能力，就等於有了一切，我會有金錢，有權力，要什麼有什麼！」

我竭力使我的聲音保持平靜：「歇夫教授，那是你還未曾有預知能力時的想法，當你有了預知能力之後，你就會知道，這種想法，全然錯了！」

歇夫怒道：「胡說，你再要多口，我立即就殺了你，住口！」

他手中的槍對準了我，我還想說什麼，但是白素連忙拉了拉我的衣袖，示意我別再激怒他。

我實在沒有法子不苦笑！

我帶他們來看那圓柱，卻會有那樣的結果，這實在是我所料不到的！

我心想，有預知的能力，終究還是好的，如果我早知會發生那樣的事，那麼我可以不帶他們來這裏，史都華教授或者可以不必送命了。

但是我又想到，史都華教授不是已在那圓柱上獲得了神秘的預知能力，知道歐夫會殺死他的了麼？但是那又有什麼用？他還不是一樣逃不脫死亡？

我的心中十分亂，實在不知該怎樣做才好。

歐夫卻在這時，又大聲吼叫了起來：「你們站著不動，衛太太，你過來。」

我一聽他叫白索過去，便陡地一怔，喝道：「歐夫，你想做什麼？」

「我要你太太做人質，那樣，你們兩人就肯為我做事了，過來。」

白素望著我，我向她點了點頭，白素向他走了過去，歐夫伸手去抓白素的手臂。

看他的樣子，像是想將白素的手臂抓住，將她的手臂反扭過來，那麼他就可以威脅我們，至少是威脅我做任何事情了。

可是，這個心懷不軌的法國人歐夫，卻犯了一個極大的錯誤。他不知道白素的來歷，而他又將白素看來十分纖弱的外表迷惑住了。他做夢也想不到白素的中國武術造詣之高是數一數二的，他更不知道白素是中國幫會史上第一奇人白老大的女兒！

所以，就在他的手才一碰到白素的手臂之際，白素的手臂突然一翻，已抓住了他的手腕，緊接著，白素手臂一帶，已將歇夫整個人都拋了起來！

歇夫連開了兩槍，但是他那兩槍，一槍射到了地板上，另一槍卻正射在那圓柱之上。

歇夫整個人重重地摔在地上，我立時趕過去，但是事實上根本不必我趕過去，白素已完成一切了。

就在他重重地跌在地上之際，白素一腳踏住了他的右腕，另一腳又重重地踹在他的面門之上，令得歇夫怪聲呼叫了起來。

我所要做的事，只不過是過去將那柄手槍從歇夫的手中接過來而已，我聽得勒根醫生鬆了一口氣，我將手槍在手中拋了一拋：「你早就說過，我有一位了不起的太太，現在你的話已得到了証明。」

白素後退了幾步，歇夫在地上掙扎著，站了起來，他抹著口邊的血，喘著氣：「你們準備將我怎麼樣？」我冷冷地道：「自然是通知警方。」

歇夫叫了起來：「傻瓜，如果你通知警方，那你們是世界上最大的傻瓜！聽我說，照我的計劃去做，照我的計劃去做，我們都可以成爲世界上最有錢的人，最有權力的人！」

他叫得聲音也有點發啞了，但是我、勒根和白素三人，卻只是冷冷地望著他。

歇夫喘氣喘得更是急促，他指著那圓柱：「你們聽著，那東西可以使我們有預知能力，我們可以預知一切，我們是世上最超特的人！」

勒根醫生緩緩地道：「歇夫，霍便曾經是一個超特的人，但是他卻陷於極度的痛苦之中！」

「他是傻瓜，你們全是傻瓜！」歇夫瘋狂一般，向那圓柱撲去，他雙手緊緊地抱住那圓柱，將他的頭緊貼在那圓柱頂上凹下去的地方，他的臉整個埋了進去。

他那種突如其來的舉動，令得我們都陡地一呆，白素叫道：「快拉開他！」

我和勒根立時走向前去。

但是，他抱得如此之緊，我們一時之間也拉不開他，我剛想用力在他的後腦之上擊上一掌時，歇夫已經怪聲叫了起來。

他那種怪叫聲是如此之淒厲，令得我和勒根兩人都嚇了一大跳，我們一起向後退了開去。

歇夫也在那時，站了起來。

我們一起向他看去，也都不禁呆了。

我從來也未曾見過一個人，臉色是如此之難看，而且雙眼之中，現出如此可怖的神色來的。

他一面搖著手，一面退著開去，口中發出一種十分怪異的聲音來。

我們都不知道他爲什麼突然之間會變得那可怕，但我們也都知道，他看到了什麼，他也有了預知能力，而他所知道的，一定是極其可怖的。我們都不出聲，等著看他進一步的動作，只見他的身子緊緊靠著牆，縮成一團，看來他正在忍受著一種難以形容的痛苦！

我一直只以爲有毒癮的人，在毒癮發作之際的神情是最痛苦的，但是現在歇夫的神情，顯然更要痛苦得多，他的身子竭力在縮著，縮成了一團。

過了好久，他才又慢慢站直身子，他口中叫出了聲音，也可以使人聽出是叫些什麼了，他在叫著：「不要，不要送我進去！」

我們三人互望了一眼，我問道：「歇夫，他們要送你到哪裡去？」

我才一問，歇夫便突然住了口，他望著我們，然後用手掩住了臉，我們不但看到他肩頭在不住地抽搐，而且還聽得他發出了一種絕望的哭聲！

他哭得如此淒厲，以致我們三個人，在聽到了他的哭聲之後，都有一種毛髮直豎之感。

我大踏步走向前去，拉開了他遮住面的手，大聲喝道：「說！他們要送你到什麼地方去！」

歇夫的雙眼圓睜著，尖聲叫道：「電椅，他們要送我去坐電椅！」

一聽到歇夫那樣的尖叫聲，我、勒根和白素三個人，全呆住了。我們也知道歇夫為什麼會有那樣痛苦的神情和那樣淒厲的哭聲了！

那是因為當他抱住圓柱，將頭放在圓柱上的時候，他已有了預知能力，他預知了自己的死亡！

那情形和史都華教授是一樣的。史都華教授在將手放在那圓柱上的時候，看到了歇夫會殺死他，而歇夫此際所看到的，則是他被執刑人員拉進了行刑室。

這當然是很久以後的事，至少是幾個月之後，但歇夫有了預知能力，他已經知道了！

被判死刑的人，在臨刑之前，自然是極其痛苦的一剎那，但是即使一個罪大惡極的人，也只能死一次，所受的痛苦，也只是一次而已。

然而歇夫卻不同，歇夫已經預知了他自己會被送上電椅，他已嘗到了那一剎間的極度的痛苦，而且，在他被送上電椅之前，這種極度的痛苦，還會不斷地反覆折磨他的心靈！

這便是有了預知能力的結果！

我敢說，這時候的歇夫，一定再也不想有什麼預知能力了，而那正是我剛才勸他的，他卻不肯聽，而且，他還因此而謀殺了史都華教授！

歇夫縮在屋子的一角，他的樣子，使人聯想起一頭偷吃了東西，而被主人抽了一鞭，因而縮在一角，痛得發抖的猴子。

我嘆了一聲：「我們該通知警方了，史都華教授是十分著名的人物。他死在這裏，事情是決沒有不通過警方而了結的！」

勒根醫生點了點頭，白素已走出去打電話。

我和勒根醫生仍然看守著歇夫，我們也不時向那圓柱看一眼。

但是那時，我和勒根醫生望向那圓柱之際，目光之中，卻已是厭惡多過好奇！

那圓柱的確可以給人以預知能力，但是到現在爲止，還沒有一個人因獲得了預知力而有什麼好結果的。唯一獲益的人，可能只有我一個人：白素由於霍景偉的通知，而逃過了飛機失事。

白素又走了進來：「警方人員立即就到，吩咐我們不可離開。」

勒根醫生忽然道：「警方人員來了，我們是不是要提及有關那圓柱的事？」

我皺著眉：「最好不要提，因爲這是提起來也不會有人相信的事。」

勒根點著頭，立時向屋角處的歇夫望去。

我知道他的意思了，我向歇夫走了過去，來到了他的面前，叫了他一聲。

歐夫抬起頭來望著我，我道：「歐夫，你是看到自己會上電椅的了，是不是？」

歐夫喘著氣，並沒有回答我，也沒有點頭，可是他臉上的神情，卻已等於在回答我了！

我又道：「那是不可改變的事實，是未來要發生的事情，那是你自作自受的結果，你也根本不必打什麼主意來爲自己辯護了，我們也都會在法庭上作証，証明你殺死了史都華教授！」

我的意思是，也不想歐夫講出有關那「叢林之神」的事情。

第七部：專家研究毫無結果

但是歇夫還未曾回答我，警方人員便已經趕到了。警方人員一到之後，我幾乎沒有機會和歇夫說什麼話，因為歇夫已被警方人員帶走了。

我們一起到了警局，一直到天明才能離開。接下來的日子，我們忙於上庭作証，忙於向警方敘述當時的情形，我和勒根都提到了「叢林之神」，但是我們未曾說及那圓柱有能使人預知未來的能力。

我們只是說，那是霍景偉從南美洲帶回來的一種當地邪教信奉的圖騰，據說那圖騰有使人預知未來的力量，史都華和歇夫的爭執，就因此而起。

那根神奇的圓柱，也被帶到法庭去作証物，凶案的審訊十分轟動，每次開庭，法庭之中都擠滿了人，但是我看得出，根本沒有人相信那圓柱會有那種神奇的力量。

經過了一個多月，陪審員在最後退庭研究，一致裁定歇夫的謀殺罪成立。

而在整個審訊過程中，歇夫根本沒有說什麼話，他早已知道了自己的結局，還有什麼可說的？

歇夫是被送往行刑室處死的，我和勒根在他臨行刑前，都去看他最後一回。

歐夫已經全然不是我第一次見到他時的那個風流瀟灑的法國教授了，他變得和一具骷髏差不了多少。

而當他被帶往行刑室之際，他又高聲叫起來：「不要，不要拖我進去！」他不斷地叫著，他的叫聲，和一個多月之前，在那幢別墅的房間中發出來的叫聲一樣、我和勒根兩人，都起了一種不寒而慄之感。我們急急地離開了監獄之後，勒根醫生忽然站定了身子，問我道：「衛先生，案子已結束了，你應該可以領回那『叢林之神』來！」

我點頭道：「是的，我可以將它領回，我也正在考慮。領回來之後，如何處理那東西。」

勒根醫生突如其來地高叫了一聲：「將它毀掉，我說將它毀掉！」

和勒根醫生相處近兩個月，我已深知勒根醫生決不是一個容易衝動的人，但是此際他的神情，卻是十分衝動，他還大聲問我：「你捨不得麼？」

我搖著頭：「我不是捨不得，而是很難有辦法能把那東西毀掉，你記得麼？歐夫在亂射槍時，曾有一粒子彈射中那圓柱的。」

「是，我記得。」

「事後，我曾察看那圓柱，柱上一點痕跡也沒有。你明白我的意思沒有？要毀掉那圓柱，絕不是一件容易的事情，不是我不捨得。」

勒根醫生揮著手：「將它拋到海中去，將它埋到地下去，總之，別再讓人看到它！」

我道：「好的，我接受你的勸告，你可以和我一起去進行。」

「不，我要回歐洲去了，而且，我再也不願見到那倒楣的東西了，再見了！」勒根醫生伸出手來，和我握了一握，便大步走過對面馬路，伸手截住一輛街車，上了車遠去了。

我自然明白勒根醫生的心情不怎麼好過，因爲他們是三個人一起從歐洲來的，而只有他一個人回去。而且，在這裏發生的事，幾乎是不可思議的，一眼看來只是外表平滑、並沒有任何出奇之處的一根圓柱，竟會使人有預知能力！

第二天，我和白素一齊，在警方人員的手中，領回了那根圓柱，然後，回到了那別墅之中。

自命案發生之後，我說什麼也留不住殷伯，是以在那近兩個月的時間中，別墅一直沒有人打理。美麗的別墅就像是美麗的女人一樣，一天不修飾，美麗就會損減一分。此時，我停了車，推開鐵門，看來草地上雜草叢生，我就不禁嘆了一聲。

我將車子緩緩駛進了進去，和白素兩人下了車。白素看到了眼前的情形，也不禁嘆了一口氣。

白素道：「看來，那……『叢林之神』，實在是不祥之物，至少已有三個人因它而死了，勒根醫生的話是對的，將它抛到海中去算了。」

我走過去打開了門，屋中的一切，都蒙上了一重塵，我道：「可是我們還未曾明白何以那樣的一根圓柱，會有如此的力量。」

白素來到了我的面前：「你不覺得這個問題不是我們的知識所能解答的麼？」

我握住了她的手：「我還想試一試，再過一個月圓之夜，才讓我決定是不是將之棄去，好麼？」

白素的面色，在刹那之間，變得蒼白起來。

女人終是女人，白素敢於聲言愛因斯坦錯了，但是她仍然是女人，因爲她相信祥和不祥的兆頭，她連忙搖頭：「別再試了，你已經証明了那絕不是什麼好東西了，不是？，還試它作什麼？」

我笑了起來：「可是我們仍然要找出一個道理來，爲什麼會那樣？」

白素又道：「想想史都華和歇夫，你該知道，那東西不會爲人帶來什麼好結果。」

我仍然堅持著：「但是我不是要再試一試，我只不過是將手放在圓柱上而已。」

白素發脾氣了，自從我們結婚以來，我還是第一次看到她發脾氣，她斬釘截鐵地道：「不行！」

她說得如此之堅決，我如果再堅持下去，那麼一定要變成吵架了，所以我攤了攤手：「好，好，那我就不試，但是我卻想設法將那圓柱拆開來——我的意思是剖開來看看，其中究竟有什麼！」

白素皺著眉：「最好不要去研究它，就將它拋進海中算了！」

我高舉著手，半認真半開玩笑地道：「我反對！」

白素望了我半晌，才道：「你說過，這東西要在月圓之夜，才有那種神秘的力量？」

「是的。」

「那好，今晚你和我回去，從明天起，你可以研究這圓柱，你有二十八天的時間去研究它，到下一次月圓之前一夜，我要親眼看到它被毀滅！」

我苦笑著：「你為什麼那麼討厭它？它至少救過你的性命！」

白素嘆了一聲：「這圓柱是超時代的，它所產生的力量，我們這個時代的人類還沒有足夠的智慧去解釋它，所以你還是別去碰它的好，除非你想做一個和時代完全脫節的。你該知道，和時代脫節，是一件十分痛苦的事，不論是落後時代也好，超越時代也好，總之是極度痛苦的！」

我並沒有再說什麼，因為我完全同意白素的話，她說得十分有理！

白索在講完之後，又補充了一句：「而我卻不想你痛苦！」

我握住了她的手，我們一起離開了那間房，離開之際，我並且鎖上了門，然後，我們一起回到家中，那表示我已經完全同意白素的提議了。

第二天，我和一家設備良好的金屬工廠聯絡好了，我告訴他們，我有一段金屬，要將之切割開來，在切割的過程中，我要在旁邊。

本來，一般的工廠，是決計不會接受那樣任務的。但是這家工廠的總工程師和實驗室主任，全是我的朋友。所以他們便答應了下來，約定了我將需要切割的金屬運進廠去的時間。

我又來到了那別墅之中，當我來到那圓柱之旁時，我第一件事便是立即將手放在圓柱之上，但是一點反應也沒有。

我獨自搬動著那圓柱，在約定的時間之前幾分鐘，將之送到了工廠，總工程師已經全佈置好了，那位總工程師是金相學的專家，當他看到了那圓柱之後後，伸手摸了摸，又用手指扣了扣。

然後，他抬起頭來望我，他的面色之中，充滿了疑惑：「這是什麼合金？」

我反問道：「你看呢？」

他搖頭道：「我看不出來，好像其中有鎳，但是我卻也不能肯定。」

我只得道：「我也不知道，所以我想將它切開來，看個究竟。」

總工程師十分有興趣：「先去試驗它的硬度，準備高速的切割機，讓我來親自操作。」

那時，實驗室主任也來了，幾個工人將圓柱搬到了實驗室中，我也跟了進去。主任拿了硬度試驗的儀器來，那儀器連同一個高速旋轉的鑽頭。主任拿著鑽頭，在圓柱上鑽去。

他接連換了好幾個鑽頭。在十五分鐘之後，他抹著汗，搖了搖頭：「你們全看到了！」

我們的確是全看到了，我們看到的是：鑽頭在那圓柱上，沒有留下任何痕跡。

總工程師皺著眉，但是我卻有點不明白，我道：「那是什麼意思？」

主任解釋道：「所有的物質，硬度是以數字來表示的，那便是從一到十，鑽石的硬度是十，剛玉的硬度是九點六等等，可是現在，這種……金屬的硬度超過十，我們不知它的硬度是多少，只知它超過十！」

總工程師轉過頭來看我：「你是從哪裡弄來這玩意兒的？」

我嘆了一聲：「這東西的來歷十分古怪，它是從南美洲蠻荒之地的一個叢林之中來的。」

從總工程師和主任兩人臉上的神情看來，就像當我是「吹牛俱樂部」中「吹牛冠軍獎」獲得者一樣，雖然我所說的是實話。

我忙又問道：「那麼，你的意思是，我們無法將之切割得開來？」

「絕對不能，即使用整塊的鑽石做刀，也不行，因爲它的硬度在鑽石之上！」

「那麼，或者可以將它溶開來？」我問。

「或者可以！」他們兩人一起回答：「我們不妨試上一試。」

他又下了一連串的命令，那圓柱在十五分鐘之後，被推到了一隻熔爐之前，那熔爐的溫度，最高可以達到攝氏五千度。

爐門打開之後，圓柱送了進去，由於世界上還沒有可以耐那樣高溫的透明物體，所以爐中的情形，在溫度加到了最高的時候，是看不到的。在溫度到達五千度之後十分鐘，總工程師下令，減低溫度。

實驗室主任道：「如果那種金屬能夠耐得住如此的高溫而不熔的話，簡直就是奇跡了。」

我苦笑著，並沒有說什麼。

半小時之後，將門打開，鐵鉤伸進去，將那圓柱帶了出來，那圓柱甚至連表面顏色都未曾起任何的變化！而一般金屬，在經過高溫處理之後，就算不熔化，表面的顏色總會起變化的！

總工程師和實驗室主任的臉上，現出怪異莫名的神色來，望著那圓柱，他們又測量那圓柱此時的溫度，証明那圓柱的溫度極高。

總工程師下令技工將那圓柱冷卻，然後，他轉過頭來，對我苦笑道：「這究竟是什麼？我從來也未曾見過那樣的合金！」

我問道：「你肯定那是合金？」

「自然，在已知的金屬元素中，沒有一種金屬是具有那樣硬度，而又能耐如此高溫的。」

我沒有再說什麼，因為在這家工廠中，如果不能將那圓柱切割開來，那就是說，世界上任何地方，都將之無可奈何的了！

我在沈默著不出聲的時候，實驗室主任抬高了頭（他是一個很矮小的人）向總工程師道：「在那樣的高溫下，它都不起變化，我真不明白，它是如何被鑄成為圓柱形的呢？」

總工程師苦笑著：「整件事，就像是在開玩笑一樣，我也一樣不明白。」

我跟著苦笑：「真的是開玩笑，是開人類科學的大玩笑。」

他們兩人都不明白：「什麼意思？」

我道：「我的意思是，那圓柱根本不是地球上的東西，是從外空來的。」

他們一聽，先笑了起來：「你又來了！」

他們是我的朋友，自然也常聽我說起一些怪誕而不可思議的遭遇，所以他們那樣說，乃是一種自然而然的反應，但是他們的笑容卻突然斂起了。

因為事實擺在他們的面前，那圓柱的確不是他們所知道的地球上的任何金屬！

總工程師將我請到他的辦公室中，在他的辦公室中，他命助手查閱著各種參考書，又和各地的冶金專家，通著長途電話。

我在他的辦公室中，足等了三小時之久，他才完成了和幾位專家的通話。

他放下了電話：「世界上第一流的專家，都認爲不可能有那樣的合金，你可以將那圓柱留在我們這裏，等他們趕來研究麼？」

「可以的，」我立即答應：「但是我只能給你二十八天的時間，到第二十九天，我一定要收回來。」

「那不成問題，時間足夠了！」總工程師也未曾問我究竟爲什麼限期二十八天。當然，就算他問我，我也不會回答的。

我和他們告辭，回到了家中。

在接下來的幾天中，我每天和這位總工程師通一次電話。我知道，幾個專家，正從世界各地趕來，研究那圓柱。他們連日來廢寢忘食，想研究出一個究竟來。而各種最新的儀器，也源源運到。

一直到第二十天頭上，我才接到了總工程師的電話，叫我立即到他工廠的實驗室中去。

我立時出門，趕到了那家工廠。當我走進實驗室的時候，我看到那圓柱放在桌子上，七八個人圍住了它。

有一具儀器，放在圓柱的旁邊，那儀器正在發出一種嗡嗡的聲響。

總工程師一見到我，就站了起來，道：「你來了，我們一直研究到今天，才有了一點發現，那圓柱——那金屬會產生一種波。」

「什麼波？」我望著那儀器。

「好像是無線電波，但是那種波的幅度十分大，震蕩的頻率十分怪異，我們的儀器還測不出，我們也不知道何以它能夠產生那種類似無線電波也似的波。」總工程師向我解釋著。

我早已明白那圓柱會產生一種波，而且，我還知道這種波，絕不是無線電波，而是速度比無線電波更快，超越了光速和無線電波速的另一種「電波」。那種波，和人的「腦電波」相類似。至少，它們之間，能相互起感應作用，這種波能加強腦電波的作用！

而每當將近月圓時分，圓柱所產生的那種波，便漸漸強烈，那自然可能和月球磁場的加強有關。又或者在每月月圓的時候，恰好是在遙遠的外太空，某一星球上這種波的感應最強的時候，所以圓柱在月圓之夜，就產生了那種神奇的力量！

當然，我所想到的這一切，對我來說，還全是十分模糊的概念。

我甚至無法用比較有條理的話來表達我這種概念，因為這種概念是超越時代的。我們這個時代，還沒有適當的語言，可以表達這種概念。例如我只能說「這種波」，而說不出那究意是什麼來。我也只能襲用「腦電波」這個名詞，而實際上，「腦電波」可能根本不是電波的一種，可能根本不屬於電波的範疇之內。我呆了好一會，才問道：「那麼，這究竟是什麼金屬，肯定了沒有？」

總工程師搖著說：「沒有，但是我們曾用金屬透視儀透視過它的內部。它的內部，有另外不同成分的金屬在，對探視波的反應不同，但是我們同樣沒有法子知道那是什麼。」

我苦笑了一下：「那等於沒有結論了！」

總工程師道：「是的，暫時沒有結論，但是繼續研究下去，就會有的。」

我道：「可是你們只有八天時間了！」

總工程師道：「那不行，你得長期供我們研究下去，你也想弄明白它是什麼的，對麼？」

我搖著頭：「不，絕對只有八天，在第二十八天，我一定要收回它。」

「為什麼？」總工程師訝異地問。

「當然有原因，但是我不能說。」

總工程師現出很失望的神色來，他向各人表示了我的意見，各人都望定了我。

我只得道：「很抱歉，真的，我有很特殊的理由，但是又不能和各位說明，在八天之後，我一定要收回那圓柱，一定要。」

我最後那「一定要」三字，講得十分大聲，那表示我的決心。

一個人問我：「請問，你準備將它怎麼樣？」

「很抱歉，我不能告訴你們，實在不能。」我不準備再在實驗室中多耽下去，因為我怕我自己會受不住別人的哀求而改變主意。

我自然知道，如果我改變主意的話，那麼將會有一連串可怕的事發生。

任何人，對於有預知力一事，都有極大的欲望，幾乎人人都想自己成為一個先知，知道還未曾發生，而又肯定會發生的事。

但是事實上，當人有了預知力之後，卻是一件十分痛苦的事，這一點，是任何想自己具有預知能力的人所想不到的。

霍景偉未曾想到，歇夫也未曾想到，他們都想有預知能力，但他們在有了預知能力之後，卻在極度的痛苦之中死去，霍景偉更似乎是有意追尋死亡的！

我已可以肯定地說一句，人活著有活下去的興趣，就是因為所有的人根本無法知道下一分鐘會發生什麼事，生活的樂趣來自未知，而不是來自已知！

如果我不在下一次月圓之前，收回那圓柱，那麼必然要有很多人被我所害，而我又決不能在事前向他們說明一切，如果我說了，很多人將會因為想獲得預知力而犯罪，像歐夫教授一樣。

我轉身走出了實驗室，我還聽到，在我的身後，響起了一片感到遺憾的嘆息聲。

我回到了家中，將一切情形，和白素說了一遍，白素皺著眉：「那麼，那東西真的不是屬於地球上的了，它是怎麼來的？」

我搖了搖頭：「誰知道，整個宇宙之中，那麼多星星，窮一個人的一生之力，也不能夠數得盡，怎有辦法探索它們？我們甚至不知道它是什麼時候到達地球的，可能它已來了幾十萬年，它可能是由星球人帶來的，也可能只是儀器發射出來的，我也無法知道它的作用。但是卻可以肯定，它發出來的波，和人的腦電波，是完全相同，而且能產生感應的。」

白素點著頭：「宇宙中的一切太神奇了。」

我搖著頭：「其實，地球上的人，根本還沒有資格去談論宇宙的秘奧。想想看，我們連對於自己本身的瞭解尚且如此膚淺，世界上有什麼人能夠回答『腦電波是什麼』這個問題？」

白素站了起來，來回踱著步：「也沒有人能切實解釋何以人會有預感。甚至沒有人能解釋得出，何以人會有心靈感應。」

我握住了白素的手：「人類的科學實在太落後了，被奉為科學先聖的愛因斯坦說光速是最高的，於是一切科學，皆以他這句話爲基礎，看來人類的科學要向前大邁進一步，至少得証明愛因斯坦的理論，並不是絕對的真理才行！」

白素向我笑了一下：「如果真有那麼一天，那我們就是先知先覺了！」

八天之後，我如約取回了那圓柱。

我向友人借了一艘性能十分良好的遊艇，和白素一起，駛出海，我們駛得十分遠，到了完全看不到岸的時候，我們才合力搬起了那圓柱，將之抛進了海中。

當海水濺起老高的水花之後，那圓柱便沈了下去，轉眼之間，就看不見了，我們趁機在海上玩了一天，到天黑才回家，等到回到家中，推開窗子，抬頭看去，月又圓了，圓得極其美麗、可愛，想起我們已抛棄了那圓柱，我和白素兩人，都有說不出的輕鬆！

（完）

風水

序言

本集中還包括了「風水」，那是一個短故事，可以說是「遊戲之作」，變換一下胃口，玩點花樣，也寫了當時十分瘋狂的一個現象，十分寫真，並不幻想。

「風水」說近來大行其道——凡是亂世，風水命相等等，就特別容易打動人心，不足為奇。看完了這個故事之後，「風水」究竟是怎麼一回事呢？

沒有答案，並非故弄玄虛，而是實在不可能有任何人給以任何確切的答案的！

風水，就是風水！

倪匡

第一部：多年前的一宗事

各位千萬要記得，小說就是小說，不論小說的作者，寫得多麼活龍活現，煞有介事，但小說一定是小說，絕不會是事實。

記得這一點，再來看「風水」這篇小說，那就好得多了，就不必去追究這件事是發生在什麼時代，什麼地方，更不必花腦筋去追究小說中的人物，是不是真有其人，真有其事了。

天氣很好，四頂山轎，在叢山環抱的小路中，不急不徐地前進著。

山中的「轎子」，其實就是軟兜，坐在軟兜上的人，可以互相交談，那四頂軟兜，兩前兩後，在前面兩頂中坐著的，是一男一女，都已有五十開外的年紀了，從他們的衣著、神情看來，他們顯然全是富有的人。

而在後面的那兩個人，都是四十上下年紀，一個白淨面皮，一表斯文，穿著一件綢衫，另一個，樣子卻說不出來的古怪，細眉細眼，五官像是攢在一起，一件藍竹布長衫，已洗得發白了。

坐在前面軟兜的那男子，不住轉過頭來問著：「兩位看這一帶怎麼樣？」

那兩個人，都緊皺著眉，一聲不出，他們像是根本未曾聽到那人的問話，只是留心地四面張望著。藍天白雲，襯著碧綠的山巒，在山腳下，還有一條水如碧玉的河流流過，這裡的確是風景極其秀麗的地方。

但是，這四個人，卻並不是爲了欣賞風景而來的，他們是來看風水、找墳地的。

前面的一男一女，是一對夫婦，他們是縣中的首富，經商租田，富甲一方，提起河西山地的李家，無人不知。李家在縣中的大屋，和河西的數百頃良田，全是遠近知名的，現在，向前望去，連綿幾座山頭，也全是河西李家的產業。

李家傳到了李恩業這一代，半農半商，更是財源廣進。李恩業的父母，死了兩天，因爲沒有找到理想的墳地，是以未曾下葬。

而在後面兩個軟兜中的那兩個人，那容貌古怪的叫楊子兵，一表斯文的那個，叫容百宜，兩人都是省城著名的堪輿師，是李恩業特地從省城重金禮聘前來的，軟兜抬著他們四人，已經走了一個上午，可是那兩位化了幾百元大洋請來的堪輿師，卻一句話也未曾說過。

李恩業已經很不耐煩了，他不斷地回過頭來發問，在他看來，那兩個著名的風水先生，如果老是不開口的話，那麼他就白費了那筆錢了。

軟兜繼續向前抬著，突然之間，兩個風水先生一齊叫道：「向左拐！」

李恩業一聽得他們開了金口，喜不自勝，忙道：「向左拐，向左拐！」

軟兜穿過了一片竹林，到了一個小山坡上，兩位風水先生又齊聲叫道：「停！」抬軟兜的八名壯漢，一起停了下來，兩位堪輿師，楊子兵和容百宜，一起跨出軟兜，掀開了他們一直捧在手中的羅盤上的布，仔細地查勘起來。

李恩業夫婦抹著汗，在一旁等著，看到兩位風水先生的神情，如此莊重、嚴肅，他們就是心急想問，也不好意思開口了。

幾個抬軟兜的壯漢，早已在地上坐了下來。他們足足抽了三袋旱煙，才看到容百宜和楊子兵兩人，吐了一口氣，抬起頭來。

他們抬起頭來之後，容百宜道：「楊翁，你先說！」

楊子兵卻道：「容翁，你先說！」

李恩業實在有點不耐煩了，他聽得兩人還在客氣，忙插口道：「兩位全是名家，誰說也是一樣的！」

楊子兵一笑：「看來我和容翁所見相同，容翁，你說可是？」

容百宜道：「正是！」

李恩業急道：「這裡究竟怎麼樣啊？」

楊子兵咳嗽了一聲，道：「這裡喚著鯨吞地，山谷對河川，盡得地利，俯視百源，上仰四方，東南兩邊隱隱含有紫氣蘊現……」

楊子兵才講到這裡，李恩業已是歡喜得手舞足蹈，在一旁的李夫人也插嘴道：「要是先人葬在這裡，後代又會怎樣？」

容百宜道：「鯨吞鯨吞，顧名思義，財如水湧，盡入我口，而且綿綿不絕，子孫享用無窮！」

楊子兵也道：「這是罕見的佳穴，頭東腳西，李翁可不必猶豫了！」

李恩業的高興，這時卻像是打了一個折扣，他支吾了一下：「還求兩位再到別地去查勘一下。」

楊子兵奇道：「李翁，夫復何求？」

李恩業有點不好意思地笑了一下：「兩位莫笑我貪心，論財，李家不是誇口，不論子孫如何不成器，只怕十代八代還敗不完，我想，李家世代未曾出過縣門，雖然有財，然而無勢，兩位可明白了？」

楊子兵和容百宜兩人一聽，皺起了眉，半晌不語，李恩業又道：「我也不想李家出皇帝、出總統，只求李家子孫之中，能有省長、督軍，於願已足，不求富，但求貴！」

楊子兵和容百宜兩人，默默地聽著，一面聽，一面雙眼卻一齊望向山崗下，一個隆起的高地。那高地一片光亮，泥色紅赤，四周圍有一圈松樹，可是那一圈松樹，像是都曾遭過雷殛，樹枝半焦，都只有五六尺高。

李恩業看到兩個風水先生望著那高坡不出聲，忙道：「莫非也是佳穴？」

楊子兵和容百宜兩人，都點了點頭。

李恩業忙道：「可是能令後代顯貴？」

楊子兵道：「何止顯貴，簡直非同凡響，來，我們去仔細看看！」

這一會，四個人不坐山兜了，都撩起長衫，向下走了過去，只有兩個抬軟兜的壯漢，怕老爺或是夫人萬一走不動了，要他們抬，是以抬著軟兜，跟了下去，不一會，便來到了那光禿的土坡之上！

兩位風水先生，又擺好了羅盤，校勘了半晌，忽然齊聲嘆了一口氣，李恩業立時又緊張了起來，只見兩位風水先生互望了一眼，容百宜道：「天下將有大亂乎？」

楊子兵點頭道：「若無大亂，又怎會讓我們發現了這塊血地？」

李恩業忙道：「兩位此言何意？」

楊子兵道：「李翁，這幅地，是天地間血氣之所沖，煞氣之重，天下無雙，上天也有鑒於此，你看，周圍的樹，曾數遭雷擊，但是雷擊一次，血氣便重一次，我勸你別葬這裡了！」

李恩業忙道：「若能令後代顯貴，煞氣自然也重在他人頭上，與我何干！」

李恩業一面說，一面看容百宜，像是希望容百宜說幾句好話。

容百宜卻嘆了一聲：「李翁，若是執意要將先翁葬在這塊血地上，那麼，令郎顯貴可期，可至位極人臣，天下皆知……」

容百宜說到這裡，李恩業已樂得手舞足蹈了起來，可是容百宜卻又嘆了一聲：「只是這塊地，煞氣實在太重，李翁還宜三思！」

李恩業搔著頭：「容翁什麼意思？」

容百宜道：「只怕這一帶，生靈不免塗炭了！」

李夫人是書香門第出身，她在一旁接上了口：「一將功成萬骨枯，那是一定的了，除此之外，可還有什麼不好的麼？」

楊子兵和容百宜兩人，又在那高坡附近，踱了一遭，連連道：「氣數，那真是氣數，李翁若執意要將先翁葬在這塊地上，還宜多行善事，以消彌煞氣於無形！」

這時，李恩業夫婦兩人，聽得省城來的兩名堪輿師，說這裡的風水如此之好，一將先人葬下去，就發在他們的兒子，可以大貴特貴，早已喜得忘其所以，楊子兵和容百宜後來所說的那一番話，他們也未曾聽進去，李恩業已一疊聲吩咐道：「快回家去！」

四頂軟兜，抬下山來，到日落時分，就回到了縣城之中，當晚，擺宴款待兩位堪輿師，李恩業將他六個兒子，一齊叫了出來相陪。

李恩業的大兒子，已經十九歲了，小兒子卻還在襁褓之中，席間，李恩業問道：「兩位看看，先父葬在那塊血地之後，大顯大貴，落在那一個犬子身上？」

容百宜和楊子兵兩人，仔細地端詳著李恩業的六個兒子，但是他們卻並沒有說什麼，李恩業一再催促，他們才道：「相地是我們所長，相人卻非所長，反正李翁令郎之中，必有出人頭地者在，李翁大可放心。」

李恩業找到了佳穴，也了卻喪父之痛，這一席酒，吃得盡興而還，兩位堪輿師，也各自大醉，由家人扶著，回到了客房之中。

扶著楊子兵回去的一個僕役，正是日間曾經抬著軟兜上山的一個壯漢，那壯漢將楊子兵扶到了房中，絞了一把熱的手巾，讓楊子兵抹了臉，等到楊子兵酒略醒了一兩分時，那壯漢突然向著楊子兵跪了下來。

這一來，倒將楊子兵嚇了一跳，忙道：「咦，你這是幹什麼，快起來。」

那壯漢仍然跪在地上：「楊先生，小人有一事相求，務請先生答應。」

楊子兵帶著醉意，笑道：「我除了看風水，什麼也不會，沒有什麼可以幫你的。」

那壯漢道：「楊先生，日間你所說的那幅鯨吞地，東家不要，小可老父新喪，還未落葬，小可世代與人為僕，窮得連唾沫都是苦的，只想發一點財，求楊先生指點小人一二！」

這時候，楊子兵的酒像是醒了許多，他剔亮了燈，把燈移近跪在地上的那壯漢，仔細向他端詳了半天，才長嘆了一聲：「這真是天命了，你起來，起來！」

他一面說，一面扶著那壯漢站了起來：「那鯨吞地，朝葬夕發，但是落葬之際，不可有棺木，卻要赤葬，免阻財源，你連夜包著屍體，掘坑將死人葬下，不可聲張，也不可說是我教你的！」

那壯漢一聽，喜不自勝，又爬在地上，叩了三個頭，轉身要走。

他走到門口，又被楊子兵叫住：「你剛才有事求我，我也有事求你！」

那壯漢搔著頭：「楊先生，我有什麼可以幫你的？」

楊先生道：「不是我要你幫，你要記得今晚之事，異日你大富之後，莫忘善待我楊家的子孫！」

那壯漢傻愣愣地笑道：「我會大富？我只想自己不要再做別人奴僕就可以了！」

楊子兵揮手道：「你去吧，記得今天的話，就是感盛情了！」

那壯漢走了出去，來到了城牆腳下的一所破屋中，他父親的屍體，只用兩條草席蓋著，那壯漢帶了一柄鏟子，負著他父親的屍體，出城，上山，連夜將屍體葬在那個小山坪上。

這件事，除了他和楊子兵之外，可以說沒有第二個人知道。

李恩業在第二天，就請楊子兵和容百宜兩人，擇了吉日，就揀了那塊血地，隆而重之，將他的父親葬在那幅光禿的、血紅的、四周全是遭過雷擊的松樹的高坡之上，爲了要子孫大貴，他並不營墓將紅土蓋上，只是造了一圈石牆，將高坡圍住。

第二部：靠風水成了巨富

要見到陶啟泉，真不是容易的事。

陶啟泉是東南亞的第一豪富，擁有數不盡的產業，他每一天的收入，就是一個極大數字，他一直是人們口頭談話的資料，他也可以說是一個極其神秘的人物，有幾個美國記者，曾報導他的生活，說是任何一朝的帝王，生活都沒有陶啟泉那樣奢闊。

當我來到陶啟泉居住的那所大廈之前時，我深覺得，那幾個美國記者的話，一點也不誇張。

汽車迤邐地上了山，回頭望去，整個城市，有一大半已在眼底，汽車駛進了一重自動開關的鐵門，又駛進了一重同樣的鐵門，在眼前的，是一個極大的人工湖。

那人工湖的湖水清澈，湖的兩岸是山峰，山上有水衝進湖中，有一座九曲橋，通向湖中心，湖中心有一座亭子，清澈的湖水中，可以看到兩尺來長的金鯉魚在游來游去。

汽車沿湖駛著，我看到了一道清溪，向前流去，溪水不深，溪底全是五色的石卵，溪水一直通到一座古色古香的建築物之前，繞著那建築物打著圈，又流過一個大花園，然後流回人工湖中。

那所大宅的正門，有五六級石階，汽車就在石級前停了下來。

汽車一停，一個西服煌然、氣度非凡的中年人，便走下石級來，那位穿制服的司機，已經替我打開了車門，我走出了車子。

那中年人趨前，和我握手，我曾經和這個中年人見過幾次，他是一家銀行的董事長，是本市數一數二的銀行家，不知有多少人要仰他的鼻息。

但是，在陶啓泉的「行宮」中，他卻只能擔任迎接客人的職司，陶啓泉是如何財雄勢大，也於此可見一斑了！

我和他握著手：「楊董事長，好久不見！」

「好久不見！」楊董事長握著我的手：「陶先生正在等你啦！」

我和他一起走上了石階，踏進了大廳。

我一踏進大廳，便不禁呆了一呆，腳下織出整個十字軍東征故事的大幅波斯地毯，幾乎使我捨不得就此踏下去，要形容大廳中的華麗情形，實在是多餘的，它只能使人深深地吸著氣，張大了口，說不出話來。

楊董事長道：「請跟我來！」

我吁出了一口氣：「董事長，我和陶先生素不相識，也想不出我們之間，有什麼共通之點，他特地請人來邀請我與他會面，究竟是為了什麼？」

楊董事長笑了笑：「衛先生，老實說，我也不知道，我雖然掌握著一間實力雄厚的銀行，但是你一定知道，我只是他的下屬。」

我明白楊董事長所說的是實話，所以我也沒有說什麼。那所巨宅雖然是中國式的建築，但是裡面的一切設備，全是現代化的。

我跟著楊董事長，來到了一座雕花的桃木門之前，那扇門打了開來，裡面是一間極其舒適的小客廳，我和楊董事長，一起走了進去。

我剛要坐下，門又自動關上，我覺得那「小客廳」像是在向上昇去，我吃驚地望著，楊董事長道：「陶先生在三樓等你！」

原來那是昇降機，我卻將它當作小客廳了！

門再度打開，我和楊董事長走了出來，那又是一個大廳，它的一面，全是玻璃的，望出去，全市的美景，完全在眼底。

楊董事長帶著我，來到了另一扇門前，他剛站定，門就自動地移了開來，我也聽到了一陣「沙沙」的聲音，我定睛向前望去，又呆了一呆。

那是一間極大的房間，整間房間的面積，我一瞥眼看過後的估計，大約是五百平方公尺。

這間房間，我只能稱之爲「遊戲室」。因爲整間房間之中，搭著迂迴曲折電動跑車的軌道，一輛紅色的跑車，正在軌道上飛馳，在一張控制臺之前，坐著一個兩鬢已有白髮，但是卻精神奕奕的中年人，他正全神貫注地在控制著那輛跑車。

在那輛跑車轉了兩個急彎，又馳在直路上時，他鬆開了按住電掣的手，抬起頭來。

就算他剛才未曾抬起頭來，我也知道他是誰了。

他就是世界著名的豪富陶啓泉！

他並不是舊式的商人，而是一個受過高等教育的大企業家，他本身有著兩家著名大學的經濟學博士的銜頭，可以說是二十世紀中出類拔萃的人物之一。

他抬起頭來之後，站了起來，楊董事長忙趨前一步：「陶先生，客人來了！」

陶啓泉的樣子，極夠風度，像是他天生就是要別人奉承、聽他命令的那種人，他略揮了揮手，那個大銀行家的董事長立即退了開去。

他對我倒很客氣，走過來，和我握手：「衛斯理先生麼？久仰！久仰！」

我自然也客氣一番，在客套話說完了後，似乎沒有什麼可說的了，陶啓泉有點神經恍惚地指著玩具跑車的控制臺：「你對這東西有興趣麼？我們一起來玩玩？怎麼樣？」

我還沒有回答，他又發起議論來：「別看這只是玩具，其中也很有道理，應該快的時候快，應該慢的時候就要慢，不然，它就出軌翻車了！」

我耐心地聽著，雖然我的心中已經不耐煩。而我一直認爲掩飾自己內心的感情，是一件虛僞的事，所以，盡管在我面前的是陶啓泉那樣的大人物，我還是不客氣地道：「陶先生，你輾轉託了那麼多人，要和我見面，不見得就是爲了要和我玩電動跑車吧！」

陶啓泉愣了一愣，顯然，他不是很習慣於那樣的搶白，雖然我的話，其實已是客氣之極了。

我看到他搓了搓手，一時之間，像是不知該如何回答我才好，楊董事長在一旁，顯然想打圓場，但是他除了發出兩下乾笑聲之外，也不知該說什麼好。

當時的氣氛，多少有點尷尬，但是我仍然不出聲，陶啓泉這樣的大人物，忽然託了我的幾個朋友，表示要和我見面，那一定是有極其古怪的大事，我自然不願將時間浪費在電動跑車上。

我等了大約一分鐘，陶啓泉才毅然道：「自然，你說得對，我有話對你說。」

「請說！」我單刀直入地催促著。

陶啓泉又握著手，這是他心中爲難的一種表示，我不知道富甲一方的陶啓泉，心中究竟有什麼爲難的地方，而且，我這個與他可以說是毫無相干的人，他爲什麼又要來找我？

我心中在疑惑著，陶啓泉已道：「來，到我的書房中去坐坐，我們詳細談談！」

他一面說，一面已向前走去，房門是電子控制的，人走到門前，門就自動打開，我們三個人，踏著厚厚的地毯，又進了電梯，電梯昇到了頂層，經過了一個連頂都是玻璃的廳堂，那廳堂兼溫室，培植了至少一百種以上的各種各樣的蘭花。

然後，才進了陶啓泉的書房。書房的陳設，全是古典式的，我們在寬大的真皮沙發上坐了下來，然後，陶啓泉按下椅子靠手上的控制鈕，一輛由無線電控制的酒車，自動移了過來。

等到每人一杯在手之後，話匣子便容易打開了。自從出了遊戲室，一直緘默不開口的陶啓泉，忽然向我問了一句話：「衛先生，你相信風水麼？」

那句話，非但是突兀之極，而且，可以說是完全莫名其妙的。

不論我怎麼猜想，我也不會想到，陶啓泉和我談話的題目，會和「風水」有關，所以，一時之間，我還以為自己聽錯了。

我反問了一句：「你說什麼？」

「風水。」陶啓泉回答我。

我仍然不明白，心中充滿了疑惑，同時，也有多少好笑，我道：「為什麼你要這樣問我，你相信麼？」

陶啓泉卻並沒有回答我這個問題，他只是道：「衛先生，我知道你對一切稀奇古怪的事都有興趣，所以才請你來的。」

我有點諷刺地道：「和我來討論風水問題？」

陶啓泉略呆了一呆，出乎我意料之外，他在一呆之後，竟點頭承認道：「是的！」

我忙道：「陶先生，我怕你要失望了，雖然我對很多古怪荒誕的事都有濃厚的興趣，但是我認爲風水這件事，簡直已超出了古怪荒誕的範疇之內，也不在我的興趣和知識範圍之內！」

陶啓泉忙道：「別急，衛先生，我們先別討論風水是怎麼一回事，你先聽我講一件五十年前發生的，有關風水的事可好？」

我笑道：「陶先生，講故事給我聽，可不怎麼划算，因爲我會將它記下來，公開發表的。」

陶啓泉卻灑脫地道：「不要緊，你盡管發表好了，不過，請你在發表的時候，將真姓名改一改。」

陶啓泉既然那樣說，我倒也不好意思不聽聽他那五十年前的故事了。

而且，在陶啓泉未講之前，我也已經料到，他的故事，一定是和風水有關的。

我料得一點也不錯，陶啓泉講的故事是和風水有關的，那就是文首一開始記載的，李恩業、楊子兵、容百宜到山地中去找佳穴的事。

我盡了最大的耐心聽著，使我可以聽完那種神話般的傳說的另一個主要原因，是因爲沙發柔軟而舒適，佳釀香醇而美妙。

但是，當我聽完了陶啓泉的故事之後，我仍然忍不住不禮貌地大笑了起來。

陶啓泉吸了一口氣：「衛先生，別笑，我的故事還沒有講完。」

我笑著：「請繼續說下去。」

陶啓泉道：「我在剛才提到的那個連夜去求楊子兵指點的壯漢，他姓陶，就是我的父親。」

我直了直身子，奇怪地瞪著陶啓泉，我想笑，可是卻笑不出來了。

陶啓泉繼續道：「現在你明白了，葬在那幅鯨吞地中的，是我的祖父。」

我略呆了一呆，才道：「我明白了。」

陶啓泉再繼續道：「我父親葬了祖父之後不久，就和幾個人，一起飄洋過海，到了南洋，他先是在一個橡膠園中做苦工，後來又在錫礦中做過工，不到三年，他就成爲富翁了，他在南洋娶妻、生子，他只有我一個兒子，而在我學成之後，就繼承了他的事業，直到今天。」

我吸了一口氣道：「陶先生，你認爲令尊和你事業上的成功，全是因爲幾萬公里之外的一塊土地，葬著你祖父的骸骨所帶來的運氣？」

陶啓泉並沒有正面回答我這個問題，他只是道：「我父親在世時，曾對我講過當年的這件事，不下十次之多，所以我的印象，十分深刻！」

我卻不肯就此放過他，我又追著問道：「這件事，對你印象深刻是一回事，你是不是相信它又是一回事，你是不是相信它？」

陶啓泉在我的逼問之下，是非作出正面答覆不可的，他先望了我片刻，然後才道：「是的，我相信！」

我撳息了手中的煙，笑道：「陶先生，據我所知，你是受過高等教育的人！」

陶啓泉又在顧左右而言他了，他道：「這位楊董事長，就是名堪輿師楊子兵的侄子。」

我笑道：「對了，令尊曾答應過楊先生，照顧他的後代的。」

陶啓泉皺著眉：「你似乎完全不信風水這回事，但是你難道不認定，陶家能成爲巨富，是一個奇跡麼？」

我道：「是一個奇跡，但是這個奇跡是人創造出來，而不是什麼風水形成的。」

陶啓泉不出聲，楊董事長的臉上，更是一副不以爲然的神色，但是他卻沒有開口，顯然他在陶啓泉的面前很拘謹，不敢放言高論。

我又道：「如果說風水有靈，那麼，李恩業的兒子，應該出人頭地了，他是誰？我想如果他大顯大貴，我應該知道他的名字！」

我在那樣說的時候，是自以爲擊中了陶啓泉的要害的。陶啓泉的祖父，葬在那幅所謂「鯨吞地」上，使他發了家，那麼，李恩業的父親，葬在那幅煞氣極重的血地上，他也應該如願以償了！

如果李恩業的後代，根本沒有什麼顯貴人物，那麼，風水之說，自然也不攻自破了！

我在說完之後，有點得意洋洋地望定了陶啓泉，看他怎樣回答我。

陶啓泉的神情很嚴肅，他道：「當晚，上山勘地回來，李恩業曾將他六個兒子叫出來，問容百宜和楊子兵兩位先生，說是將應在何人身上，兩人都沒有回答，因爲那是天意，人所難知，後來，才知道是應在當時只有十二歲的那三兒子身上。」

「是麼？」我揚了揚眉：「他是誰？」

陶啓泉的聲音，變得十分低沉，他說出了一個人的名字來。

無論如何，我是無法將這個人的名字，在這裡照實寫出來的，當然，這個人其實也不姓李，因爲李恩業的姓名，也是早經轉換過的，我無法寫出這個人的真實姓名來，而且也無此必要，因爲他和整個故事，並沒有什麼關係。

那是一個人人皆知的名字，我敢說，一說出來，每一個人都必然會「哦」地一聲。

而當時，我也是一樣。我一聽得陶啓泉的口中，說出那個名字來，我立時震動了一下，張大了口，發出了「哦」地一聲來。

接著，書房之中，靜得出奇。

凡是對近代史稍有知識的人，都知道這個人，他豈止是大顯大貴而已，簡直就是貴不可言。

陶啓泉首先打破沉寂，他道：「你認爲怎麼樣，或許你會認爲是巧合？」

我苦笑了一下，我無法回答了。

陶啓泉說得對，我心中，真認爲那是巧合。

可是我可以認爲那是巧合，我卻沒有辦法可以說服陶啓泉也認爲那是巧合！

陶啓泉又道：「李家後來的發展，和我家恰好相反，本來是太平無事的縣城，突然兵亂頻頻，李家偌大的產業，煙消雲散，李家全家，幾乎全都死了。只有那第三個兒子，出人頭地，成了大人物，你知道，李恩業求子孫貴，真的貴了，可是貴在那種情形之下，只怕李恩業是絕對想不到的。」

我搖了搖頭，也感到造化著實有點捉弄人。

我又呆了片刻，才又道：「好了，以前的事已經說完了，現在又有了什麼變化？」

陶啓泉道：「你對這件事已多少有點興趣，那我們可以談下去了，我先給你看幾張照片。」

他拉開一個抽屜，取出了幾張放得很大的照片來，一張一張遞給我。

當他將照片遞給我的時候，他逐張說明，道：「這就是那幅鯨吞地，你看風景多美；這一幅，就是那塊血地，四周圍雷殛的松樹全在，可惜當時沒有彩色攝影，不然，你會看到，那土崗子是朱紅色的。」

我只是草草地在看著那些照片，老實說，陶啓泉的那個故事，雖然活龍活現，但是要我相信，上一代的屍體埋葬的地方，會影響下一代的命運，這還是一件絕無可能的事情。

我只是略爲地看著那些照片，對照片上的風景，隨便稱贊幾句，就將照片還給了陶啓泉。

自然，我知道陶啓泉請我來，不會只是講故事給我聽，和我看照片那麼簡單，我料到，他一定還有什麼事情求我的。

而且，我已下了決心，陶啓泉要求我做的事，如果和荒謬可笑的風水有關係的話，那麼我一定會不顧他的難堪，而予以一口回絕。

第三部：荒誕的要求

果然，陶啓泉在收回了那些照片之後，向我笑了一下，搓著手：「衛先生，你一定在奇怪，我為什麼要請你來與我會面？」

我點頭道：「正是，如果你有什麼事，請你直截了當地說，我喜歡痛痛快快，不喜歡和人家猜謎！」

陶啓泉道：「好，衛先生，我準備請你，到我的家鄉去走一遭，代我做一件事。」

我皺起了眉，陶啓泉竟提出了這樣的一個要求來，這實在是出乎我的意料之外的。他的家鄉，自然是那個政權統治之下的地區，他的一個同鄉，就是李恩業的第三個兒子，也就是那個政權的重要人物。

他為什麼需要有人回家鄉去呢？難道是他想和對方有所合作？

但是，那是不可能的，就算他有意和對方合作(那自然是世界矚目的大新聞)，我也絕不是被他派去作溝通的適當人選，他的手下，有的是各種各樣的人才，又何需我去安排？

這正使我莫名其妙，我皺著眉，一時之間，猜不透他的心意。

陶啓泉已急忙地道：「請不要誤會，我派你去，完全是為了私人的事，私人的事！」

陶啓泉一再聲明是「私人的事」，雖然消除了我心中的一部分疑惑，但是我仍然不明白，我道：「陶先生，在你的手下，有著各種各樣的人才，如果你有重要的私事，你爲什麼不派他們去辦？」

陶啓泉道：「我需要一個和我完全沒有關係的人，我絕不想對方知道我派人回家鄉，因爲我要進行的事，是極度秘密的。」

我又問：「那麼，你爲什麼選中了我？」

陶啓泉望著我，他的眼光中，有一股懾服人的力量，凡是成功的大企業家，都有那種眼光，那使得他們容易說服別人去做本來不願意做的事。

然後，他道：「衛先生，我聽說過你很多的傳說，也知道你有足夠的機智，可以應付一切變化，而且你會說很多種方言，連我家鄉的方言，你也說得很好！」

我攤著手：「那簡直是開玩笑的了，你應該知道，你的家鄉現在是在一個什麼樣的政權的恐怖統治之下，一個陌生人出現在那地方，只怕不消五分鐘，民兵就把我當作特務抓起來了！」

陶啓泉道：「所以我要派一個有足夠機警的人去，而且這個人要會自己負責，就算出了事，我也無能爲力，而且也不打算出力，你知道，那是根本無可援救的，一切要靠你了！」

我笑著：「陶先生，我根本不準備答應你的要求，我——」

陶啓泉忽然打斷了我的話頭：「我可以說是向你要求，但是也可以說是委託你去進行，只要你辦到了我要你做的事，你可以提出任何要求，你可以要我在南太平洋的一個島嶼，或者可以要我在香港的一家銀行，隨便你選擇，這樣的報酬，你認爲滿意麼？」

南太平洋的一個小島，或是香港的一家銀行，這樣的報酬，對於任何人來說，都是一種極大的誘惑，可是我卻仍然搖著頭。

我知道如果我到他的家鄉去，最可能的下場，是被當作特務抓起來，而且，被送到冬天氣溫低到零下四十度的地方去做苦工。我不是「超人」，我能夠逃得出來到我那「南太平洋小島」上曬太陽的機會，微乎其微，幾乎不存在！

我道：「很對不起，陶先生，你派別人去吧，只要有半間銀行就會有上千人願意去了！」

陶啓泉苦笑了一下：「困難就在這裡，有上千的人願意去，但是我卻不要他們，我需要一個像你那樣的人，才能完成任務！」

我有點兒玩笑地道：「你不是需要一個像我那樣的人，你應該有一個神仙，或者超人，再不然，哪吒也可以！」

陶啓泉畢竟是一個大人物，他在日常生活中，是絕不可能有人那樣揶揄他的，所以他感到不能容忍了，他有點發怒了：「衛先生，你可以拒絕我的要求，但是你不能取笑我！」

我看他說得十分認真，我也知道，我們的會見，應該到此結束了！

我站了起來，也收起了笑容：「真對不起，陶先生，請原諒我，我是一個隨便慣了的人，我想你一定很忙，我告辭了！」

陶啓泉「哼」地一聲：「楊董事長，請你送衛先生出去！」

楊董事長雖然一直在書房中，但是他卻一直未曾出過聲，直到此際，他才答應了一聲：「是！」

我已向門口走去，楊董事長走在我的身邊，門自動打開，我經過寬敞的通道，來到了電梯前，直到進了電梯，楊董事長才嘆了一聲：「衛先生，你不知道，這是我第一次見他求人！」

我聳了聳肩，不置可否。

楊董事長又道：「他實在是需要你的幫忙，而你卻拒絕了他！」我道：「他有的是錢，有什麼做不到的？他只要肯出錢，他那位貴不可言的同鄉，也一樣會歡迎他的！」

楊董事長卻並沒有說什麼，只是苦笑著、嘆著氣，看著他那種一副憂心忡忡的樣子，我也感到好笑。

他送我離開了屋子，我仍然上了那輛名貴的大房車，到我上了車子，我才陡地想起，一聽到要到陶啓泉的家鄉去，我就一口回絕了他的要求，至於他要我去做什麼，我卻還不知道！

但是，在如今那樣的情形下，我當然不能再下車去向他問一問的了。

而且，就算我去問的話，陶啓泉也一定不肯回答我的，所以，我只好懷著疑問，離開了陶啓泉那幢宮殿一樣的華廈。

我在回到了家中之後，足足將我和陶啓泉會面的那件事，想了三天之久。

我在想，陶啓泉要我到他的家鄉去，究竟是做什麼事呢？從他花了那麼長的時間，和我談起風水與他家發跡有關的故事，我倒可以肯定，他要找我去的事，一定是和風水有關的。

但是，那實在是不可能的事，我不是風水先生，我的一切言行全是篤信科學的，我對一切有懷疑，但是那是基於科學觀點的懷疑，我甚至根本不相信世界上有所謂風水這回事，看來，陶啓泉在和我會面之前，曾詳細地搜集過我的資料，他不應該不知道這一點，那麼，他爲什麼要來找我呢？

這個問題，倒也困擾了我三天之久，因爲陶啓泉不是一個普通人，他一定有極重要的事要我做，所以我的好奇心實在十分強烈。

但是，三天之後，我卻不再想下去，因爲我知道我是想不出來的。

我將這件事完全忘記了。

大約是在我和陶啓泉見面之後的二十多天，那天，天下著雨，雨很密，我坐在陽臺上欣賞雨景，我聽到門鈴聲，然後，老蔡走來告訴我：「有一位陶先生來見你。」

我的朋友很多，有人來探我，也不是什麼奇怪的事情，我順口道：「請他上來。」

老蔡答應著離去，不一會又上來，我聽得有人叫我：「衛先生！」

到我家來找我的人，大都是熟朋友了，而熟朋友是絕不會叫我「衛先生」的，所以我驚詫地轉過頭來，但當我轉過頭來之後，我更驚訝了！

站在我身後的，竟然是陶啓泉！

這位連國家元首也不容易請得到的大富豪，竟然來到了我的家中！

在剎那間，我絕不是因爲有一個大富豪來到我家中而喜歡，我只是覺得奇怪，同時，我也立時想到，一定有十分重要的事，發生在他的身上，不然，他又怎麼會來到我這裡？

我站了起來：「陶先生，這真太意外了！」

陶啓泉並沒有說什麼，他只是拉了一張籐椅，坐了下來，我望著他，過了半晌，他才道：「只有六天了。」

我聽得莫名其妙，「只有六天了」這句話，又是什麼意思？

我仍然望著他，他又道：「第一件事已經應驗了，我一個在印尼的石油田，起了大火，專家看下來說，這個油田大火，一個月之內，無法救熄，而一個月之後，可能什麼也不剩下了！」

我仍然不明白他在說什麼，他在印尼的一個石油田失火了，那關我什麼事，他要特地走來講給我聽？

陶啓泉又道：「十分鐘前，我接到電報，一個一向和我合作得極好的某國的一個政要失了勢，新上臺的那位和我是死對頭，他可能沒收我在這個國家的全部財產！」

我皺著眉，望著那位大富豪，看著那種煩惱的樣子，我心中實在好笑。

一個人有得太多了，實在不是一件幸福的事，你給一個孩子一個蘋果，他會微笑，給他兩個，他會高興得叫起來，但是如果給他三個，他可能因爲只有兩隻手，拿不了三個蘋果，而急得哭起來。

我搖著頭：「對你來說，一個石油田焚燒光了，或是喪失了一個國家中的經濟勢力，實在是完全沒有損失的事情！」

陶啓泉直勾勾地望著我，看他的神情，像是中了邪一樣：「不，我知道，那只不過是先兆，我完了，要不了多久，我的一切都完了！」

我聽得他那樣說，也不禁吃了一驚。

因爲他說得十分認真，決不像是開玩笑，而且，他的手，還在微微發抖。

他感到他會「完了」，這實在是任何人聽到了都不免吃驚的事，他的事業王國是如此龐大，如何會在短期內「完了」的？

我著實想不通，幾件小小的打擊，何以會造成他內心的如此悲觀。事實上，一個人如果是如此受不起打擊，那樣容易悲觀失望的話，真難以想像，他是憑什麼能建立起那樣龐大的事業王國來的。

我望著陶啓泉，一時之間，我實在不知該說什麼才好，陶啓泉喃喃地道：「他們說得不錯，五十年，只有五十年，然後就完了！」

我更加莫名其妙，在那樣的情形下，我不得不問他道：「你說五十年，是什麼意思？」

陶啓泉的樣子，十分沮喪：「你還記得我告訴過你那兩位堪輿師麼？」

那兩個風水先生！

我不禁嘆了一聲，道：「記得，他們兩個人，一個叫楊子兵，一個叫容百宜，是不是？」

陶啓泉點頭道：「是的。」

我攤了攤手：「你在印尼的石油田著了火，和他們有什麼關係？」

我實在無法忍住不在言談中諷刺他，因爲我對於風水先生，已經感到厭倦了！

可是陶啓泉卻一本正經地道：「他們說得對，我父親在南洋，已成了富翁之後，曾特地回去，找他們兩人致謝，他們不避那時鄉間兵荒馬亂，又到我祖父墳地上，去仔細勘察過一次。」

我道：「嗯，那幅鯨吞地！」

他在那樣說的時候，絲毫也沒有慚愧的表示，那倒令得我有點不好意思再去諷刺他了。

他繼續道：「他們兩位，詳細勘查下來，都一致認爲，這幅鯨吞地，只有五十年的運，五十年之內，可以大發而特發，但是五十年之後，不論發得如何之甚，也會在短期內煙消雲散！」

我呆了一呆：「你剛才一進來時，說只有六天了，那意思就是說：『再有六天，就是五十年了？』」

陶啓泉道：「是，再有六天，就是整整五十年了，我的事業，已有了崩潰的先兆，我真不敢想像，五十年滿了之後會怎麼樣！」

他講到這裡，停了一停，然後才道：「衛先生，我是不能失敗的，萬萬不能，我要是失敗了，比本來就一無所有的人更慘！」

我感到又是可憐，又是可笑，他真是那樣篤信風水，以致他在講最後那幾句話時，他的聲音，竟在發顫，他以為他自己會就此完蛋了。

我攤了攤手：「陶先生，如果你真的那麼相信幾千里之外的一幅地，會對你的事業有那麼大的影響，那麼，你應該去請教風水先生，據我所知，你不外是花一些錢，一定有補救之法的……」

我本來還想說：「譬如在你的臥室中，掛一面凹進去的鏡子什麼的，」但是我看到他那種焦慮的樣子，覺得我如果再那樣說的話，未免太殘忍了一些，所以我就忍住了沒有說出來。

陶启泉道：「楊子兵和容百宜兩位，早就教過我父親，他們說，在五十年未到之前，一定得將我祖父的骸骨掘出來，那幅地只有五十年好運，在有人葬下去之後，五十年就變風水，由鯨吞地而轉成百敗地，將我祖父的骸骨起出來，那是唯一的辦法！」

我陡地站了起來，在那一剎間，我實在是一句話也說不出來。

過了好一會，我才氣惱地逼出了幾句話來：「陶先生，你上次與我見面，要我到你的家鄉去，原來是要我將你祖父的屍骸掘出來。」

陶启泉忙道：「是的，你肯答應了？」

我實忍不住了，我大聲地叱責著他：「你別做夢了，我決不會替你去做這種荒誕不經的事情！」

在聽到了我堅決的拒絕之後，陶啓泉像是一個被判了死刑的人一樣，呆呆地坐著。

我並不感到我的拒絕有什麼不對，但是我感到我的態度，可能太過分了一些，所以我道：「我不肯去，並不要緊，你可以找別人去！」

陶啓泉低下了頭，半晌才道：「我前後已派過三個人去，有兩個被抓起來了，音訊全無，最早派去的一個，在我第一次和你見面的前一天，才逃出來。」

我道：「他沒有完成任務？只要到那地方，完成任務，有什麼困難？」

陶啓泉苦笑著：「你把事情看得太容易了，那逃出來的人說，在我祖父的墳地上，有上連的軍隊駐著，連上山的路上，也全是兵！」

我呆了半晌，笑道：「那是為了什麼？這種事，聽來像是天方夜譚！」

陶啓泉道：「一點也不值得奇怪，他們要向亞洲整個地區擴展經濟勢力，但是他們所遇到的最強的對手是我，他們要看到我失敗，我失敗了，他們才能成功，他們一定也知道了那幅地在五十年後轉風水的事，所以，他們不讓我祖父的屍體出土！」

聽到這裡，我實在忍不住了！

我大笑了起來，我笑得前仰後合，笑得連眼淚都迸了出來。然後，我坐在椅上，不住地喘氣，那實在是太好笑了，陶啓泉竟煞有介事地講出了那樣的話來！

陶启泉又氣又怒地望著我，頻頻說道：「你別笑，你別笑！」

我如果不是要緩緩氣，一定仍然會繼續不斷地笑下去，我大聲道：「陶先生，你別忘了，他們是唯物論者，唯物論者也會相信風水可以令你失敗麼？」

陶启泉搖頭道：「那一點不值得奇怪，他們也是中國人，凡是中國人，都不能逃脫風水的相信，都相信因果循環，連他們至高無上的領袖，不是也因爲一個兒子死了，一個兒子發了瘋，而說過『始作俑者，其無後乎』的話麼？而且，權勢薰天的那一位，若不是他祖上占了那塊血地，他也不會發跡！」

陶启泉說得那麼認真，我本來又想笑了起來的，可是突然之間，我卻並不感到這件事有什麼可笑了，我感到這件事極其嚴重。

陶启泉有著龐大的事業，深厚廣大的經濟基礎，他如果「完了」，那麼，對整個亞洲的經濟，甚至全世界的經濟，都有極其深厚的影響，當然，那是壞的影響。

尤其，當他失敗之後，對方趁機崛起的話，那麼，影響將更加深遠，這一種風水問題，可以牽涉到整個亞洲的政治，經濟的變亂！

我的神情，那時一定十分嚴肅，我望著陶启泉，陶启泉是篤信風水的，那應該沒有疑問，不然，他的神經，不可能緊張到像是已處在崩潰的邊緣。

而對方如果知道這一點的話，那就可以利用這一點，來對他進攻！

陶啓泉主持著龐大的事業，只要他個人一垮下來，要他主持下來的事業，逐漸煙消雲散，那並不是什麼困難的事，我現在願意相信有一連正式軍隊和大量民兵守衛著他祖父墳地這件事了！

因爲，只要到了五十周年，陶啓泉祖父的骸骨，仍然在那幅地中的話，陶啓泉一定精神崩潰，對方就有了一個極好的機會！

我想將我想到的一切對陶啓泉講一講，但是我看出陶啓泉是那種固執到了無可理喻的人，不論我怎樣說，他都是不會相信的。

我在剎那之間，改變了主意，我一本正經地道：「好了，陶先生，事情既然那麼嚴重，那麼，我就替你去走一遭，我想你應該對我有信心，就算對方有一師人守著，我也可以完成任務的！」

陶啓泉在剎那間，那種感激涕零的情形，實在是不容易使人忘記的。

他緊緊握住了我的手，連聲道：「太好了，那實在是太好了，你替我辦成了這件事，不率你要什麼報酬，我都可以給你！」

我笑著：「那等到了事情完成了再說，我想，還有六天，便是整五十年，時間還很充裕，我決定明天啓程，你千萬別對任何人說！」

陶啓泉忙道：「自然，我到你這裡來看你，是我自己來的，連司機也不用。」

我又道：「你別對任何人提起，最親信的也不能提！」

我之所以再叮囑，要他保守秘密，是我懷疑，在他身邊的親信人物之中，一定有已經受了對方收買的人在內，不然，對方不可能知道他是如此篤信風水，不可能找到他的弱點的。

陶啓泉千恩萬謝地離去，而我的心中，卻只是感到好笑，以致他一走之後，又忍不住笑了起來。

誰如果真的準備到他的家鄉去掘死人骨頭，那才是真的見鬼啦！

當然，我剛才是答應了陶啓泉，但是那種答應，自然是一種欺騙。而且，我這時，一點也沒有騙了人，有所不安的感覺。

試想想，陶啓泉會被「風水」這種無聊的東西騙倒，我再騙騙他，算是什麼呢？

雖然我是在騙他，但是事實上，我一樣是在挽救他，當他以爲他祖父的骸骨，真的已被我自那幅見鬼的「鯨吞地」中掘出來了之後，他就不會再那樣神經緊張了。如果他的神經不再那麼緊張，那麼像什麼石油田的起火、一個小國的政變，對他來說，簡直全是微不足道的打擊，他根本不會放在心上！

我所要做的，只是從明天起，我改換裝束，告訴一些朋友，我要出遠門，然後，找一個地方躲起來，躲上六天，就可以了。

我之所以還要作狀一番，是我考慮到，陶啓泉可能會對我作暗中調查，調查我是否離開，我總不能兒戲到就在家中不出去就算的。

當他以爲我真的離開之後，他就會安心了，然後，當第六天過後，我就會再出現，我會繪聲繪影，向他告訴此行的結果，務使他滿意，相信爲止，那對我來說，簡直是容易之極的事情。

所以，當晚我根本不再考慮陶啓泉的事情，我只是在想，這六天，我該到什麼地方去消磨呢？自然，我要找一個冷僻一些的地方，不能讓太多的人見到我，要不然就不妙了。

我很快就有了決定，我決定到一個小湖邊去釣魚，那小湖的風景很優美，也有幾家不是在旅遊季節，幾乎無人光顧的旅店。

到那裡去住上五六天，遠避城市的塵囂，又可以爲陶啓泉「做一件大事」，那真是再好不過了！

當我想到了這一點時，我又禁不住笑了起來。

當晚，我整理的行裝，完全是爲了適合到小湖邊去釣魚用的，我詳細地檢查著我的一副已很久沒有使用的釣魚工具，全部放在一只皮箱中。

我習慣在深夜才睡覺，由於我已決定了用我自己的方法，來應付陶啓泉的要求，所以，陶啓泉的拜訪，並沒有影響我的生活。

當我在燈下看書的時候，電話忽然響了起來，我拿起了電話，聽到了一個含混不清的聲音：「是衞斯理先生麼？」

我最不喜歡這種故作神秘的聲音，所以當時，我已經有點不耐煩，我道：「是！你是誰？」

那人卻並不回答我的問題，他只是道：「爲你自己著想，你最好現在和我見一次面。」

那種帶著威脅性的話，更引起我極度的反感，我立時冷笑著：「對不起，我沒有你那麼有空！」

我不等對方再有什麼反應，便立時放下了電話。可是，隔了不到半分鐘，電話又再次響了起來。我有點氣憤了，一拿起電話來，就大聲道：「我已經說過了，我根本不想和你那種人會面！」

那人卻道：「事實上，你根本不知道我是那一種人！」

我略呆了一呆，那傢伙說得對，事實上，我根本不知道他是什麼人！

第四部分：進入瘋狂地域

我冷冷地道：「那麼，我再問你一次，你是誰？」

然而，那家伙卻仍然沒有回答我的問題，他只是道：「衛先生，我知道你明天要有遠行，是爲一個人去做一件事情的。」

我本來，又已經要順手放下電話來的了，可是一聽得對方那樣講，我就陡地呆了一呆！

我要遠行，我要去爲一個人做一件事情，這樁事，可以說除了我和陶啓泉之外，決計沒有第三個人知道的！我曾與陶啓泉叮囑過，叫他千萬別向人提起，看陶啓泉對這件事，看得如此嚴重，他也決不會貿然向人提起來的，那麼，這個人是怎麼知道的呢？

我和陶啓泉分手，只不過幾小時，爲什麼已有人知道這件事了呢？

我呆住了不出聲，對方也不出聲，過了好久，我才道：「你知道了，那又怎麼樣？」

對方道：「還是那句話，衛先生，爲你自己著想，你最好和我見一次面。」

我冷笑：「這算是威脅麼？我看不出在這件事上，有什麼人可以威脅我！」

那人道：「旁人自然不能，但是我能夠，衛先生，你要去的地方，正是派我到這裡來工作的地方！」

那人的話，說得實在是再明白也沒有了！

而在那一剎間，我整個人都幾乎跳了起來。這件事不但傳了出去，而且連對方的特務也知道了，這實在是不可能的事。

那人道：「怎麼樣，請你來一次，請相信，完全是善意的會面。」

我考慮了一下，這件事，既然讓對方的人知道了，看來，我不去和那傢伙會面，是不行的。雖然，對方仍然沒有什麼地方可以要脅我的，但是，卻對我的計劃，有著致命的打擊！

我本來是根本不準備去的，只要可以瞞得過陶啓泉就行了！

然而，在對方已經知道了我答應過陶啓泉之後，我已無法瞞得過陶啓泉了，當我想欺騙陶啓泉的時候，對方一定會提出大量的反證，證明我根本不曾到過他的家鄉！

能騙得過陶啓泉而騙他，是一回事，根本騙不過他，還要去騙他，那是完全不同的一回事！

該死的，他媽的陶啓泉，竟將我要他別告訴人的消息，洩漏了出去，我猜想得不錯，在陶啓泉的身邊，一定有已受對方收買的人。

我頓了好久，對方有耐心地等著我，直到我又出聲，道：「好，我們在哪裡見面？」

那人道：「你知道玉蘭夜總會？」

我幾乎叫了起來：「在夜總會，那種吵鬧不堪的地方？」

那人笑了起來：「在那種地方最好，正因爲吵，所以就算你提高了聲音來說話，也不會被旁人聽到，我們半小時之後見。」

我道：「你是什麼樣的，我不認識你！」

「別擔心這個。」那人說：「我認識你就行了。」他已掛斷了電話，我慢慢地放下電話，換了衣服，駕車出門。

當我走進玉蘭夜總會的時候，一個皮膚已經起皺、粉也掩不住的中年婦人，正在臺上嗲聲嗲氣地唱著歌，真叫人反胃。

我在門口站著，一個侍者，向我走了過來，問道：「衛先生？」

我點了點頭，那侍者向一個角落指了指：「你的朋友早來了，在那邊。」

我循著侍者所指，向前望去，只見在一張小圓桌旁，有一個人，站了起來，向我招著手。

在夜總會的燈光下，我自然無法看清他是什麼樣的一個人，我只可以看到，他的個子相當高，我向他走了過去，來到了他的面前，我不禁愣然。

他不能說是我的熟人，但是這次見面，倒至少是第五次了，這個人，可以說是一個報人，他的筆鋒很銳利，文采斐然，盡管由於觀點的不同，但是他的文章，倒也是屬於可以令人欣賞的那一類。

真想不到，今天約我來與他見面的會是他，這種行動，在他們這一行來說，叫作「暴露身份」，那是犯大忌的，所以我才感到驚愕！

那人——我姑且稱他為孟先生——顯然也看出了我的驚愕！他道：「怎樣，想不到吧！」

我坐了下來，他也坐下，我第一句話，就老實不客氣地道：「你為什麼向我暴露身份？」

孟先生笑了笑：「第一、上頭認為由我來和你見面，可以談得融洽些，因為我們以前曾見過，而且，大家都是知識分子；第二、我過兩天就要調回去了，短期內不會再出來，也就無所謂暴露不暴露了。」

我「哼」地一聲：「原來是那樣，請問，有什麼事，爽快地說！」

孟先生一本正經地道：「其實，我見你，只有一句話：不要到陶啓泉的家鄉去！」

我這時，實在忍不住了，我「哈哈」地大笑起來，我笑得十分大聲，以致很多人都向我望了過來，可是我仍然不加理會。

孟先生多少有點狼狽，他忙道：「你笑什麼？」

我道：「怎麼不好笑，你怕什麼？你怕我去了，你們會鬥不過陶啓泉？你們也相信風水？」

孟先生也笑了起來：「我們是唯物論者！」

我道：「那你爲什麼叫我別去！」孟先生道：「不妨坦白對你說，我們要打擊陶啓泉，在各方面打擊他，他篤信風水，我們就在這方面，令他精神緊張，無法處理龐大的業務！」

我道：「我也坦白地告訴你，本來我就沒準備去，我只是騙陶啓泉，說我要去，好令得他安心一些！」

孟先生以爲他的任務已完成了，所以立時笑了起來。

但是，我立即又道：「可是，現在，我卻已有了不同的打算了！」

孟先生的笑容立時凝住了：「你這樣說法，究竟是什麼意思？」

我已經可以知道，陶啓泉和我的談話，對方幾乎是全部知曉了的，是以我也不必再遮遮掩掩，我直率地道：「那你還不明白麼？本來，我根本不準備到什麼地方去，我只準備躲起來，騙陶啓泉說我已照他的請求去做，令他可以安心，但是現在，這個把戲，顯然是玩不成了！」

孟先生的臉色，變得十分難看。

我繼續道：「你們一定要使陶啓泉信心消失，自然會盡一切力量，來揭穿我的謊言的，是不是？」

孟先生的神情，變得更加難看。

我又道：「現在你明白了，如果你不約我和你見面，我絕不會到陶啓泉的家鄉去，但是既然和你會了面，我就變得非去不可了。」

孟先生的臉色鐵青：「你別和自己開玩笑，你只要一進去，立時就會被捕，然後，你這個人，可能永遠消失！」

我深深地吸了一口氣道：「是的，我知道，可是我仍然要試一試！」

孟先生俯過頭來，狠狠地道：「當你被逮捕之後，我會親自主持審問，到時，你就後悔莫及了！」

我冷冷地回答他：「孟先生，你的口水，噴在我的臉上了！」

我的話比打了他一拳還令得他憤怒，他的身子猛地向後仰，我又道：「還有一點，你是不是能親自審問我，只怕還有問題，因為整件事是被你自作聰明約我見面弄糟了的，我看，我還有逃脫審判的可能，你是萬萬逃不脫的了！」

孟先生怒極了，他霍地站了起來，厲聲道：「你既然不識抬舉，那就等著後悔好了！」

夜總會的聲音，雖然吵得可以，然而，孟先生的呼喝聲實在太大了，是以也引得不少人一起向他望了過來，而我也在這時站了起來。

我甚至懶得向他說再見，我一站起之後，轉過身，便走了出去。

當我出了夜總會之後，夜風一吹，我略停了一停，爲了怕孟先生再追出來，是以我迅速地轉進了夜總會旁的一條巷子之中。

我在穿出了那條巷子之後，到了對街，截住了街車，回到了家中。

我回到家中之後，獨自呆坐著，我的心中十分亂，我對孟先生說我一定要去，事實上，除非我做一個爽約的人，否則，我既然已經答應了陶啓泉，而又不能騙過他時，自然非去不可，但是，正如孟先生所說，我可能只踏進一步，就被逮捕了！

我雙手交握著，想了又想，直到夜深了，我才站了起來，我找出了幾件十分殘舊的衣服換上，然後，又肯定了我的屋子周圍沒有人監視，我就離開了我的住所。

我知道，孟先生遲早會派人來對我的住所進行監視，他既然能約我會面，自然對我的爲人，早有了相當的了解，那麼，自然也可以知道，我說要去，不是說說，是真的要去。他爲了對付我，自然也要偵悉我的行動，我的住所被他派來的人監視，自然是意料中的事了！

趁孟先生以爲我不會那麼快離開之際，我突然離開，自然是一個好辦法。

我在寂靜的街道上快步走著，等天天色將明時，我來到了碼頭旁邊。

城市中大部分人，可能還全在睡夢之中，但是碼頭旁邊，卻已熱鬧得很了。

碼頭旁燈火通明，搬運伕忙碌地自木船上，將一箱又一箱，各種各樣的貨物搬下來。

我繼續向前走著，走進了一條陋巷，我知道在那條陋巷中，有兩家多半是在十八世紀時就開張的小旅店，那種小旅店，是窮苦的搬運伕的棲身之所，我走進了其中的一家，攔住了一個伙計，道：「有房間麼？」

那伙計連望也不望我一眼：「一元一天，你可以睡到下午五時。」

我給了那伙計五元錢，道：「我要睡五天！」

也許是這地方，很少人一出手就用五元錢的鈔票，是以那伙計居然抬頭，向我看了一眼，然後道：「到三樓去，向左拐，第二個門。」

我點了點頭，向陰暗的樓梯走去，原本蹲在樓梯口的兩個女人，站了起來，向我擠眉弄眼地笑著，我自然知道她們是什麼人，我連望也不敢向她們多望一眼，就奔上了咯吱咯吱響的樓梯。

我找到了我租的「房間」，其實，那只是一張板床，和一條不到一尺寬的被而已。我在那板床上躺了下來，忍受著那股自四面八方湧來，幾乎令人要窒息過去的難以忍受的臭味。

我沒有別的辦法，我知道，孟先生在這裡勢力龐大，手下有著完善的特務網。

爲了要他相信，我已離開了家，已經動身前往陶啓泉的家鄉，所以我必須躲起來。

一發覺我已離開，孟先生一定大爲緊張，會到處搜尋我的下落，會加強警戒，會在全市找尋我，但是不論他怎樣，他總不會想，我會躲在這家污穢的小旅館中，讓他去焦急三天再說好了！

不錯，我準備在這小旅館中住上三天，然後再想前去的辦法。

我想到孟先生焦急的樣子，想到他發怒的樣子，那種古怪的臭味也變得好聞了，我居然睡了一覺，然後，又被各種各樣的聲音吵醒。

我仍然養著神，到中午才出去吃了一點東西，然後再回來。

我剛進這家旅館的時候，在外表上看起來，或者還不是十分像碼頭上的流浪者。但是在那樣的旅館中住了三天之後，我看來已沒有什麼不同了，我不但神情憔悴，而且也已不覺得那家小旅館有什麼臭味，因爲我自己的身上，也已散發著同樣的臭味了。

在這三天之中，我曾仔細觀察過碼頭上各種船隻上貨落貨的情形，我也定下了方法。

第三天，天亮之前，細雨濛濛，我離開了旅館，住這種簡陋的小旅館有一個好處，那就是不論你在什麼時候出去，絕不會有人理你的。

我出了旅館，來到了碼頭上，然後，趁人不覺，跳到了停成一排的小舢舨上。走過了幾艘舢舨，我攀上了一艘木頭船。

船上的人全在睡覺，那是一艘運載香蕉的船，我看到它載運的香蕉，到午夜才卸完貨，船員都已經疲憊不堪了，而這艘船，在天亮就會駛走。

我到了船上，立即鑽進了貨艙中，揀了一個角落，拉了一大綑破麻袋，遮住了我的身子，躲了起來。

貨艙中是那麼悶熱，我躲了不到十分鐘，全身都已被汗濕透了，幸而我早有準備，我帶了一大壺水，和一些乾糧，我估計船要航行一天才能靠岸，在那一天中，我需要水更甚於需要食物。

我縮在貨艙的一角，不多久，我就聽得甲板上有人走動聲，接著，船上的人可能全醒來了，突然間，機器聲響了起來，達達達地，震耳欲聾。

我感到船身在震動，這種船，早已超過它應該退休的年齡不知多少年了，雖然我知道航程很短，但是我也著實擔心它是不是能駛得回去。

我略伸了伸身子，這時我只希望船快點開始航行，我倒並不擔心我會被人發現，因爲我知道，不會有人到一個已被搬空了的貨艙來的。而且，從來只有人躲在船中逃出來，像我那樣，躲在船中混進去的人，可能還是有史以來的第一個哩！

船終於航行了，由於貨艙幾乎是封密的，所以一樣是那麼悶熱。

我打開壺蓋，喝著水，然後，盡可能使我自己進入休息狀態。

但是在那樣的環境下，實在是沒有法子睡得著的，比起來，那污穢、臭氣衝天的小旅館，簡直是天堂了。

我默默地數著時間，我從貨船蓋上的隙縫中望著那一格條一格條的天空，希望判斷出時間來。我作各種各樣的幻想，來打發時間，那可能是我一生以來最難捱的一天了。

好不容易，等到了貨艙之中，已變成了一片漆黑，什麼也看不到，我可以肯定天色已黑下來時，我知道船已快靠岸了。

因為我聽到了許多嘈雜已極的聲音，而船的速度，也在迅速減慢下來，我長長地吁一口氣，第一步，總算是成功的，接下來，該是如何想辦法上岸了！我聽得船停定之後，有許多人在叫喊著，接著，船身一陣動搖，好像是有許多人，來到了船上，接著，倒是一個因為叫喊過多而嘶啞了的聲音，叫道：「讓我們一起來學習！」

有一個人道：「我們才泊岸，還有很多事要做！」

那人的話才一出口，就有好幾十人，一起憤怒地叫了起來，其中有一個人叫得最響：「他竟敢反對學習，將他抓起來，抓回去審問，他一定是反動分子！」

接著，便是紛爭聲、腳步聲，還有那個剛才講還有事要做的人的尖叫聲。

可是那人的尖叫聲，已在漸漸遠去，顯然他已落了下風，被人抓下船去了。

接著，便有人帶頭叫道：「最高指示：我們要——」

那個人叫著，其餘的人就跟著喃喃地唸著，那種情形，使我聯想到一批不願出家的和尙在念經。

那種嘈嚷聲，足足持續了半小時有多，才聽得一陣腳步聲，很多人下船去，有一個人問道：「我們的那個船員，他……」

那人的話還沒有講完，立即就有一個尖銳的聲音道：「他是反動分子，你爲什麼對反動分子那麼關心？」

那人道：「我是船長，如果我的船員有問題，要向上級報告的！」

那尖銳的聲音(顯然是一個女孩子)叫道：「國家大事都交給了我們，我們會教育他，審問他！」

接著，又是許多人一起叫嚷了起來，我爬上了破麻袋包，仰起頭，自船艙蓋的隙縫中向外望去，只見許多十五六歲的少年，衣衫破爛，手臂上都纏著一個紅布臂章，手上搖著袖珍開本的書，在吶喊著，船員卻縮在一角，一聲不敢出。

那群少年人吶喊了一陣子，才帶著勝利的姿態，搖著手臂，叫嚷著，跳到了另一艘船上，我看到船員也陸續上了岸。

我又等了一會，慢慢地頂起一塊艙板來，看看甲板上沒有人，我撐著身子，到了甲板上。一到了甲板上，我迅速地上了另一艘船，然後，又經過了幾艘船，到了岸上。

岸上一樣全是同樣的少年人。有兩個少年人，提著石灰水，在地上寫著標語，碼頭附近，全是成群結隊的人，全是年輕人。他們將一張一張的紙，貼在所有可以貼上去的地方，同時，振臂高呼著。他們將許多招牌拆下來，用力踏著。

他們的精力看來是無窮的，好像有一股魔法在牽制著他們，將他們的精力，完全發洩在叫嚷和破壞上。

我自然知道這是怎麼一回事，全世界都知道。

但是，從報紙的報導上知道這回事，和自己親眼見到，親身置身其間，卻是完全不同的。

我在岸上略站了一會，就向前走去，我才走出了不遠，就聽到一陣吶喊聲，自遠而近，伴隨著卡車聲，傳了過來。

原來在碼頭邊上吶喊、塗寫的那些年青人，都呆了一呆，接著，就有人叫道：「地總的反動分子來了！」

隨著有人叫嚷，所有的人都叫了起來，聚集在一起，卡車聲越來越近，我看到三輛卡車，疾駛而來。

駕駛卡車的人，若不是瘋了，也是一個嗜殺狂者，因爲他明明可以看到前面有那麼多人，可是，三輛卡車，還是以極高的速度，向前衝了過來，而那些聚集在一起的年輕人，也全當那三輛卡車是紙紮一樣，他們不顧一切地衝了上去。

我退到牆腳下，我實在無法相信我所看到的事實，無法相信在人間竟會有那樣的事！卡車撞了過來，至少有十七八個年輕人，有男有女，被車撞倒，有幾個根本已捲進了卡車底下，受傷的人在地上打滾，血肉模糊。

可是根本沒有人理會受傷的人，卡車上的人跳了下來，原來在地上的人攀了上去，在他們的手中，握著各種各樣的武器，從尖刀到木棍，而更多的是赤手空拳，我看到最早攀上卡車去的是兩個女青年，她們一上了車，立時被車上的人揪住了頭髮，將她們的頭扯得向後直仰，於是，七八條粗大的木棍，如雨打下，擊在她們的胸前和臉上。

鮮血自她們臉上每一個部分迸出來。我估計這兩個女青年，是立時死去的。

但是，還是有不知多少人，爬上卡車去，卡車已經停了下來，三個駕駛卡車的人，也都被人扯了下來，混戰開始，呼喝聲驚天動地。

我始終靠牆站著，離他們只不過十來步，我真有點不明白，這兩幫人在混戰，是根據什麼來判別敵人和自己人的，因爲他們看來是完全一樣的，全是那麼年輕，那樣不顧一切，而且，他們叫嚷的，也是同一的口號。

但是他們相互之間，顯然能分別出誰是同類，誰是異己，這樣瘋狂的大搏鬥，那樣的血肉橫飛，那不但是我一生之中，從來也沒有見過的，而且，不論我的想像有多麼豐富，我都無法在事前想像得出來。

我並不是想觀看下去，而是我實在驚得呆住了，我變得無法離開。

我呆立著，突然之間，一個血流披面的年輕人，向我奔了過來，他已經傷得相當重，他的手中仍然握著那本小冊子，他向我直衝了過來，在他的身後，有三個人跟著，每一個人的手中，都握著粗大的木棒子，在奔逃的青年人雖然已受了傷，但是粗大的木棒子，仍然向他毫不留情地掃了過來。

「砰」地一聲響，三根木棒子中的一根，擊中了那年青人的背部，那年青人僕地倒了下來，正倒在我的腳下，他在倒下來之際，仍然在叫道：「萬歲！」

我實在無法袖手旁觀了，我踏前一步，就在我想將那個年輕人扶起來之際，三條木棍子，又呼嘯著，向我砸了下來。

我連忙一伸手，托住了最先落下來的一根，使其他兩根砸在那根之上，然後，我用力向前一送，將那三個人，推得一起向後跌出了一步。

不必我再去對付那三個人，因爲另外有五六個湧了上來，那三個人才一退，便被那五六個人，襲擊得倒在地上打滾了！

我用力拉起了倒在地上的那年輕人，拉著他向前便奔，那年輕人聲嘶力竭地叫道：「我不要做逃兵，我要參加戰鬥！」

我厲聲道：「再打下去，你要死了！」

那年輕人振臂高叫道：「一不怕苦，二不怕死！」

那時，我已將那年輕人拖進了一條巷子之中，聽得他那樣叫嚷著，我真是又好氣又好笑，我用力推了他一下：「好，那你去死吧！」

這年輕人倒不是叫叫就算的，他被我推得跌出了一步，立時又向前奔了出去，照他的傷勢來看，他只要一衝出去，實在是非死不可的了！

我想去拉他回來，可是我還未曾打定主意，就看到那年輕人的身子，陡地向前一撲，跌倒在地，接著，滾了兩滾，就不動了！

我真以爲他已死了，但是當我來到他面前的時候，卻發覺他只是昏了過去。

我連忙又將他拉了起來，將他的手臂拉向前，負在我的肩上。

我負著他，迅速出了巷子，才一出巷子，就有幾個工人模樣的人，走了過來，我忙問道：「最近的醫院在什麼地方，這人受了傷！」

那幾個工人望了我一眼，像是完全沒有看到我負著一個受傷的人一樣，他們繼續向前走去，我呆了一呆，其中的一個才道：「你還是少管閒事吧！」

我忙道：「這人受了傷，你們看不到麼？」

那工人道：「每天有幾百個人受傷，幾百個人打死，誰管得了那麼多？」

另一個插嘴道：「你將他送到醫院去也沒有用，有一家醫院，收留了十九個受傷的人，就被另一幫人打了進去，將那十幾個人打死，連醫生也被抓走了，說醫生收留反動分子！」

我大聲問道：「沒有人管麼？」

那幾個人沒有回答，匆匆走了開去。

我喘了口氣，我若是一早就不管，那也沒有事了，可是現在，我既然已扶著那年輕人走出了巷子，我實在沒有再棄他而去的道理。

我負著他繼續向前走，不一會，我看到一輛中型卡車駛來，車上有二十多個軍人，我連忙伸手，攔住了那輛車，一個軍官探出頭來，我道：「有人受了傷，前面有一大幫人在打鬥，你們快去阻止！」

那軍官一本正經地道：「上級的命令是軍隊不能介入人民自發的運動！」

那軍官說了一句話，立時縮回頭去，我正想要說什麼，卡車已經駛走了。

我呆立在路中心，不知怎麼才好，我負著一個受重傷的人，可是，所有的人就像根本未曾看到我一樣，根本沒有人來理會我。

在那時候，我突然覺得，我一定是做了一件愚不可及的傻事了。

我不該管閒事的，現在我怎麼辦呢？我自己也是才來到，而且，我也是冒險前來的，我連自己置身何處都不知道，但現在，卻還帶著一個負傷的人！

我呆了一會，將那人扶到了牆角，那年輕人卻已醒了過來，他抹著臉上的血：「我現在在什麼地方來了？」

一看到他醒了過來，我不禁鬆了一口氣：「離碼頭還不遠！」

第五部：自駕火車混水摸魚

那年輕人怒吼了起來，叫道：「你帶我離開了鬥爭，我是領袖，我要指揮鬥爭！」

到了這時候，我也無法可想了，我忙道：「如果你支持得住，你快回去吧！」

那年輕人舉手高叫著，轉頭就向前奔了出去。

我一看到他奔了開去，大大地鬆了一口氣，立時轉身便走，他是死是活，我實在無法再關心了。

我一直向前走著，向人問著路，我要到車站去，因爲這裡不是我的目的地，我還要繼續趕路。

當我終於來到火車站的時候，已是午夜了，可是車站中鬧哄哄地，還熱鬧得很，我看到一大批一大批的年輕人，自車站中湧出來。

這一大群年輕人，顯然不是本地人，因爲他們大聲叫嚷的語言，絕不是本地話。

我硬擠了進去，到了售票處，所有的售票口，都是空洞洞地，一個人也沒有。

我轉來轉去，拉住一個看來像鐵路員工的人，問道：「我要北上，在哪裡買票？」

那人瞪著我，當我是什麼怪物一樣打量著，他過了好一會，才道：「你在開玩笑？買票？」

我呆了一呆：「火車什麼時候開出？」

那人向聚集在車站中的年輕人一指：「那要問他們，他們什麼時候高興，就什麼時候開！」

我道：「站長呢？」

那人道：「站長被捕了，喂，你是哪裡來的，問長問短幹什麼？」

我心頭一凜，忙道：「沒有什麼！」

我一面說，一面掉頭就走，那人卻大聲叫了起來：「別走！」

我知道我一定露出馬腳來了，只有外來的人，才會對這種混亂表示驚愕，而在這裡，外來的人，幾乎已經等於是罪犯了！

我非但沒有停住，而且奔得更快，我跳過了一個月臺，恰好一節車廂中，又有大批人湧了下來，將我淹沒在人群中。

我趁亂登上了車廂，又從窗中跳了出去，直到肯定那人趕不到我了，才停了下來。

這時，我才看清楚整個車站的情形，車頭和車廂，亂七八糟擺在鐵軌上，連最起碼的調度也沒有！

在幾節車廂上，已經擠滿了年輕人，他們在叫著、唱著，在車廂外貼滿了紙，上面寫著：「堅決反對反動分子阻止北上串聯的陰謀」，「執行最高指示，北上串聯革命」等等。

可是，那十來節車廂中，雖然擠滿了人，卻根本連車頭也沒有掛上！

火車如果沒有火車頭，是不會自己行駛的，不管叫嚷得多麼起勁，執行最高指示多麼堅決，全是沒有用的事，可是擠在火車廂中的年輕人，還是照樣在叫嚷著。

不一會，我看到十來個年輕人，將一個中年人推著、擁著，來到列車之旁，那中年人顯然曾捱過打，他的口角帶著血，在他的臉上有著一種極其茫然的神情，像是他根本不知道眼前發生了什麼事。

他被那十幾個年輕人擁到了列車之旁，車廂中又有許多年輕人跳下來，叫嚷聲更是響徹雲霄，他們逼那中年人和他們一起高叫。

鬧了足足有半小時，才有人大聲問那中年人：「你爲什麼不下令開車？」

那中年人多半是車站的負責人，他喘著氣：「我不是不下令，你們全看到的，我已下令開車了，可是根本沒有工人。」

年輕人中，有一個像是首腦人物，他高叫道：「可是你昨天開出那列車，爲什麼有工人？」

中年人道：「那是國家的運輸任務，就需完成！」

這一句話，聽來很正常，可是卻立時引起了一陣意想不到的鼓噪，所有的人都叫了起來，有的叫道：「革命才是最高任務！」有的叫道：「打倒阻撓北上串聯的大陰謀！」有的叫道：「當權派的陰謀，必須徹底打倒！」

在叫嚷之中，那中年人已被推跌在地上，還有好些人拳腳向他踢去，那中年人在地上爬著，叫道：「火車頭在那邊，你們可以自己去開！」

那中年人這一叫喚，倒救了他，只聽得年輕人中有人叫道：「當權派難不倒我們，我們自己開車！」

立時有好幾百人向前奔了過去，棄那中年人於不顧，那中年人慢慢爬了起來，望著奔向前去的年輕人，然後轉過頭來。

當他轉過頭來時，他看到了我。

我呆了一呆，一時之間，還決不定我是應該避開去，還是仍然站著不動，可是他卻已向我走了過來。

我看到他的臉上，仍然是那麼茫然，好像對我並沒有什麼敵意，所以我並不離開去，他到了我的面前，抬頭望著我，過了片刻，才苦笑了一下：「我幹了三十年，可是現在我不明白，是不是什麼都不要了呢？」

我自然無法回答他的問題，連他也不明白，我又如何會明白？

我只好嘆了一聲，用一種十分含糊的暗示，表示我對他的說法有同感。

那中年人伸手抹了抹口角的血，又苦笑著，慢慢地走了開去。

我上了岸，只不過幾小時，但是我卻已經可以肯定，一種極度的混亂正在方興未艾，這種混亂，對於我來說，自然是有利的。

如果在正常的情形下，我要由這個城市乘搭火車北上，一定會遭到困難，我沒有任何證件，也經不起任何盤問，很可能一下子就露出馬腳來。

但是，現在的情形就不同了。

現在，在極度的混亂之中，根本沒有人來理會我；當然，我也有我的困難，因爲在混亂中，不會有正常的班次的車駛出車站。

在那中年人走了開去之後不久，我又聽到青年人的吶喊聲，我看到一百多個青年人，推著一個火車頭，在鐵軌上走過來。

火車頭在緩緩移動著，那些推動火車頭的年輕人，好像因爲火車頭被他們推動，他們已得到了極度的滿足，而發出驚天動地的呼叫聲。

當我看到了這種情形的時候，實在想笑，但是我卻又笑不出來，而且，就在那一刹間，我的心陡地一動，我想到一個辦法了！

這許多年輕人之中，顯然沒有什麼人懂得駕駛一列火車，但是他們卻亟於北上。

如果我去替他們駕駛這列火車，那又如何呢？

對於駕駛火車，我不能說是在行，但至少還懂得多少，那麼，我也可以離開這裡，到我要去的地方了。

我想到了這一點，心頭不禁怦怦跳了起來，我並不是爲我計劃的大膽而心跳，我之所以心跳，是因爲我想到，我將和這群完全像是處於催眠狀態的青年人，相處在一起一個頗長的時間！

然而，我也已經想到，我沒有第二個選擇的餘地，所以，我向前走了上去。

當我來到了鐵軌下緩緩移動的火車頭旁邊時，我向其中一個青年人道：「這樣子推著前進，火車是駛不到目的地的。」那年輕人大聲答道：「革命的意志，會戰勝一切！」

我道：「爲什麼不讓我來駕駛？我可以將這列火車，駛到任何地方去！」

我這一句話一出口，所有在推動火車頭的青年人都停了手，向我望來，在一個極短暫的時間中，沒有人出聲，也在那具極短暫的時間中，我幾乎連呼吸也停止了，因爲我完全無法預測到他們下一步的反應如何！

但是，那畢竟只是極短暫的時間，緊接著，所有的人都爆出發一陣歡呼的聲來，再接著，人人爭先恐後來向我握手，有人將一塊紅布纏在我的手臂上，有人帶頭叫道：「歡迎工人同志參加革命行列！」

我跑向火車頭，攀了上去，吩咐：「我需要兩個助手，還要大量的煤。」

圍在我身邊的青年人轟然答應著，三個身形高大的青年人先後跳了上來，我教他們打開爐門，爐旁有一點煤在，我先生了火，然後檢查儀表。

不一會，許多青年人，推著手推車，將一車車的煤運了來。

反正車站中根本沒人管，這一群青年人已形成了一股統治力量，至少，在車站中，根本沒有什麼人，敢去招惹他們。

他們興奮地叫喊著，唱著歌，當火車頭開始在鐵軌上移動時，他們發出歡呼聲，我將火車頭駛向列車，掛好了鉤，那時，天已快亮了。

就那樣將列車駛出站去，稍有知識的人，都知道那是一件極其危險的事，因爲沒有了正常的調度，根本不知道什麼時候會有另一列車，迎面駛來。

我的三個助手的一個，拉下了汽笛桿，汽笛長鳴，我拉下槓桿，加強壓力，車頭噴出白煙，列車已在鐵軌上，向前移動了！

列車一開始移動，更多年輕人擠進車廂之中。

車子駛出了！

我漸漸加快速度，不斷有人爬到列車頭來，又爬回去，他們對我都很好，不但送水給我喝，而且還送來不少粗糙之極的乾糧。

我的心中仍然十分緊張，因爲這樣子下去會有什麼結果，是全然不能預料的，我也只好走一步看一步了。火車駛過了一排排的房屋，漸漸地駛出了市區，兩旁全是田野，在田野的小路上，豎著一塊一塊的木牌，寫著各種各樣的標語。

我的三個助手，倒十分勤懇，他們一有空，就向我演說理論，他們道：「我們要破舊立新，建立一個新的世界，新的規律！」

我對他們的話，並不感興趣，我問他們：「你們的目的地是什麼地方？」

一個青年道：「每一個城市都是我們的目的地，我們隨時可以停下來。」

我笑了一笑：「不但是大城市，就是小縣城，我想也應該停留。」

在小縣城停留，那是我的私心，因爲我的目的地正是一個小縣城，我要先到達那個縣城，才能到達那幅鯨吞地，才能完成我的任務。

火車一直在行駛著，似乎整條路線上，只有我們這一列火車，一小時後，車廂中忽然鼓噪了起來，許多人同時叫道：「停車！停車！」

我連忙拉下了槓桿，火車頭噴出大量的白氣，慢慢停了下來。

車子還未完全停定，許多人從門中、窗中跳了下來，我探頭向外看去，看到我們剛經過一個鎮市，在車站不遠處，是一座廟宇。

所有下車的人，全部向那座廟宇奔去，我問道：「你們想去幹什麼？」

一個青年一面跳下來，一面指著那廟：「這些舊東西，我們要砸爛它！」

我忙道：「所有的舊東西全要砸爛？」

那青年人已跳下去了，他沒有回答我的問題，另一個年青人道：「全要砸爛！」

我想告訴他，在他們沒有出世之前很久火車就已經存在了，照他們的說法，火車也應該是舊東西，可是還沒有說完，那青年也跳下去了。

也就在這時，我的心中，陡地一動！

他們要砸爛舊東西，這一千多個青年人，是一股不可抗禦的力量，自然，他們不會敵得過正式的軍隊，但是我還記得，我才上岸的時候，曾攔住一輛軍車，一個軍官告訴我，軍隊奉命，不得干涉人民的革命運動。

而如今，這一千多個青年人，只要略受鼓動，他們就可以做出任何事情來！

我一想到這裡，心頭又不禁怦怦亂跳了起來，本來，我雖然進來了，但就算到達了目的地，如何去對付守著墓地的民兵和那一連軍隊，我還是一點辦法都拿不出來的，但是現在，我有辦法了！

我可以利用這一群只有衝動，毫無頭腦的年輕人！有他們替我做事，別說一連軍隊，就算有一師軍隊，也是敵不過他們的，何況軍隊根本已奉命不得干涉他們的一切行動！

我又將自己的計劃想了好幾遍，這時，剛才奔下火車去的青年人，已陸續唱著歌、叫著口號回來了，我看到在那幢廟中冒起了幾股濃煙來，等到所有的青年人全都齊集在火車周圍的時候，有一個領袖模樣的人正在大聲發表演說。

我只聽得他不斷地在重覆著：「要砸爛一切舊東西，破四舊，立四新！」

我靜靜地聽著，直到他演說完畢，所有的人又湧進車廂，我才又吩咐我的助手生火，火車又開始向前，緩緩移動，就在火車開始前駛之際，那首領來到了火車頭中。

他是一個精力異常充沛，身形高大的年輕人，除了他時時皺起雙眉，作深刻的思索狀之外，他的樣子是很討人喜歡的。

他來到了火車頭，便對我大聲道：「工人同志，我代表全體革命小將，向你致敬。」

我和他們相處的時間，雖然還很短，但是他們口中，翻來覆去的那幾句口頭禪，我卻已經可以上口了，我忙道：「革命不分先後，大家都有責任。」

那年輕人高興地和我握著手：「我叫萬世窮。」

我呆了一呆：「你的名字很古怪。」

那年輕人卻教訓了我一頓：「只有萬世窮，才能世世代代革命，這表示我革命的決心！」

如果不是我看出在如今的場合下，我不適宜大笑的話，我一定會大笑起來了。這一批人，似乎只是爲了革命而革命，而絕不提革命的目的是什麼，他們只是無目的地革命，或許革命就是他們的目的！

我忍住了沒有笑出來，萬世窮又向我長篇大論地說起教來，我並沒有不耐煩的表示，只是用心聽著，因爲我需要了解他們的精神狀態。

萬世窮咬牙切齒地痛罵當權派，當他提到了李恩業那個三兒子的名字之際，我心中陡地一動，他道：「我們這次北上的主要原因，是要支持首都的小將，鬥垮、鬥倒他的爛攤子！」

我趁機道：「據我所知，你們要鬥倒的對象，他的家鄉離此不遠。」

萬世窮道：「是的，我們要到他的家鄉去，向當地人民進行教育。」

我心中大是高興，忙又道：「聽說，這個人的封建思想很濃厚，他甚至於還派人守著他的祖墳，而他的祖墳，又和海外的一個大資本家陶啓泉是在附近的！」

萬世窮一聽到「陶啓泉」的名字，像是被黃蜂螫了一下地跳了起來，叫道：「他的罪名又多一條，和海外的大資本家勾結！」

我知道，我已不必再多說什麼了，我只是道：「我看，我們沿途不必再停了，直駛到他的家鄉去，那才是最主要的任務！」

萬世窮道：「對，我立即向他們下達這個任務！」

他匆匆忙忙離開了火車頭，這時，車已越駛越快了，不多久，我就聽得車廂中，響起了一陣陣的呼叫聲。

車子一直向前駛著，天漸漸亮了，我看到沿著鐵路兩旁有不少年輕人奔著，想要追上火車，跳上火車來，而在車上的人則紛紛向他們伸出手來。

看到了那種情形，我不得不減慢了速度，而火車的速度一慢，跳上火車來的人更多了，真有點叫人難以相信，那麼多人何以能擠在那十幾節車廂之中！

我聽到各地的口音，這些青年人看來並不團結，他們之間不住地口角著，而且，還不時有人被推下火車去，有的跌成了重傷。

處在這樣的環境中，我只好強迫自己，使自己變成一個木頭，因爲所有的人都幾乎變得和螞蟻一樣的盲目，我又有什麼辦法？

我只是希望，當我們的火車在飛駛之際，迎面不要有火車撞了過來。

謝天謝地，我的希望，總算沒有落空，傍晚時分，我們來到了那個小縣城。

火車才一進站，停了下來，車廂中的青年就一湧而下，原來的人再加上沿途跳上火車來的人，我估計他們的人數至少在兩千人之上，萬世窮依然是領袖，我看到他和車站的幾個人員，在展開激烈的爭辯。

但是那是一場沒有結果的爭辯，因爲立時有許多青年人湧了過來，對那幾個車站人員高聲嚷叫著，將那幾個車站人員拉了開去。

接著，就有人在車站中張開了一幅巨大紅布，上面寫著「東方紅革命司令部」幾個大字。

他們的行動雖然亂，但是在混亂中，倒也有一種自然的秩序，在一小時之後，他們已列成了隊，有幾十個一下了車就離開車站的人，這時也弄了許多食物來，食物的種類，可以說是包羅萬象，只要是可以吃的東西，全都弄來了，我分配到的是一大塊鍋餅。

就在所有的人都在車站中，鬧哄哄地吃著東西的時候，一輛卡車駛到，七八個看來像是很有地位的人，從車上跳了下來。

我仍然在火車頭上，我一眼就看到曾經約我在夜總會中見面的孟先生，也在那七八個人之中，他已經換了裝束，和我以前見到他的時候，那種西裝革履的情形，完全不同了。

一個穿著軍服的中年軍官，一下車就大聲問道：「你們由誰負責？」

萬世窮在人叢中擠著，走向前去：「我們的行動，依照最高指示，我負責指揮。」

那中年軍官道：「快上車，離開這裡！」

萬世窮大聲叫道：「我們要在這裡展開革命行動，你敢阻撓革命？」

中年軍官大聲道：「我是本地駐軍的負責人，我有權維持秩序！」

萬世窮舉起了拳頭來，叫道：「我們要打爛一切舊秩序！」

所有的人，都跟著他高聲叫了起來，青年人開始向前湧來，將自卡車上跳下來的七八個人，圍在中間，那七八個人，有四個是衛兵，立時舉起了槍，可是在他們身邊的年輕人實在太多，那四個衛兵立時被繳了械。

孟先生可謂不識時務之極，在那樣的情形下，他居然還指著萬世窮，呼喝道：「你們想造反麼？」

這一句話，立時引起了四方八面的呼叫聲來，青年人叫道：「就是要造反！造反有理！造當權派的反！」

孟先生的手還向前指著，可是從他一臉的茫然之色看來，顯然連他也不知是發生了什麼事。他臉上那種茫然的神情，使我聯想到了那個車站的站長。一群統治者，一群一直負責社會安定、秩序的人，忽然發現根本沒有人聽他們的話，一大群造反者在他們的面前，心頭的震驚，形成了那種茫然的神情。

那七八個人開始向後退去，可是他們根本無法退到他們的卡車上。因爲卡車上已站滿了青年人，他們被迫向鐵路處退來，一路上推擁著，跌倒了好幾次，每次跌倒，總有人將他們按住，逼他們叫口號。

他們一直退到列車之旁，七八個人，已被擠散了好幾次，孟先生一個人被擠到了火車頭旁邊，我惟恐被他發現，連忙轉過頭去。

可是，孟先生卻跳了上火車頭，在那時，我看到那中年軍官已被幾個人捉住了，有人用紙捲成了尖頂的帽子，戴在他的頭上，有人叫道：「拉他去遊行，作爲反面教育的典型！」

我感到孟先生在向我擠來，我甚至可以感到，他的身子在發著抖。

突然，他捉住了我的手臂：「快開車，我要向上級去報告！」

我在他的聲音中，聽出他那種全然徬徨無依的心情來，孟先生的地位可能很高，但是在如今這樣的情形下，他卻一點也無能爲力，他的權力消失了，他的地位越是高，可能遭遇越是慘！

我本來還怕他發現我，但是我立即察覺到，我現時所處的地位，比他有利得多，我根本不必怕他！

所以，我轉過頭來，笑著：「向上級報告？我看你的上級是更大的當權派，他們自身難保，自己也被人拉出來在戴紙帽子遊行！」

當我轉過頭來時，孟先生自然看到了我，在那刹間，他神情之古怪、驚惶，真是令人畢生難忘！

他突然尖叫了起來，這時，有七八個青年人也湧了上來，孟先生立時轉過身來，指著我，叫道：「捉住他！捉住他，他是反革命分子！」

那幾個青年卻只是冷冷地望著他，我道：「他指控我的罪名，是因爲我不肯服從他的命令將列車駛走，他要破壞革命行動！」

孟先生張大了口，但是他沒有機會再說別的，幾個青年人已一齊出手，將他拖了下去，我望著他微笑，看著他被拖下去後也被戴上了紙帽子。

接著，其餘的幾個人也被捉住了，他們被青年人用繩綁在一起，弔成了一串，押了出去，我聽到驚天動地的呼叫聲，上千青年人，押著他們走出了車站，去遊街示眾了。

在那時候，我實在忍不住了，我獨自一人在火車頭中大笑了一場。孟先生以爲他一回來，就是權力的掌握者，誰知道他竟成了鬥爭的對象！

我也想不到，我會處在一個如斯混亂的環境之中，但是這樣的混亂，顯然是對我有利的。

我笑了好一會，才下了火車頭，我決定到城中去走走，那是一個很小的小縣城，在這樣的一個小縣城中，忽然多了上千的年輕人，以致大街小巷中全是外來的人，有一部分年輕人，很顯然是本地的，也和外來的混在一起，在縣城中有不少店鋪，招牌全被年輕人拆了下來，而改用紅漆，胡亂塗上新的店名。

我穿過了幾條小巷，來到了大街上，我看到許多人塞在前面的街口，在大聲喧嚷，接著，我又看到一大群人向後退來，在後面的人，要向前湧去，我看到許多士兵，結成了一排，手拉著手，在和青年人對抗。

第六部：趁亂完成任務

那幾個被帶上紙帽子遊街的人，連孟先生在內，已到了軍隊的後面，他們正在將頭上的紙帽子拋下來，面色青白，說不出的憤怒。

青年人和軍隊對峙著，發出驚天動地的吼聲，不住叫道：「打倒當權派！」

軍隊漸漸支持不住了，孟先生等幾個人則已上了車，等到他們的車子開動之際，青年人一起擁了過去，軍隊也散了開來。

但是擁上去的青年人，終於追不上車子，車子載著那幾個人駛走了。

我看到這樣的情形，心中暗暗好笑，這時，所有的人就像是突然之間被人揭開了一塊大石板之後，在石板下的螞蟻一樣，亂奔亂竄，亂叫著，我就在人叢中擠來擠去。

我看到許多精緻的家具，被青年人自屋中拋出來堆在街上，也看到零零星星，東一堆、西一堆，有人被圍住了在戴紙帽子。

接著，一輛卡車駛來，卡車上有擴音器，擴音器中傳來萬世窮的聲音，他在叫嚷道：「同志們，革命的群眾們，讓我們一起行動，不怕犧牲，排除萬難！」

擴音器的聲音，震耳欲聾，我退出了大街，來到了一條比較冷僻的巷子中，才算是聽不到叫嚷聲了，我鬆了一口氣，我猜想這群年輕人在縣城之中至少要鬧上一個晚上，不到第二天是不能走的。

我一面在想著，一面在低頭走著，突然之間，一輛中型卡車，轉進巷子，自車上跳下七八個人來，我抬起頭來，等到我看清，在那七八個人中，有一個是孟先生，並且他已和我打了一個照面之際，我再想逃走，已經來不及了。

孟先生指著我，我相信這是他一生之中所能發出的最大的聲音了，他怒吼著：「抓住他！」他一面叫，一面向前奔來，和他一起向前奔來的，是其餘的六七個人。

我轉身便走，但是只逃出兩三步，身後已經響起了槍聲，我只好停了下來。

兩個軍官立時來到了我的身後，扭住了我的手臂，我在那時，腦中嗡嗡作響，因爲我落到了他們的手中，可以說從此完結了！

我本能地掙扎著，也許是我的好運氣，更可能是槍聲的緣故，有幾個青年人奔進巷子來，我立時大叫道：「快來救我，我是幫你們北上串聯的司機，當權派要破壞你們的革命，他們非法逮捕我！」

我僅僅只能叫出了那幾句話來，口就被人掩住了，接著，我就被人拖得向後退去。

那幾個年輕人聽到了我的叫嚷聲，一起奔了過來，孟先生一迎了上去：「這是反革命分子，潛進來的特務，希望你們別誤會。」

我還在希望那幾個青年人會大打出手，但是他們的臉上，卻現出猶豫的神色，只是望著我。

而就在那一個耽擱間，我已被拖上了車子，孟先生等人也退上了車子，車子駛進了一個院子，我又被從車上拖下來，被人押著，關進了一間房子。

到了房子之中，我並沒有得到自由，我的雙手被一副手銬反銬著。

要弄開那樣的手銬，其實並不是什麼難事，但是我卻並沒有機會。

我被銬了手銬之後，雙臂仍然被兩個人抓著，那兩個人推著我，到了另一間房間中，那間房間中，有幾張辦公桌，我看到孟先生和另兩個人，坐在辦公桌後，我一進去，那兩個官員就開始翻閱他們面前的文件夾，我猜想他們是在看我的資料。

孟先生的臉上，現出十分陰冷的笑容，他望著我，雖然不說話，然而在他的臉上，也流露著一種「看你怎麼辦」的神氣。

過了難堪的一分鐘，其中一個官員才抬起頭來：「衛斯理，這是你的名字，你居然還敢混進來進行破壞！」

我吸了一口氣，這可能算是審訊，如果是在別的地方，我自然可以拒絕回答，或者，通知我的律師，可是，在這裡我無能爲力。

我苦笑了一下，孟先生已道：「副局長，這個人要解上省去，聽候處理。」

我突然道：「你們不能帶走我，那兩千多個革命青年，他們需要我！」

孟先生奸笑著：「我們會替他們找到更好的火車司機，至於你，我看北大荒是你最好的歸宿！」

我苦笑了一下：「你總算達到目的了！」

我被關進了一間小房間，可是不多久，外面傳來了上千人的吼叫聲，一大群青年衝了進來，救出了我。帶頭的正是萬世窮。

當晚，在縣城中一直亂到了半夜，一大批人，才浩浩蕩蕩向山間進發。這許多人，像是絕不知道什麼叫作疲倦，他們大聲唱著，叫著，很多人的嗓子根本已經是嘶啞了。

我夾在他們中間，當進入山區之後，我們經過了兩個崗哨，那可能全是民兵的崗哨站，但是，正像非洲的兵蟻群經過時，所有的動物逃個精光一樣，那兩個崗哨上，早已一個人也沒有了。

我們一直向前走著，翻過了幾個山頭，直到天色大明，我才看到了那幅「鯨吞地」，同時，也看到了那一幅「血地」。

那真是兩個很奇異的地方，在兩幅地附近，都有兵士守衛著，青年人漫山遍野地奔了過去，叫嚷著革命的口號，他們之中十幾個人圍住一個軍官在交涉著，可是其餘的人根本不等交涉有什麼結果，就行動起來。

泥土翻了起來，骨頭被破土掘出來，在那幅血地上掘挖的年輕人，將一副還很完整的棺木弄得碎成片片，然後，在山頭上塗下巨大的標語。

軍隊只是袖手旁觀，他們無法在理論上說服那些青年人。

看到上千個青年人破壞了那兩個墳墓，在混亂中，我先他們一步下了山。

我回到了縣城中並沒有停留，在一幢建築物的門外，我偷了一輛腳踏車，那輛腳踏車，在以後的幾天中，成了我唯一的交通工具。

在那樣的混亂中，要離開並不是一件很困難的事，我最後在一個漁港上了一艘漁船，又經過了兩天海上生涯，我回來了。

我回來的經過，是不必多加敘述，因爲那和整個故事並沒有直接的關係。當我來到了家門前，按著門鈴時，來開門的老蔡，幾乎不認識我了！

雖然我離開了不過十天，但是這十天，我就像是生活在另一個星球中一樣。那是一種截然不同的生活！

我回到家中的第一件事，便是舒舒服服地洗了一個澡。

而等我洗完澡，正在休息的時候，老蔡來到了我的身邊：「陶先生的車子在下面等，他請你去。」

我呆了一呆：「他怎知我回來了？」

老蔡道：「這位陶先生，每天都打幾個電話來問你回來了沒有，剛才他又打電話來，你正在洗澡，我告訴他，你回來了！」

我也正想去見陶啓泉，是以我立時站了起來，下了樓，一輛極名貴的大房車，已停在門口，司機替我打開了車門，我上了車。

二十分鐘之後，車子駛進了陶啓泉別墅的大花園。

我看到陶啓泉自石階上奔下來，車子停定，他也奔到了車邊，替我打開了車門。只怕能有陶啓泉替他開過車門的，世上只有我一個人而已。

陶啓泉容光煥發，滿面笑容，精神好到了極點，和他以前的那種沮喪、焦急，宛若是另一個人。

我才從車中走出來，他雙手一齊握住了我的手，用力搖著：「你回來，真太好了，你好幾天沒有休息，我真怕你回不來了。」

我訝異地道：「你知道我已完成了任務？」

陶啓泉將手放在我的肩頭：「自然知道，這件事由內地傳出來，外國通訊社發了電訊。」

我笑道：「不見得電訊上有我的名字吧？」

陶啓泉笑著：「雖然沒有，但是我知道一定是你幹的，你真聰明，利用了他們內部的混亂，達到了目的，我早知道你行的。」

我笑了起來，陶啓泉和我已經走進了大廳，看著他那種高興的神情，我知道在這時候，就算我諷刺他幾句，他也不會惱怒的了。

是以我道：「風水的問題已經解決了，你那個偌大的油田，應該沒有事了？」

陶啓泉搓著手，興奮地道：「你倒還記得那個油田，那油田的火已自動熄了，告訴你，幸而是這場大火，原來那油田已沒有多少油了，本來我還準備大事投資的，如果不是那場火，投資下去就損失大了，現在，我們已在油田的附近，發現了新的蘊藏，這都是你的功勞！」

我呆了一呆，我是一心想諷刺他的，卻不料我得到了那樣的回答。

我又道：「那麼，政變的那個國家呢？」

陶啓泉發出了更宏亮的笑聲：「你說奇妙不奇妙？本來，新上臺的那傢伙，是我的對頭，一上臺就揚言要沒收我全部的財產，但就在你成功的消息傳出之後，我知道風水轉了，派人去和他接觸，現在，他不但不和我作對，反給我以更大的便利！」

這時候，我和陶啓泉已經進了電梯，我沉默著不說話，直到來到了他的書房之中，我才道：「陶先生，我有幾句話，實在非說不可！」

陶啓泉道：「說，只管說！」

我道：「陶先生，所謂風水，其實是完全不可信的，希望你以後，別再相信那一套！」

陶啓泉睜大了眼睛：「你怎麼會那樣說，事實已經完全證明了風水的靈驗，如果不是你完成了我的委托，我的事業將一天一天倒下去，但是現在什麼困難都過去了！」

我正色道：「陶先生，影響你事業的是你個人的心理，當你的心理受影響的時候，事業自然就不順利。由於你篤信風水，所以風水就影響你的心理！」

陶啓泉大搖其頭：「不對，絕對不是，真是風水的緣故。」

我卻不理會他的抗議，自顧自道：「你想想看，你是那麼龐大事業的靈魂，如果你失去了信心，你的事業自然要開始衰敗的。我的行動，不過是給予你一種信心而已！」

陶啓泉笑道：「信心可以使油田的大火，自動地熄滅麼？」

我道：「你已經說過，那油田的蘊藏量極少，油燒光，自然火也熄滅了！」

陶啓泉道：「那麼，我那個對頭呢？」

我笑了起來：「那件事，更證明和你的信心有關，當你沒有信心的時候，你決不會派人去和他接觸的，自然也不會成功。」

陶啓泉道：「不是，如果不是風水轉了，我派人去接頭，也不會有用。」

我看到陶啓泉如此固執，心中也不禁好笑，我知道再說下去，也不會有什麼用的了，所以我聳了聳肩：「算了，既然你如此深信風水，我也不多說了！」

陶啓泉望了我一會，才道：「你以爲風水和科學是違背的，是不是？但是科學精神，是重事實的精神，現在，我們有的是事實，所差的是，不知道爲什麼會發生那樣的事實而已。我們不能簡單地否定一件我們不知道爲什麼會發生的事，簡單地否定，那是不科學的。」

本來，我已經不準備再講下去了，但是如此迷信風水的陶啓泉，居然提起科學，看來我也非繼續講下去，講個明白不可了！我道：「你說得對，只是否定一件我們不知究竟的事，這種態度，並不是科學的態度。我現在絕不是否定，而是肯定。」

陶啓泉驚訝地望著我：「你肯定什麼？」

我站了起來，揮著手：「在經過了這件事之後，我已經肯定了風水的存在。」

陶啓泉的神情更訝異了。

他望著我：「可是——可是你剛才還在說，風水是無稽的！」

我搖著頭：「不，你誤解我的意思了，風水，對於根本不相信的人來說，是全然無稽的，但是對於深信風水之說的人，像你，卻又大有道理，它能影響你的意志，決定你的一生。」

陶啓泉的神情，還是很疑惑，看來，他還是不十分明白我的意思。

我又道：「道理很簡單，就是我剛才說過的信心，自我的信心，寄托在一種信仰上，你以爲風水有道理，信心就充足起來，你本來是一個十分有才能的人，一旦有了信心，自然無往不利，但是對於一個根本不信風水的人而言，信心不來自風水，來自別的方面，那麼，就根本無所謂風水了！」

在我開始說那一大段話的時候，楊董事長走了進來。

我和陶啓泉都看到楊董事長走了進來，但我不想截斷話頭。

陶啓泉又在用心地聽著，是以我們兩人都沒有向楊董事長招呼。

楊董事長和陶啓泉是十分熟稔的了，是以他也沒有打斷我的話頭，只是聽我說著。

等到我的話說完，陶啓泉皺著眉，像是還在考慮我的話，並沒有立時出聲。

而楊董事長卻已然道：「衛先生，你的話，只能解釋風水許多現象中的一種，那就是當一個人知道風水是好是壞之際，才能發生意志上積極或消沉的變化，對不對？」

我點頭道：「對！」

楊董事道：「可是，在更多的情形下，一個人根本不知道風水有了什麼變化，在他的身上，命運也發生奇特的變化，這又怎麼解釋呢？」

我笑了起來：「什麼地方有那樣的情形？」

楊董事長道：「有，有的人根本不知道他祖墳的風水有什麼特點，可是他的一生，就依照風水顯示的在發生著變化。」

我不禁嘆了一口氣：「楊先生，任何人的一生命運，總是在不斷發生變化的。」

楊董事長道：「對，那種變化，是有規律的，是可以預知的，是可以改變的，譬如說陶先生，就因爲改變了風水，而改變了他的命運！」

他講到這裡，頓了一頓：「你自然還記得李家的第三個兒子？」

我道：「當然記得，他的祖墳，也被掘了出來，他近來怎麼了？」

楊董事長道：「他的祖父葬在那幅血地之後，他就開始發跡，直到橫傾朝野，紅極一時，可是，現在他卻被鬥爭了，他完全失勢了，他自殺不遂，他的一切又全部完了。」

我皺著眉：「是真的？」

「當然是真的，有他被鬥爭的相片，而這一切，全是發生在他的祖墳被掘之後的事。」

陶啓泉大聲道：「怎麼，你相信了麼？」

我相信了麼？我實在想大笑特笑！

風水甚至影響了政治鬥爭，對於篤信者來說，風水幾乎是無所不能的了！

但是我卻沒有笑出來，也沒有再辯論下去。

因爲他們兩個人——楊董事長和陶啓泉，有那麼多巧合的事實。這自然是巧合，李家的三兒子，不論怎樣，總是會失勢的，但是篤信風水的人，就說那是因爲風水被破壞了！

你相信它，它便存在，這本就是心理學上的名句！

（完）

倪匡珍藏限量紀念版 7

衛斯理傳奇之地圖

作者：倪匡
發行人：陳曉林
出版所：風雲時代出版股份有限公司
地址：10576台北市民生東路五段178號7樓之3
電話：(02) 2756-0949　　傳真：(02) 2765-3799
執行主編：劉宇青
美術設計：許惠芳
行銷企劃：林安莉
業務總監：張瑋鳳
出版日期：2023年4月倪匡珍藏限量紀念版一刷
版權授權：倪匡
ISBN ：978-626-7153-92-5
風雲書網：http://www.eastbooks.com.tw
官方部落格：http://eastbooks.pixnet.net/blog
Facebook：http://www.facebook.com/h7560949
E-mail：h7560949@ms15.hinet.net
劃撥帳號：12043291
戶名：風雲時代出版股份有限公司

風雲發行所：33373桃園市龜山區公西村2鄰復興街304巷96號
電話：(03) 318-1378
傳真：(03) 318-1378
法律顧問：永然法律事務所 李永然律師
北辰著作權事務所 蕭雄淋律師

行政院新聞局局版台業字第3595號 營利事業統一編號22759935

定價：340元

國家圖書館出版品預行編目資料

衛斯理傳奇之地圖 ／ 倪匡著. -- 三版. --
臺北市：風雲時代出版股份有限公司，2023.03
面；公分　倪匡珍藏限量紀念版

ISBN 978-626-7153-92-5（平裝）

857.83　　112000195